© Andreas Frey
86316 Friedberg, 09. Juli 2020
Twitter @andreasfrey5

Flammende Zeit

Lassen Sie sich nicht von dieser ansonsten leeren Seite irritieren. Sie können ja inzwischen ein Getränk holen oder Kekse bereitstellen.

3

Willkommen zu unserer gemeinsamen Zeitreise.

Schnallen Sie sich an und los geht's!

Zuerst noch einige wichtige Auszüge aus den Reisebedingungen:

Dies ist eine fiktive Geschichte. Ähnlichkeiten mit realen Personen oder Ereignisse, außer den historisch belegten Tatsachen, sind rein zufällig. Meine Figuren sprechen nicht ganz so, wie man sich landläufig die Sprache um 1700 vorstellen mag. Meine innerliche Ablehnung gegenüber dieser inflationären Gendersprache konnte ich dafür voll und ganz ausleben, damals hatten die Leute Hunger, ringsum Kriege, beutesuchende Nachbarn, drohende Gefahren aus dem Südosten und Seuchen, die hatten keine Zeit dafür. Auch habe ich, im Unterschied zu einigen anderen meiner Bücher, auf Dialekte verzichtet. Wenn doch, dann handelt es sich nur um äußerst leise Andeutungen! Vielleicht entspricht Ihr Bild jener Zeit manchmal nicht den Ereignissen und dem Verhalten meiner Protagonisten, doch seien Sie versichert, damals waren nicht alle außerhalb der Städte Leibeigene. Frauen waren manchmal selbständiger als allgemein vermutet. Nicht alle Adeligen waren weit weg vom normalen Pöbel und es gab bereits Gesetze. Ein Hinweis noch: Die benutzten Maßangaben sind überwiegend die heute in Gebrauch befindlichen, oder haben Sie Lust, eine bayrische Meile von österreichischem Massel auf niederländische Pfund umzurechnen?

Unsere Reise beginnt kurz nach der Schlacht von Höchstädt, auch als Schlacht von Blindheim/Blenheim bekannt. Die Truppen Marlboroughs und Prinz Eugen hatten in der bis dahin größten und blutigsten Schlacht auf europäischem Boden die Französisch-Bayrische Allianz aus Bayern vertrieben. Bayern war von Österreich besetzt, in Wahrheit längst okkupiert. Drückende Lasten lagen auf dem geschundenen Land, Zwangsrekrutierungen und Unterdrückung der Bevölkerung ließen viele Patrioten den Weg des Aufstandes gehen. Nicht um den geflohenen Kurfürsten zurückzuholen, sondern vorrangig, die Besatzer zu verjagen. Der Kurfürst Max Emanuel hätte damals Bayern jederzeit gegen ein noch so kleines Königreich getauscht, Hauptsache König. Warum also dem Herrscher den Thron zurückerkämpfen, den er gar nicht will? Wobei ich vermutlich nicht jedermanns Meinung dazu treffe. Die schlecht bewaffneten und unzureichend ausgebildeten Truppen der Patrioten wurden jedoch schnell in wenigen Gefechten aufgerieben. Die wohl bekanntesten Gemetzel aus diesen Tagen sind die Mordweihnacht von Sendling und die Niederlage der niederbayrischen Landesdefension in Aidenbach. So viel erstmal zum historischen Hintergrund. Nun stellen Sie sich den bitterkalten Januar 1705/06 irgendwo im Gebiet zwischen Donauwörth und Ingolstadt vor.

P.S. Wie Sie im Verlauf der Geschichte sehen werden, spielen auch andere historische Ereignisse mehr oder weniger große Rollen. Der zeitgleich weitere Teile Europas verheerende Nordische Krieg und die ersten größeren Auseinandersetzungen zwischen England und Frankreich in der Neuen Welt am Rande, die Expansion Spaniens in den Süden Nordamerikas ganz bestimmt. Eine prägende Zeit war das damals, leider viel zu wenig beachtet. Großmachtträume zerbrachen, von Schweden über Sachsen-Polen bis Bayern, und Spanien verlor endgültig den Anspruch eine Weltmacht zu sein. Andere neue Mächte etablierten sich, insbesondere Großbritannien, Preußen und Russland.

6

Es werden vermutlich mehr als zwei, drei Protagonisten, kennt meine treue Schar ja von mir. Daher hier eine Liste mit den wichtigsten Figuren, auch wenn einige nur ein kurzes Gastspiel geben:

Georg Ignatius Schwaiger: Bauernsohn, Jesuitenzögling und Leutnant im Regiment 'Von Gramegg', kurfürstlich-bayrische Armee;
Emerald Summer: ebenfalls Bauernsohn, Konstabler (Unteroffizier der Artillerie) im Regiment 'Von Gramegg' und mit Schwaiger seit Jahren bei der Fahne;
Mecht vom Galgenstrick: Schmugglerfürstin, Teil des Rätsel und Teil der Lösung;
Blaan: Schotte, Schmuggler und mit einem Geheimnis behaftet;
Stuart: Ebenfalls Schotte und Schmuggler, macht die Reise nicht bis ans Ende mit.
Nepomuk: Stallbursche beim Grafen von Gramegg, anfangs 'der Bub', wird auf brutale Weise erwachsen;
Oberst von Gramegg: Graf mit Schmutz auf der hochherrschaftlichen Weste, einer der Auslöser der Geschehnisse;
Capitaine Braulein: Ehemals sächsischer Hauptmann, kein Freund des Grafen und mehr eine der Figuren im Hintergrund;
Luis de Spilador: Spanischer Waldläufer;
Olea: Norwegerin, Spionin im Dienste Mechts;
Caspar: Eine undurchsichtige Figur am Rande;
Auguste von Gramegg: Tochter des Grafen, vielleicht auch nicht, und Grund der Reise des Leutnants und seines Konstablers;
Thomas Erkins: Die Verkörperung eines Monsters - oder doch nicht?

Mehr Namen will ich Ihnen vorerst nicht zumuten. Ich wollte Ihnen nur die in irgendeiner Weise wichtigen Charaktere vorab vorstellen.

Aufzeichnungen des ehrenwerten Georg Ignatius Schwaiger, dereinst Leutnant im kurbayrischen Regiment von Gramegg, Landeigner in der Kolonie New York, Captain der Miliz und ehrenamtlicher Richter am Gericht zu Goshen, Orange County

Den 14. Tag im Monat September Anno Domini 1752

Ich merke, wie mir langsam die Kräfte schwinden. Bald wird sich mein Leben seinem Ende nähern. Ein Leben voller Momente höchster Gefahren, tiefster Verzweiflung und unendlichen Glücks. Dieser Bericht über längst vergangene Zeiten soll Euch, meine geliebten Kinder, Antwort nach Euren Wurzeln geben. Fragen, die Eure Mutter und auch ich nie beantworten wollten. Doch nun, am Ende meines irdischen Weges, sollt Ihr erfahren, wer Ihr in Wahrheit seid. Ich weiß, dass Eure Mutter einverstanden ist, schließlich schreibt sie für mich diese Zeilen nieder. Ihr wisst, meine Augen sind trüb, ihre immer noch voller Feuer. Wir haben jedoch beschlossen, Euch diesen Bericht meines, nein, unseres Lebens erst nach unserem Tode zukommen zu lassen. Daher seid einst meinem alten Gefährten nicht gram, dass er dies Schriftstück bis zu jenem Tage treu verwahren wird.

9

Denn hier beginnt alles.

Dieses Jahr war Pfingsten früh gewesen. Heftiger Frühlingsregen hatte bis gestern alle Straßen und Wege in Schlammspuren verwandelt. Drüben im Herrenhaus verloschen die bereits Lichter. Nepomuk saß im Frühling fast jeden Abend am Weiher, lauschte dem Quaken der Frösche und genoss es, wie die Sonne sich im sonst trüben Wasser rot spiegelte. Sollten die drüben ruhig zu Bett gehen, so ließen sie ihn zumindest seinen Frieden. Ein Schrei schreckte den jungen Mann, mit knapp vierzehn Jahren fast noch ein Kind, aus seinen Tagträumen. Es blieb jedoch ansonsten weiterhin still, so lag er entspannt auf seinem Platz. Wenn man ihn brauchte, wusste der alte Gunther, wo er ihn finden konnte. Mit den letzten Sonnenstrahlen erhob sich Nepomuk, es war Zeit für seinen Strohsack. Um fünf musste er den Pferdestall ausmisten und die Rösser versorgen, auch wollte die Gräfin das Dach der Remise ausgebessert wissen. Er warf einen letzten Blick über den Weiher und schlich sich in Richtung der Kammern für das gemeine Gesinde. Die Dämmerung war behutsam der Nacht gewichen, doch der Junge kannte hier jeden Stein, auch im Dunklen. Zwei schwarze Gestalten huschten aus dem Gesindebau. Schon wollte Nepomuk die beiden anrufen, dabei konnte er sich denken, dass das die Magdalena aus der Küche und Martin, der Forstgehilfe, waren. Forstgehilfe, das müsste man sein! Nicht ein simpler Rossbub wie er. Mit seinem Stand hadernd öffnete Nepomuk die Tür. Ein merkwürdiger Geruch empfing ihn. Etwas am Boden ließ ihn ins Rutschen kommen. Ein unachtsamer Schritt und er plumpste krachend auf seinen Hosenboden. Mühsam und mit Hilfe seiner Hände gegen die Glätte ankämpfend, schaffte er es auf seine Beine. „Ha, will mich wer ärgern, den Boden einseifen, pah", doch es fühlte sich nicht wie Seife an, es roch auch seltsam süßlich, „Was ist das für ein ekelhaftes Zeug?"

Sehen konnte der Junge nicht, was es war. Aber die ganze Nacht an den Händen und Füßen wollte er es auch nicht haben. So drehte er um und wollte zum Brunnen hinaus. Erst jetzt fiel ihm ein längliches Bündel neben der Tür auf.

„Was ist denn das?", beugte Nepomuk sich herunter und griff danach, „Pfui Deibel! Wie das stinkt! Ich brauch ein Licht!"

Hier lagen immer ein paar Kienspäne und Feuerstahl herum, zielsicher griff er danach. Geschickt schlug er Funken für ein wenig Zunder, brannte damit den Span an.

„Mein Gott, Herr Jesus, Jungfrau Maria!", rief er, bekreuzigte sich und rannte wie von Dämonen verfolgt zur ersten Kammer, „Gertraud, Gertraud!"

Sonst hörte die Köchin einen Floh husten, gerade jetzt schlief sie wie eine Tote! Ohne an mögliche Konsequenzen zu denken riss der Junge die Kammertür auf. Sein Ruf blieb ihm im Halse stecken. Blut, überall Blut, die Alte war kaum mehr zu erkennen, überall Blut!

Entsetzen befiel den Jungen, mit allem zusammengekratzten Mut öffnete er die nächste Kammer, die des Jagdgehilfen. Nein, den hatte er vorhin nicht gesehen, Martin hatte ausgejagt.

„Was soll ich tun? Was soll ich tun? Hört mich denn niemand?", schrie er schrill, nicht eine lebende Seele gab Antwort, „Zum Herrenhaus!"

Atemlos klopfte er an die Hintertür. Gunther musste ihn doch hören! Er trat kräftig gegen die Bohlen der Eichentür, wie von Geisterhand schwang sie auf. Gehetzt von Angst um das, das drüben geschehen war, lief er den Gang hinein.

Niemand, der ihn anrief, niemand zu sehen und zu hören. Der Bub hetzte durch die Flure, lief Treppen hinauf und hinab. Plötzlich befand sich Nepomuk im Salon, bis hierher war er noch nie gekommen! Sein Kienspan reichte nicht aus, das große Zimmer auszuleuchten, mochte der Widerschein seiner Fackel hundertfach von den Lüstern und Spiegel zurückgeworfen werden. Ein Kerzenständer dort auf dem Tisch! Die Flammen flackerten endlich hoch, als er ein schwaches Röcheln vernahm. Angstvoll ging er mit weichen Knien dem Geräusch nach. Bis hierher schaffte es selbst das Licht des Kerzenständers nicht, einzig sein fast abgebrannter Kienspan leuchtete ihm.

„Meiner Seele! Die Frau Gräfin", entfuhr dem Jungen, wieder überall

Blut, der Morgenmantel der Gräfin über und über bedeckt vom Blut und unnatürlichen Löchern. Wenigstens schien die Gräfin am Leben zu sein.

„Euer Rossbub, der Nepomuk", er griff nach einem Tischtuch und versuchte die Leibwunden seiner Herrin damit zu schließen.

„Nepomuk? Ah, der", kraftlos hauchte die Gräfin, ihre weiteren Worte immer wieder durch blutigen Auswurf unterbrochen, „Mach er sich keine Müh, mit mir geht es zu Ende. Aber hör er, reite er sofort zum Pächter Borck, der soll sich kümmern. Danach suche er den Grafen. Berichte ihm, was hier geschehen ist, dass sie unsre Auguste mitgenommen haben und eil er sich. Halt nicht ein, ehe Du dem Herrn berichtest hast!"

Auguste, das war das gnädige Fräulein! Ehe er jedoch auch eine Frage stellen konnte, stöhnte die Gräfin ein letztes Mal auf und fiel in sich zusammen. Verwirrt hielt Nepomuk ihren erschlafften Körper fest, ehe er die Frau vorsichtig wieder zu Boden gleiten ließ. Völlig allein, was sollte er denn tun? Dem Herrn Grafen berichten, ja, das hatte die Gnädigste ihm als letzte Aufgabe gestellt! Der Graf war jedoch mit der Armee weit im Westen, dorthin musste er sofort aufbrechen! Ohne sich weiter umzusehen, rannte er in die Küche und packte sich einen Beutel mit Brot und etwas kaltem Fleisch voll, danach zum Stall, das beste Pferd gesattelt, einen Wassersack gefüllt und er jagte in die Nacht.

Der Junge folgte wochenlang der Sonne nach Westen. Mehrmals musste er sich neue Reittiere besorgen, nicht immer ehrlich bezahlt. Manches Mal zwang ihn die Lage einen Umweg nehmen, überall im Land waren Soldaten. Welcher Armee war ihm egal, wenn sie ihn nur nicht in ihre Reihen zwangen oder gar seinen Gaul wegnahmen! Er erreichte so erst im November das Gebiet um Donauwörth, wo sein Herr und dessen Regiment im Sommer Quartier bezogen hatten. Doch er kam viel zu spät. Mühsam folgte er der Spur der Wege, die die geschlagenen Armeen Frankreichs und Bayern genommen hatten, monatelang.

Der Hauptmann

Ein erneuter Windstoß wirbelte Schnee hoch. Drüben im Haus blieb alles ruhig. Unser Glück. Dem Bauern erklären, woher das Huhn in meiner Hand kam, das hätte uns bloß in unnötige Schwierigkeiten gebracht. Rasch schlichen wir uns in unseren Unterschlupf zurück. Das kleine Feuerchen loderte auf, als ich das Scheunentor einen Spalt weit öffnete, damit mein Kamerad und ich schnell wieder aus der Kälte ins Warme kamen. Wohlig stöhnte Emerald auf, als er endlich den durchnässten Radmantel abgelegt hatte. Für meinen Geschmack stöhnte der Kerl zu laut. Was war, wenn wir und das uns zugelaufene Huhn vom Bauern entdeckt würden? Marodeure und Lumpengesindel waren wir seit diesem unglücklichen Tag. Drüben, vor mehr als einem Jahr, hinter Donauwörth, als uns die vermaledeiten Österreicher, Engländer, Holländer, Brandenburger und andere Hundsfotte aus unserem Land jagten, den durchlauchtigsten Kurfürst allen voran.

„Ah, so ein Heustadel hat was", jetzt legte dieser Depp sogar weitere drei Holzscheit in unser kleines Feuer!

„Willst Du die Scheune abbrennen oder soll uns der Bauer vorher kriegen?", raunzte ich ihn an.

Betroffen schob Emerald zumindest das größte Scheit wieder aus dem Feuer: „Mhm, lieber nicht! Aber es ist schweinekalt, unsere Kleider verfaulen uns längst am Leib! Wir müssen die endlich trocknen. Und wie soll denn unser Gast", er wies auf das Federvieh, das ich gerade in Lehm packte, „gar werden?"

Unrecht hatte er wirklich nicht. Mein abgewetzter, mit Lumpen gegen die Kälte ausgestopfter Militärrock und sein dicker Kutschermantel hatten wahrlich bessere Tage gesehen. Trotzdem würde ich lieber unentdeckt bleiben. Der Lehmklumpen mit seinem Inhalt rollte in die Glut. Ich hatte nun Zeit, nahm meinen Schnappsack und zog das vermaledeite Schreiben hervor. Der Herr Obrist tat sich leicht, der saß vermutlich längst in Paris oder Brüssel an reich gedeckter Tafel, ein paar schöne Damen um sich geschart und fror gewiss nicht. Der hohe Herr wusste vermutlich längst nicht mehr, welches sein letzter Befehl an uns gewesen war.

„Du, magst noch was von unserem Zwieback? Was liest denn wieder?", Emerald reichte mir den Habersack mit unseren arg geschrumpften Vorräten.

„Den vermaledeiten Befehl vom Obristen. Hm, wie sollen wir denn jetzt noch Verbindung zur Landesdefension aufnehmen? Hast ja gestern selbst gehört, alle haben die Österreicher niedergemacht, trotz verkündetem Pardon! Hm, würde überhaupt wer merken, wenn wir uns auf und davon machen würden?"

„Du und desertieren, ja, ja, eher geht meine Schwester, weißt ja, die Fromme im Kloster, mit einem Pfaffen durch."

„Wieso glaubst Du, ich könnte nicht abhauen?", das wollte ich zu gerne genauer von ihm erklärt bekommen.

„Du bist Leutnant, ein Offizier, als Bauernbub!", damit meinte Emerald, alles Notwendige gesagt zu haben.

„Ah so, und ich war bei den Jesuiten in der Schule, das hast vergessen. Und Du? Warum kommst Du mit mir mit? Deine acht Jahr sind längst um, Du bist ein freier Mann. Und erzähl mir nicht, dass als Konstabler nicht den einen oder anderen Kreuzer zur Seite geschafft hast."

Emerald grunze zuerst zufrieden, als Dampf aus seinen Wollhosen aufstieg: „Ah, jetzt wird ich trocken! Ja, hab ein paar Gulden besessen, die gehören jetzt so ein verfluchter Hannoveraner Saubeutel! Frei? Frei zu verhungern, meinst wohl. Heim kann ich nicht mehr, der Bruder tät mich mit der Geisel vom Hof jagen. In eine Freie Reichsstadt? Die Handwerksinnungen warten sicherlich mit großer Freude auf einen enrollierten Soldaten. Nach Böhmen oder in die Oberpfalz könnt ich gehen, dort brauchen sie Pulverdiebe wie mich. Ah, da folg ich lieber meinem Herrn Leutnant und seinem Befehl vom hochlöblichen Obristen Graf von Gramegg."

Er legte sich auf sein Bündel und schlief einfach ein. Gut, wenn er unbedingt mit wollte, soll er. Immerhin hatten wir an die acht Jahre zusammen bei der Fahne gestanden. Wir hatten damals beide kein Rasiermesser nötig, nur konnte ich mir ein Fähnrichsstelle kaufen und Emerald musste von ganz unten anfangen. Eigentlich trennten uns

Welten. Doch zwei sechzehnjährige mit manchem Schabernack im Kopf mussten einfach zusammenkommen. Seither war Emerald der beste Freund, den man sich vorstellen kann. Manchen Krug haben wir geleert und manche Mädchen zurückgelassen. Obwohl, Mädchen gab es wenige, außer Huren, dafür Kämpfe, Festungen und Feldzüge. Zuerst gegen die Türken, nach Italien und am Ende Schellenberg und Höchstädt. Danach der Rückzug einer sich auflösenden Armee, denn an diesem vermaledeiten Tag hatte die Kurfürstlich-Bayrische Armee aufgehört zu existieren. Ich hatte immer noch den Geruch von Pulver, Blut und Kot in der Nase, davon hat es von Mal zu Mal mehr und überreichlich gegeben. Ich steckte den Brief wieder in meinen Sack. Inzwischen war mir jedes Wort gut bekannt:

„Finde er den Hauptmann Braulein bei Schrobenhausen. Der wird ihm Nachricht geben, wo er nach meiner Tochter suchen muss. Dort wird er auch genug Geld für die Suche bekommen. Finde er mir mein Kind, selbst wenn er dazu in die Höll hinabsteigen muss! Meine Gebete werden ihn begleiten."

Die konnte der Oberst sich sparen. Genug Zehrgeld und ein paar erfahrene Soldaten mehr wäre mir lieber gewesen.

Immer wieder hatte ich mich seit unserem Rückzug ins Flandrische gefragt, warum der Graf mich für diese Aufgabe ausersehen hatte. Mag sein, dass wir als einzige Batterie alle unsere Kanonen gerettet hatten, mag sein, dass ich ihm im falschen Moment vor die Füße kam. Ja, wörtlich, als mein Pferd hinterm Rhein zusammenbrach und ich im letzten Moment aus dem Sattel sprang, flog ich dem Grafen direkt vor sein Holzbein. Was ging mich eigentlich seine Tochter an? Ich kannte das gräfliche Fräulein nicht einmal! Ein abgegriffener Scherenschnitt und die übertriebenen Lobeshymnen eines besorgten Vaters, das war es an Auskünften zum Äußeren des Fräuleins gewesen. Erneut kam mir der Gedanke, diesen Auftrag zu vergessen, mich auf dem schnellsten Weg in Richtung Heimat aufzumachen und hoffen, eine gute Partie zu finden. Wie Emerald würden mich die Meinen als überflüssigen Esser ansehen und daher schnellstmöglich wieder loswerden wollen. Was ganz in meinem Sinne wäre, wenn ich ein wenig Kapital in Händen hielte. Für die Bauernarbeit galt ich denen als verloren und mein Herr Bruder, der neue Bauer, hatte mir nie verziehen, dass ich bei den Jesuiten über sechs Jahre lang zur Schule durfte. Dass mir danach die Mutter meinen Erbteil an ihrem Gut für das Fähnrichspatent gab, machte es auch nicht besser. Sie gab es widerwillig, muss ich zugeben, doch ins Kloster? Ich? Das hatten sogar die Pfaffen schnell kapiert, dass das nichts für mich war. Wenigstens das Leutnantspatent hatte ich mir hart erarbeitet, im Felde und im Sparstrumpf. Morgen wollten wir uns vor dem Hellwerden aufmachen. Hoffentlich fanden wir diesen Hauptmann und nicht die Österreicher uns. Die würden uns entweder gleich am nächsten Baum hochziehen, auf eine venezianische Galeere verscherbeln oder ohne viel Federlesen in ihre elendigen weißgrauen Röcke stecken. Alle drei Möglichkeiten wollte ich seit unserem Abschied vom traurigen Rest unseres kurzlebigen Regimentes vermeiden, keine davon entsprach so ganz meinen Vorstellungen vom Rest des Lebens. Wir hatten uns die Nacht geteilt. Einer musste Wache halten, schon wegen des Feuers. Sollte ich nachlegen? Vorsichtig rollte ich mit meinem alten, schartigen Säbel den Klumpen Lehm mit Huhn aus der Glut. Kurz geklopft, es hörte sich gut an. Mir lief das Wasser im Mund zusammen und ich griff nach dem heißen Klumpen. Nein, besser zuerst das Feuer ausgehen lassen. Ehe wir verschwanden, sollte jede Spur verwischt werden, besonders die Feuerstelle. Essen konnten wir unterwegs. Vorsichtig lugte ich hinaus. Die Sterne verblassten langsam, Haus und Stall lagen still und dunkel. Ich schätzte die Zeit, eine halbe Stunde dürfte uns bleiben, ehe jemand kommen könnte. Aus der Stallung hörte ich das leise Klirren, wie wenn sich eine Kuh aus dem Stroh erhob. Das Vieh wusste, wann Melkzeit war. Womit sich mein schöner Zeitplan erledigt haben dürfte. Es blieb uns höchstens eine Viertelstunde.

Während ich mit dem Säbelknauf die hartgebackene Lehmhülle aufschlug, weckte ich Emerald mit einem Fußtritt: „Auf mit Dir. Hier", ich warf ihm eine Hälfte des Huhnes auf die Decke, „iss schnell und dann nix wie weg. Lass nichts zurück!"

Hinter uns verschwand der einsame Hof in der Dämmerung. Vorsichtig näherten wir uns der Straße. Im Schnee waren keine frischen Spuren zu sehen, schon gar keine Pferdespuren. Durch diese Feststellung reisten wir ein wenig entspannter, jedoch spähten unsere Augen und Ohren unentwegt nach unerwünschten Begegnungen.

„Ob in diese Einöde überhaupt Österreicher herkommen? Hier gibt es doch um die Zeit nichts zu holen", brummte Emerald, das ewige Stapfen durch knietiefen Schnee abseits der Wege leid.

„Nichts zu holen? Glaub das nicht, die plündern unser Land bis zum letzten Ei aus", mir fiel ein, dass wir in der Nacht der Gier unseres Feindes mindestens ein halbes Dutzend Eier und ein Huhn entzogen hatten, „Gut, dass das Federvieh ein treuer Patriot gewesen ist und uns mit allen Säften und Kräften beistand. Mir wär die Landstraße auch lieber. Werden wohl müssen, vielleicht findet sich auf der Straße jemand, der uns in die Stadt mitnimmt. In unserer frommen Erscheinung kommen wir kaum an der Torwache vorbei. Dabei haben wir nicht mal ausreichend Geld, um die Wachen zu bestechen und zugleich unseren Weg fortsetzen zu können."

Eigentlich kam mir die Aussichtslosigkeit unseres Unternehmens erst jetzt in den Sinn. Seltsamerweise war mir auf unserer langen Reise nicht ein einziges Mal dieser Gedanke gekommen. Alle Städte waren von österreichischen Truppen besetzt, die Jagd auf jeden machten, der nur annähernd wie ein Aufständischer aussah. Und wir in unseren abgerissenen bayrischen Uniformen sahen vermutlich genauso aus. Sollte ich meinen Säbel verstecken? Erst die Pistole, für die ich noch Pulver und Kugeln für zwei Schuss hatte. Bei Emerald war das leicht, der hatte nur seinen Hirschfänger. Doch wie in die Stadt kommen? Mit jedem Schritt grübelte ich darüber nach, ohne eine Lösung zu finden.

Es gibt Tage, die sind voller Unglück und es gibt Tage, an denen winkt einem Fortuna in einem fort zu. Heute schien so ein Glückstag zu sein. Wir waren am Ende trotz Bedenken auf der Straße weitermarschiert. Plötzlich wieherte ein Pferd hinter der nächsten

Kurve. So wiehern Pferde, wenn sie Schmerzen haben! Geduckt und uns umsehend näherten wir uns der Biegung, halb im Straßengraben schlichen wir vorsichtig näher heran. Ein paar Schritte noch, dann sollten wir sehen, was sich vorne tat.

„Verfluchter Weg!", wütend trat ein Mann in einem bodenlangen Pelzmantel gegen das Rad eines Fuhrgespanns. Er hatte uns noch nicht bemerkt, wir dafür sein Malheur mit einem Blick erfasst. Das schwere Fuhrwerk lag halb auf der Seite, vorne schien eines der Zugpferde gestürzt zu sein, daher das Schmerzgewieher. Drei weniger prächtig gekleidete Gestalten, wohl die Fuhrknechte, zerrten und drückten, doch sie bekamen die Kutsche nicht hoch.

„Wollen wir mal unsere Christenpflicht erfüllen", brummte ich zu Emerald.

Pures Entsetzen in den Augen brachte er nur ein schwaches „Und bringen uns selbst an den Galgen!" hervor.

„Hallo, was ist passiert?", mit meinem offensten Lächeln traten wir heran.

„Der vermaledeite Gaul is' ausgerutscht und der da", der Fuhrknecht schlug mit einem Stock nach dem zweiten Zugtier, „is' zu schwach! Seht doch, was passiert is'!"

„Kümmer Dich um Dein Gespann, Bartel", befahl der Vornehme und verweis den Mann an das zweite Fuhrwerk, „Wie mein Knecht gesagt habt, wir stecken fest. Dabei muss ich heute noch in Schrobenhausen sein, die neuen Herrn dürsten!"

Ein schneller Blick auf die unter den Planen herausblinzelnden Fässer und mir wurde klar, was der Mann meinte: Wein für die österreichischen Besatzer. In Windeseile jagten sich die Pläne in meinem Kopf.

Einer davon gefiel mir außerordentlich gut: „Wir werden versuchen, Euch zu helfen. Vielleicht könnt Ihr ja uns auch helfen."

„Kurfürstliche Soldaten?", man musste dem Mann im Pelzmantel Respekt zollen, er verstand schnell, „Ihr zwei wollt nicht unbedingt von den Weißröcken aufgegriffen werden, stimmt's? Kann ich verstehen. Aber ehe ich mich auf den Handel einlasse, zwei Bedingungen: Ihr schafft es, dass das Fuhrwerk in einer halben

Stunde weiter kann und Ihr schwört mir, dass Ihr nicht zu den Rebellen gehört."

„Schwören wir! Wir kommen ja grad erst aus dem Westen, seit Wochen ziehen wir durch Feld und Wald. Zur ersten Bedingung: Fangen wir einfach an", ich gab Emerald ein Zeichen, dass er einen geeigneten Baum fällen solle.

„Habt Ihr eine Axt?", bat er die Fuhrleute, einer griff in den Kutschkasten, schon war Emerald zwischen den Bäumen verschwunden.

Kräftige Schläge zeigten, dass er das geeignete Holz gefunden hatte. Mit dem Stamm, den er bald danach aus dem Unterholz zog, war der Wagen schnell aufgerichtet und abgestützt. Nun lag es an den Fuhrmännern, die Achse zu richten und binnen der angesetzten Frist war der Wagen bereit. Fehlte noch das Pferd. Dem konnte auch geholfen werden, die Deichsel war beim Unfall dem Gaul unglücklich gegen den Wanst geschlagen. Ein paar Minuten mit Schnee eingerieben und das Pferde schnaubte zufrieden.

„Gute Arbeit, gut, ich nehme Euch in meine Dienste, bis hinter das Stadttor und ohne Lohn. Einverstanden?"

Ich schlug in die dargebotene Rechte ein: „So soll es sein!"

Durch das Malheur war unser neuer Reisegefährte gewaltig unter Zeitdruck geraten. Im Winter schlossen die Stadttore bereits mit Sonnenuntergang, noch vor dem Vesperläuten. Wenigstens hatte sich keine Eisschicht auf dem ungepflasterten Weg ausgebreitet. Keine zugefrorenen Pfützen, deren scharfe Eiskanten die Fesseln und Hufe der Pferde oft verletzte. Der Weinhändler kam aus Italien. Aus Turin, so erzählte er. Er war im Laufe eines unruhigen Lebens immer weiter und weiter nach Norden gekommen. Was für uns besonders wichtig war, er besaß hervorragende Papiere der Österreicher und er liebte die Weißröcke nicht sonderlich.

„Dieses Gesindel, dreimal schon haben die mich nicht vollständig bezahlt, ihre Slawonen meine Vorräte geplündert und meine Tochter misshandelt. Aber man muss schließlich leben", er grinste vieldeutig, „Deshalb helf ich Euch und verlang von den Österreicher immer eine gehörige Draufzahlung."

Es blieb uns keine Zeit, lange zu überlegen. Der Weinhändler machte einen vertrauenswürdigen Eindruck, hoffentlich trog der nicht.

Kurz vor Torschluss kamen wir am südlichen Stadttor an. Ein paar dick vermummte Wächter standen vor dem Torturm, sie schienen in Gedanken bereits bei Wein und heißer Suppe zu sein. Ihre Kontrollen waren bei den vor uns um Einlass suchenden drei Fuhrwerken nachlässig. Noch ein Handwerksbursche, dann waren wir an der Reihe. Was, wenn der Italiener uns an die Österreicher verkaufen würde? Bis auf meinen ausgebleichten Rock und Emeralds Dragonermantel wies nichts mehr auf unsere Zugehörigkeit zur bayrischen Armee hin. Dabei hatten die Kleidungsstücke inzwischen die Farben aller Armeen Europas angenommen. Einer der Posten hielt unser erster Fuhrwerk an, sprach kurz mit dem Italiener. Ich sah, wie ein paar Münzen den Besitzer wechselten und war beruhigt. Wer würde so dumm sein und sein eigenes Geld geben, um zwei Aufrührer zu verraten? Der Soldat winkte uns weiter zu fahren. Erst hinter dem Einlass sah ich mich vorsichtig um, doch niemand schenkte uns Beachtung.

„Meine Freunde, hier trenne sich unsere Wege. Bleibt auf der Hut und viel Glück", der Weinhändler schüttelte uns die Hände, so, dass die meinige mich nach Stunden noch schmerzte.

Wir verabschiedeten uns ebenfalls herzlich, ehe wir uns nach einem Wirtshaus umsahen. Ich hatte noch drei Gulden, genauer hundertachtzig Kreuzer, Emerald zeigte mir seine letzten zwanzig Kreuzer. Damit würden wir nicht weiter als bis hierher kommen. Allein ein taugliches Pferd würde uns in dieser Notzeit vermutlich alle Ersparnisse kosten. Zwei warme Mahlzeiten, ein Krug Wein oder Bier, vielleicht noch zwei Strohsäcke für die Nacht, danach mussten wir Hauptmann Braulein und das für uns bereitliegende Geld rasch gefunden haben. Ansonsten wären wir bankrott.

„Du, Herr Leutnant", schnell senkte Emerald seine Stimme, denn ich hatte ihm lange genug eingebläut, dass er vorsichtig sein müsse, „Äh, Georg, ein Weintransport mitten im Winter?"

Ich verstand ebenfalls nicht viel vom Weingeschäft, aber das war mir auch schon in den Sinn gekommen: „Soll uns nicht interessieren. Da, hier rein", und ich trat schnell in den Schankraum.

Der Wirt schien von der sparsamen Sorte zu sein, außer dem Feuer im Kamin beleuchtete nicht die kleinste Kerze den Raum. Bis auf zwei Handwerksburschen waren wir die einzigen Gäste. Kein gutes Zeichen für die Qualität, brummte Emerald. Wir setzten uns an einen Tisch im allerschwärzesten Eck. Ein brummiger Schankknecht kam, knallte uns wortlos zwei Maßkrüge und ein mickriges Talglichtchen hin. Kaum hatte ich den ersten Schluck gemacht, musste ich Emerald widersprechen, das Bier war ausgezeichnet! Neue Gäste betraten den Raum, unter lauten Rufen von den beiden Burschen begrüßt. Uns beachtete niemand. Erneut erschien der Schankknecht. Ob wir Hunger hätten? Es gäbe Schweinernes mit Erbsenmus und Gerstengrütze.
„Mhm hört sich gut an, zwei große Schläge!", grinste ich.
„Mh, macht mit dem Bier zwei Kreuzer", demonstrativ rieb er Zeigefinger und Daumen.
„Keine Sorge, hier, fünf Kreuzer, wenn wir auch ein Nachtquartier bekommen", ich überlegte scheinbar, drückte ihm einen weiteren Kreuzer in die Hand, „Wir suchen jemand, einen Hauptmann Braulein."
Der Mann steckte sich die Extramünzen umständlich ein: „Ein Hauptmann? Hier gibt es nur den Lieutenant der Weißröcke", er lachte dumpf auf, „Zu dem wollt Ihr zwei sicher nicht."
Eigentlich hätte er jetzt gehen und uns die Fleischschüsseln bringen können, doch er zögerte: „Zwei Kreuzer, es ist eine gefährliche Zeit."
„Hier, hast noch einen, mit Dir wird selbst ein reicher Mann arm!", mit gespielter Bestürzung ließ ich zögerlich noch einen Kreuzer auf die Tischplanken fallen.
„Ihr seht nicht gerade wie reiche Pfeffersäcke aus. Gut, lieber drei Kreuzer als keine, aber Ihr wisst nicht, von wem Ihr wisst, wer und wo der Hauptmann ist!"
„Ehrenwort!", der Kerl könnte langsam mit seinem Wissen rausrücken!

„Capitaine Braulein wohnt vor dem Wall, Ihr müsst einfach gut dreihundert Schritt nach Regensburg hin aus dem Tor und dann einen schmalen Pfad nach links. Kennt er Euch?"

„Nein, er weiß aber, dass wir kommen", mehr musste der Kerl wirklich nicht wissen.

„Gut, ich bring Euch das Mahl, danach zeig ich Euch, wo Ihr schlafen könnt. Fünf Pfennige und Ihr bekommt richtige Betten, kein Lager im Stroh! Ohne Läuse und Flöhe! Nein, fragt gar nicht erst, die Huren sind alle bei den Deibelsösterreichern."

Ein sauberes Bett? Ein Angebot, auf das ich gerne einging. Keine halbe Stunde später warfen wir unsere Habseligkeiten auf die Betten. Das nächste Schlagen vom Kirchturm her hörten wir nicht mehr. Mit der die Beine hochziehenden Kälte erwachten wir beinahe gleichzeitig. Kurz eisiges Wasser aus der Schüssel ins Gesicht, ankleiden und hinunter. Dort erwartete uns nicht der Mann von gestern, sondern ein uraltes, runzeliges und anscheinend gerade erst aus dem Kamin geschlüpftes Weiberl. Sie kassierte uns ab, stellte auf Emeralds Bitte, und einen halben Kreuzer als Dreingabe, einen Topf Brotsuppe mit zwei Holzlöffeln hin.

„Gottes Dank, Großmutter", auf meinen freundlich gemeinten Abschiedsgruß grunzte sie so zahn- wie wortlos, „Ihr braucht Euch nicht zu grämen, lebt wohl", verabschiedete ich mich eiligst.

Vor dem Gasthaus war nicht viel los. Mägde mit Körben auf dem Weg zum täglichen Einkauf, ein Bettler bei der Suche nach einem guten Platz und zwei Franziskaner eilten zur Pfarrkirche. Unsere Sorge galt natürlich bestimmten Leuten in noch bestimmteren Uniformen, doch die schliefen heute anscheinend länger.

Am Regensburger Tor wurden wir nicht aufgehalten. Es sah so aus, als ob die Besatzer nur prüften, wer in die Stadt hinein wollte. Hinter uns näherte sich das Schlagen einer Infanterietrommel. Damit war klar, auf was die beiden wackeren Torwächter warteten: Die Tagwache. Ein schneller, unauffälliger Blick in die Gasse hinein bestätigte meine Vermutung. Eine Korporalschaft marschierte heran. Emerald stieß mich an, den Wink hätte es nicht gebraucht, so langsam wie nötig und so eilig wie möglich passierten wir das Stadttor. Mit weit ausholenden Schritten erreichten wir rasch den beschriebenen Pfad. An seinem Ende stand ein von wildem Wein zugewachsenes kleines Haus. Mehr eine Hütte, dort sollte ein Hauptmann wohnen? Es gab lange schon keine Torflügel in der heruntergekommenen Ummauerung. So standen wir unvermittelt in einem vom Schnee bedeckten Garten. Doch hier wuchsen im Frühjahr keine Blumen, nicht einmal Gemüse, nur auf Tabak fanden sich Hinweise in Form einiger verwelkter Blätter.

„He, Gesindel", rief eine zittrige Stimme aus einem der beiden trotz der Kälte weit geöffneten Fenster.

„Wir suchen den Hauptmann Braulein", ohne Anrede, ich wusste ja nicht einmal, ob Männlein oder Weiblein.

„Ach, Ihr sucht den Herrn Capitaine. Bleibt da stehen!", befahl die Stimme energisch.

Ehe wir uns versahen, schlürfte ein grauer Wollumhang aus dem Haus. Dort, wo anständige Christenmenschen ihren Kopf haben, ragte eine unförmige Wollhaube hervor.

„Wen soll ich dem Herrn melden?", unter der Haube öffnete sich ein zahnloser Mund.

„Leutnant Schwaiger und Konstabler Summer vom kurfürstlichen Regiment Gramegg", riskierte ich es, unsere Zugehörigkeit zu den bayrischen Truppen kund zu tun.

„Ah, der Herr Capitaine erwartet Euch schon seit Stephani, dem von 1704!", ein knochiger Finger erschien aus dem Umhang und gab uns Zeichen zu folgen.

Beinahe hätte ich mir den Kopf am Türsturz gestoßen. Gut, ich war ein paar Zentimeter über dem Durchschnittsmaß, aber diese Tür war für Zwerge gemacht! Selbst Emerald, der fast eine Hand kleiner als ich war, konnte nur knapp einer Beule entgehen. Nein, das war kein Haus einer hochgestellten Person, so sahen bei mir daheim die Hütten der Tagelöhner meines Vaters aus. Ein einziger Raum schien es, durch die mit Pergament bespannten, wieder verschlossenen Fenster trat schwaches Dämmerlicht. Es roch dafür weder stickig noch faulig. Was nicht so richtig passen konnte.

„Ich melde Euch an", lispelte der Umhang und klopfte an die rückwärtige Wand.

Unerwartet öffnete sich dort eine Tür. Helles Licht ließ den Mann im Türrahmen unwirklich erscheinen, fast gespenstisch.
„Ha, wohl unterwegs zu oft bei den Huren gewesen", dröhnte eine tiefe Stimme, „Leutnant, hier rein. Odilie, gib dem Konstabler Milch, Suppe und Brot!"
Ohne auf mich zu warten, verschwand der Hauptmann, sofern er diese Lichtgestalt war. Schon aus Neugierde, was mich hinter der Tür erwarten würde, schloss ich mich ihm eiligst an. Dieser Raum war wirklich eine Überraschung! Echte Glasfenster, keine Butzenscheiben, nein, echtes Fensterglas! Zwei bis zur Decke reichende Wandregale mit Büchern, dicke Teppiche auf dem Boden und an den Wänden zeugten von wahrscheinlich längst vergangenem Rang und Reichtum ihres Besitzers. Der Hauptmann kam mir dagegen fehl am Platz vor. Sein Kopf schien nur aus einem vernarbten Gesicht, einer Klappe über dem linken Auge und einer ebenfalls narbenübersäten Glatze zu bestehen. Ein Mund war bei den Säbelspuren nicht zu entdecken, ebenso wenig eine Nase. Die war jedoch nur so winzig, so dass sie unsichtbar schien. Auch er trug einen unförmigen Umhang aus diesem groben, grauen Wollgewebe über seinen Schultern.
„Hat er sich genug umgesehen!", herrschte er mich an.
Jetzt wusste ich zumindest, welche der Narben sein Mund war.
„Setz er sich. Warum kommt Ihr Tagediebe so spät?", Braulein musste früher als Großinquisitor gearbeitet haben!
„Wir waren bereits jenseits des Rheins, kurz vor Brüssel, als ich die Order bekam. Wir durften schließlich nicht den Österreichern in die Hände fallen", gab ich bewusst im hier anscheinend vorherrschenden groben Tonfall zurück.
„So, er denkt. Denkt gar, damit kommt er durch. Mag er meinen. Jetzt setz er sich doch endlich!"
Was ich widerspruchslos tat. Der Stuhl zeugte ebenso von besseren Zeiten seines Besitzers wie die sonstige Einrichtung des Zimmers. Wortlos übergab ich dem Hauptmann das Schreiben meines Obristen.

„Ah, der Hundsfott hat mein Leben zerstört und schreit nun nach meiner Hilfe. Mach er nicht Augen wie eine Kuh. Hör er mir zu."

Gehorsam bemühte ich mich um einen aufmerksamen Eindruck. Spätestens nach seinen ersten Sätzen brauchte ich sowieso keine Aufmerksamkeit mehr heucheln.

„Weiß er, was sein Obrist mir angetan hat? Seine Tochter, ha, seine Tochter! Der Lügner! Auguste ist mein Kind."

Nur gut, dass ich wusste, dass der Name Auguste auf die verschwundene Tochter meines Obristen wies. Doch die hasserfüllten Worte des alten Hauptmanns sorgten für eine kurzzeitige geistige Leere in mir. Ich wagte es und bat um eine Erläuterung. Er sah mich aus leeren Augen an, als ob er gerade verrückt geworden war. Glücklicherweise fand der Hauptmann wieder zu sich. Wenn ich mich heute daran erinnere, es wäre besser gewesen, er wäre verrückt geblieben - und Emerald und ich schnell verschwunden.

„Ja, ich war einst ein nobler Mann, hatte einen guten Namen. Von Adel wisse er. Es war, als ich in sächsisch-polnischen Diensten stand, vor bald zwölf Jahren. Sie war die Liebe meines Lebens, Sophia Maria, Baroness von Strinowitz. Bis zu jenem unseligen Tag!", wieder dieser irre Blick, Braulein schien sich in seinen Erinnerungen zu verlieren.

„Äh, Herr Hauptmann", nahm ich erneut all meinen Mut zusammen.

„Ah, er sitzt ja immer noch da! Mag er ein Glas Wein?"

Einen alten Soldaten brachte nichts so geschwind wie solche Angebote zu der einzig möglichen Antwort: „Sehr gerne, Herr Hauptmann!"

Sein Blick, längst wieder klar, sah sich suchend um: „Wo ist der Humpen schon wieder?", er griff zu einer neben ihm stehenden Klingel und ließ sie unharmonisch scheppernd über seinem Kopf kreisen.

Das Signal musste der Alten bekannt sein, derart schnell brachte sie einen großen Holzhumpen und ein Glas. Nein, nicht für mich, ich bekam einen schäbigen Tonkrug vorgesetzt.

„Trink er", forderte mich der Hauptmann auf, nach seinem dritten Glas!

Gehorsam leerte ich den Krug. Neben diesem Zimmer musste Braulein auch einen nicht zum Rest des Anwesens passenden exzellenten Weinkeller haben.

„Will er weiter hören?", meine Antwort wartete er erst gar nicht ab, „Wo war ich? Ach ja, damals, in Sachsen. Keine Sorge, junger Freund, ich mache es kurz! Sie war mein Himmel, mein Paradies, mein Leben, bis dieser Lumpenhund Gramegg auftauchte. Auf den ersten Blick ein armer Teufel, vom Vater verstoßen und sein Titel damit nicht einen Groschen wert. Aber um die Damen scharwenzeln, das konnte er wie kein zweiter. Es kam wieder einmal Krieg. Gegen die Schweden, die Türken oder Russen? Ich weiß es nicht mehr. Meine Kompanie musste natürlich ins Feld", er verstummte von traurigen Erinnerungen übermannt.

Mir wurde es warm vom Wein und dem Feuer im Kamin. Sollte ich diesen merkwürdigen Menschen aus seinen Gedanken schrecken?

Zu meinem Glück fand er selbst wieder hierher zurück: „Oh, wie sie mir ihre Treue schwor! Alles Lüge, wir waren noch nicht aus Dresden heraus, hatte sie sich schon zu diesem Satan ins Bett gelegt. Es dauerte über zwei Jahre, bis ich zurück konnte. Kaum aus dem Sattel trug man es mir zu! Zum Gespött der Leute hatte sie mich gemacht! Mein Gesicht, seht ja selbst, zerschossen und zerschlagen, dazu meine Braut mit einem anderen auf und davon. Es dauerte noch einmal zwei Jahre, bis mir Nachricht zukam, dass sie nun die Gräfin von Gramegg sei. Ich gab mein Hab und Gut, um sie zurück zu holen. Vergeblich, kennt er sicher, dieses unsägliche 'bis dass der Tod Euch scheidet'. Ich Tor glaubte ihr die Worte ihres einzigen Briefes nach all den Jahren. Wenn der Graf tot sei, würde sie mich erhören. Pah, was war ich für ein Dummkopf, dass ich diese neuerliche Lüge glaubte! Nicht er allein war schuld an meinem Leiden, sie hat mich bei ihm und aller Welt verspottet, einzig zum Ziel Frau Gräfin zu werden", er starrte aus dem Fenster.

Hatte Braulein nicht gesagt, er wolle es kurz halten? So räusperte ich mich vorsichtig. Die Wirkung blieb aus, so hustete ich laut.

Das hatte Erfolg, er spann seinen Faden weiter: „Doch ich wollte es damals nicht sehen, gab ihm allein die Schuld. Glaub er mir, ich hatte auf diesen erbärmlichen Schurken nicht nur im Traum angelegt. Doch es kam noch schlimmer, denn man trug mir zu, dass diese Dirne Vater und Sohn ausgesöhnt und einer Tochter das Leben geschenkt habe. Mög er mir glauben, ich wusste damals längst, dass die Kinder nicht vom Heiligen Geist gemacht werden. Blick er nicht so drein, die verfluchten Pfaffen haben auch ihren Anteil an meinem Dilemma!"

Seine Linke griff dahin, wo das Herz ist. Für mich musste Braulein nach all diesen Schicksalsschlägen dort nur noch eine leere Höhle haben. Erschöpft griff er nach dem Humpen und füllte sei Glas, mich großzügig übersehend.

Ein viertes Glas rann durch seine Kehle, ehe er fortfuhr: „Ich wusste, dieses Kind ist mein Kind. Doch diese Hexe war voller Intrigen, sogar die Kirchenkittel hetzte sie gegen mich!", noch ein Glas, „Doch dann! Auf einmal stand er unvermittelt vor mir. Ich spürte nur Hass, ehrlichen Hass. Ich weiß bis heute nicht, wie ich meinen Degen zog und ihn ihm durch den Wanst stach. Drei Monate später hatte ich zwar glücklich Brest erreicht, jedoch auch die Nachricht erhalten, dass dieser Teufel mit dem Leben davon gekommen sei und ich für vogelfrei erklärt worden war. Ich trat daher sofort in französische Dienste. Fünf Jahre lang verkroch ich mich in Neu-Frankreich. Doch ich wollte im Alter in der Heimat begraben sein, so ersuchte ich beim Kurfürst um Gnade. Die bekam ich, aber nur, wenn ich als Niemand hier mein Leben fristen würde. Selbst auf meinen ererbten stolzen Namen musste ich verzichten. Das hier", er wies auf die Einrichtung und vergaß den Weinhumpen nicht, „und eine bescheidene Rente ließ man mir vom Erbe eines einst stolzen Rittergeschlechtes. Und nun bittet mich dieser auf Ewig verfluchte Höllenhund um Hilfe!"

Es begann mir zu dämmern, dass der Herr Graf von Gramegg, Obrist des Regiments Gramegg und damit mein Obrist, kein ganz so guter Mensch war. Der Alte mir gegenüber machte nicht den Eindruck, sich etwas zusammen zu spinnen. Richtig schlau war ich zwar aus dessen hastig und zornbebend vorgebrachten Sätzen nicht ganz geworden, bis auf einen Punkt: Die Tochter meines Obristen, die ich suchen sollte, war die Tochter dieses abgehalfterten Hauptmannes vor mir.

„Er hat den Auftrag bekommen?", überraschend setzte der

Hauptmann seine Geschichte nicht fort, sondern musterte mich mit einer Spur Verachtung, „Ein Kanonier! Die Hunde, die einem ehrlichen Kampf Klinge gegen Klinge ausweichen! Hat er schon sein Messerchen benutzt?"

Aufgebracht riss ich mein Hemd auf: „Seht Ihr diese Narbe? Das war ein Türkensäbel. Ihr könnt getrost sein, der Kerl tat damit seinen letzten Streich! Oder die hier, ein gutes Jahr alt. Wollten Kürassiere uns die Geschütze und das Leben nehmen. Verlief nicht ganz so, wie die es planten. Reicht das? Ich Euch noch mehr zeigen."

„Reg er sich nicht auf. Anscheinend seid Ihr löblicherweise auch im offenen Kampf erfahren. Nun denn, nehmt", er hob einen Papierbogen vom Tisch und reichte ihn mir, „Darin steht alles, das Ihr von mir erfahren könnt. Lest, dann spare ich mir meinen Atem! Er kann doch lesen? Hab zum Glück immer noch ein paar Freunde und Beziehungen, nehmt also die Zeitung und lest selbst. Doch zuerst: Nehmt Ihr die Order nun an?"

Seine Frage verhinderte, dass ich mir das in grober Schrift Niedergeschriebene ansehen konnte. Dumm und jung, wie ich war, erklärte ich mich bereit nach dem Fräulein zu suchen.

„Fein, seid ein guter Mann. Es ist wohl besser, Ihr macht Euch noch heute auf den Weg. Es stehen seit Monaten vier Pferde und ein Packtier bereit. Ihr bekommt zwei Begleiter. Einer ist der Junge, der die Nachricht zu diesem Hundsfott und dessen Bitte im Sommer zu mir brachte. Ein guter Junge, nur etwas plump. Und einen Mann, den ich nicht mehr länger verstecken kann, einen der niederbayrischen Rebellen. Ihr seht, je schneller Ihr verschwindet, desto besser."

Er läutete erneut nach seiner Bediensteten und gab ihr Anweisung, uns schnell zu verköstigen und die beiden Tunichtgute mit den Pferden zu rufen. Ohne ein Wort des Abschieds schob er mich mit seinem letzten Wort aus dem Zimmer. Gut, nicht ganz ohne Abschied, einen wohlgefüllten Beutel bekam ich noch in die Hand gedrückt. Nach seinem Gewicht und Umfang, dem harten Inhalt und dessen Klimpern ausreichend Geld für eine längere Reise. Dazu ein Kartenblatt, die Abschrift einer richtigen Karte. Ein erster Blick ließ sie mir ungenau und ohne irgendwelcher Streckenangaben erscheinen.

„Ah, und?", erwartungsvoll sah Emerald von seiner Suppe hoch.
„Und? Keinen Schimmer, ich muss das hier erst lesen."
„Da, Eure Suppe. Die Burschen sind gleich da. Seht zu, dass Ihr weg kommt, bringt nur Schererei", die Alte knallte mir mit diesen freundlichen Worten eine Schüssel mit einer unansehnlichen Brühe voll noch unansehnlicher Brocken hin.

Die Suppe war nicht fürs Auge, aber für meinen an feine Kost ungewohnten Gaumen und leeren Magen eine Wonne. Mit einer Hand löffelnd, las ich im schwächer werdenden Licht, so weit man in der düsteren Stube von Licht sprechen konnte, den Brief. Ein Notarius aus Coburg hatte ihn verfasst. Darin waren die dürftigen Ergebnisse der Untersuchungen einer Mordnacht enthalten. Erst langsam dämmerte mir, dass weder mein Obrist noch der Hauptmann die volle Wahrheit gesagt hatten. Nicht nur die Tochter, wessen auch immer, war verschwunden, der ganze Haushalt des Obristen war regelrecht abgeschlachtet worden, die Gräfin und ein Dutzend Bediensteter! Einzig ein Hinweis erschien darin lohnend, der Fluchtweg der Meuchelmörder und ihres entführten Opfers konnte ein paar Tagesreisen lang verfolgt worden. Daher gab es Vermutungen, wohin die Mörder das Mädchen bringen wollten. Genau wegen diesem Weg sollten wir ins Böhmische, nach Reichenberg. Ein Viehhändler könnte sicher bessere Nachricht dazu geben. Unten, wohl nachträglich beigefügt und in einer anderen, furchtbar krakeligen Schrift:

'Wenn in Reichenberg keine neue Nachricht, geht ins Land der Norweger. Es gibt das Gerücht, dass dort vor bald zwanzig Jahren Ähnliches geschah. Es gibt Feinde des Grafen aus früheren Zeiten, seid auf der Hut!'

Mit diesen mageren Informationen schickte man uns also los, ein kleines Mädchen und die Mörder der Familie des Obersten suchen. Der Wahnsinn darin lag vor mir, bloß erkannte ich ihn in seiner ganzen Tragweite nicht. Den letzten Löffel gerade noch ins Maul bekommen, warf uns die Alte kurz angebunden endgültig hinaus.

Vor der Hütte standen zwei Bauernknechte und fünf Rösser. Irgendwie schaffte es die Alte, uns die beiden Burschen vorzustellen. Der eine Bursche schien Caspar und der jüngere, ein halbes Kind noch, Nepomuk zu heißen. So genau verstand ich die Alte nicht. Ehe wir auch nur ein Wort wechseln konnten, sprang der ältere Knecht in den Sattel.

„He, was soll die Eile!", rief Emerald.

„Wollt Ihr den Österreichern in die Räuberpranken fallen? Wenn die Euch zwei mit mir erwischen, das wird ein Tanz!", er machte eine gut verständliche Geste dazu.

„Noch hängen wir nicht! Wohin?", denn das dürfte nach dem Studium des Briefes nur einer von uns vier wissen, ich.

„Der Herr Offizier soll uns führen, hat der Capitaine gesagt. Nun, Ihr seid doch der Herr Offizier, Euer Gnaden?", fragte Caspar, mit der Unschuldsmiene des vollständigen Idioten, „So hochwohlgeborene Leut wie Ihr können gar gut befehlen, strafen auch, doch könnt Ihr mehr?"

Kurz wollte ich ihm seine Frechheiten an Ort und Stelle abgewöhnen. Ein leiser Pfiff Emeralds brachte mich davon ab. Mein Kamerad hatte recht, jetzt war keine Zeit dafür. Doch ich wusste, dass ich mir nicht allzu viel Zeit mit der nötigen Erziehung Caspars lassen durfte.

„Ja, wir müssen nach Osten, ins Böhmische. Bei passender Gelegenheit werden wir uns wohl unterhalten müssen", eindringlich besah ich mir meine Fäuste.

„Auf die Predigt freue ich mich schon. Hat der Herr hoffentlich bis dahin gebeichtet", der Kerl legte es wirklich darauf an!

„Wir reiten die ganze Nacht. Statt eines Frühmahls wirst Du wohl Deine Zähne schlucken", ich bleckte mit den Zähnen, jedoch sehr freundlich.

Keine halbe Stunde später ritten wir bereits von einer mondlosen Nacht umhüllt unseres Weges. Die wuchtige Gestalt Caspars vor mir gab mir ein Rätsel auf. Der Kerl trug einen buschigen Schnauzbart nach Art der Grenadiere, auch sonst wirkte er mehr wie ein Soldat als ein Bauernknecht auf mich. Was er aber immer vorgab zu sein, ich war auf der Hut!

Hinter mir hatte sich Emerald dem Buben zugesellt. Mit der Erfahrung seiner eigenen Jugend tat ihm der Bursche leid. Aus der Sicherheit des gräflichen Hofstaates herausgerissen und mit einer Aufgabe betraut, die selbst einen Mann überfordern konnte.

„Wie erging es Dir, seit Du unterwegs bist?"

„Ach, es war nicht so schlimm. Erst als ich beim Capitaine ankam, gab es merkwürdige Worte von dem da", er zeigte mit dem Kinn zu Caspar, „Der sprach mit mir wie mit einem Mädchen. Versteht Ihr das?"

Die naive Frage brachte Emerald beinahe zum Lachen, gleichzeitig verspürte er das Bedürfnis, diesen Caspar dessen widerliches Wollen aus dem Schädel und den Eiern zu prügeln. Nepomuk wiederholte seine Frage, so erklärte ihm Emerald vorsichtig, dass es Kerle gab, die mit Frauen nichts am Hut hätten. Er solle bei solchen Vögeln nicht zaudern und ihnen mit der Faust Antwort geben.

Caspar

Am Morgen machten wir eine erste Rast. Unterwegs hatte sich dieser Lümmel Caspar von mir möglichst fern gehalten. Es schien, dass er die Unterbrechung zu einer Lösung nutzen wollte. Mir gefiel der Kerl einfach nicht. Mit seiner offen gezeigten Aufmüpfigkeit gedachte ich fertig zu werden, doch er hatte so etwas Verlogenes in seinem Blick. Auf alle Fälle war ich auf die Auseinandersetzung neugierig. Wollte er sich im Ernst mit mir prügeln? Die Antwort sollte schnell kommen, denn schon lenkte er sein Pferd auf mich zu.
„So, Du feiner Herr", böse lachend sprang er aus dem Sattel.
Ich hasse Prügeleien, mag das auch für einen Soldaten seltsam klingen. Doch ich habe aus meiner Kindheit eine Schlägerei zweier Knechte meines Vaters allzu gut in Erinnerung. Eigentlich waren die sich nicht feind, wäre nicht ein Weiberrock dazwischen gekommen. Was soll ich sagen, am Ende war der eine Knecht tot und sein Gegner wurde vom Scharfrichter aufs Rad geflochten und in saubere Viertel geteilt.
Aus mir unbekannten Gründen hielt es Caspar für nötig, mir den Sinn für seine Abneigung gegen mich zu erklären: „Ihr feinen Herrn habt uns im Stich gelassen! Ha, Euer elender Max hat uns doch an die Hurenböcke aus Österreich verkauft! Wir haben unser Leben für unser Bayern gegeben und Ihr seid davongelaufen!"
Als ob ich als kleiner Leutnant damit etwas zu tun hatte, so ein Depp. Anscheinend brauchte der Kasperl eine deutlichere Erläuterung, also warf ich meinen Mantel ab. Sofort kroch die Kälte in mir hoch, aber mein Mantel war neben der Hose und den Dragonerstiefeln meine ganze Habe. Wenigstens die, die nicht zu zerschließen oder kurz vor dem Auseinanderfallen war. Der junge Mann schien sich lieber nicht der Kälte aussetzen zu wollen. Nicht einmal die Wollfäustlinge zog er aus. Es könnte ein Vorteil für mich sein. Körperlich war ich ihm nur in der Länge überlegen, sein Stiernacken und das, was man unter seinem Rock von den Schultern sah, konnte mir schon Angst um meine Knochen machen.
„Jetzt vom hohen Ross", knurrte er mich an, ehe er nach mir griff.

Seine Hand ging ins Leere, ich hatte mich längst links vom Pferd geworfen. Ein Brunftschrei ertönte, er sprang hoch und griff über den Sattel. Ich wusste zwar nicht, was Caspar mit diesem Kunststück bewirken wollte, denn ich war längst ums Pferd und hinter ihm. Ein mieser Tritt in seine rechte Kniekehle, ein rasch folgender zweiter Tritt gegen seine Achillesferse. Sein Schrei aus Schmerz und Wut scheuchte ein paar Krähen auf. Tapsig wie ein Bär drehte er sich zu mir. Nach acht Jahren beim Militär beherrscht man einige böse Kniffe und Schläge. Genauso einer traf ihn im Drehen, seitlich auf die Nase, von oben herab. Schnell wich ich zur Seite. Ein neuer Schrei, seine Augen traten aus den Höhlen und mit vorgehaltenen Fäusten stürmte er die zwei Schritt auf mich zu. Ehe er mir seine Fleischmasse und Kraft in die Rippen hämmern konnte, wich ich ein zweites Mal aus. So traf ihn mein zweiter Schlag mit voller Wucht und den Fingerknöcheln voraus zielgenau zwischen Ohr und Schläfe. Sicherheitshalber machte ich erneut einen Ausfallschritt, dieses Mal nach hinten. Der war zum Glück nicht mehr notwendig, dumpf knallte Caspar in den Schnee.

„Ist er tot?", flüsterte der Bub.

„Nein, der ist nur müde", trotzdem tastete Emerald nach dem Puls Caspars, „Mhm, der schläft jetzt eine ganze Weile. Hab ich Dir nicht gesagt, auf die Stelle nicht mit den Knöcheln!?"

Erst dadurch fühlte ich den Schmerz in meiner Hand. Ein Blick bestätigte Emeralds indirekten Vorwurf. Meine Rechte war böse aufgeschrammt. Da half nur Branntwein, von innen und von außen.

Was mir einen erneuten Verweis durch meinen Kameraden einbrachte: „Nicht so viel! Wer weiß, wann wir wieder einen bekommen!"

Die Wintersonne blinzelte blass durch das Gehölz, als Caspar wieder halbwegs ansprechbar war. Es sah aus, als ob er die Abreibung gebraucht hatte, denn er schien mich von nun an als Führer unserer Gruppe anzuerkennen. Doch ich beschloss, vorsichtig zu bleiben. Zu schnell und zu krass hatte der Kerl von aufmüpfig in liebdienerisch gewechselt. Dem traute ich nach unserem Disput endgültig alles, nur nichts Gutes, zu.

„Der Herr schlägt wie ein Schmied. Wir wollen ins Böhmische? Wenn der Herr zustimmen, ich wüsste einen versteckten Pfad", er sah mich dabei unterwürfig von unten her an.

„Schmugglerpfad? Wie lange brauchen wir bis Reichenberg?", unser nächstes Ziel, wenn der Brief des Notars glaubwürdig war.

„Mit den Pferden, auf dem Pfad, Herr? Vier-, fünfzehn Tage, vielleicht sogar drei Wochen. Ich kenn auf dem Weg ein Rasthaus, dort wird man uns nicht fragen, dafür können wir unsere Vorräte ergänzen."

Es roch zu sehr nach einer Falle, als dass ich ablehnen konnte. Welcher Teufel mich dabei ritt, weiß ich heute auch nicht mehr. Anscheinend hatte damals eine ganze Rotte böser Geister von mir Besitz ergriffen. Es hieß jetzt, Emerald unauffällig in meine Pläne einzuweihen, dann brauchten wir beide keine böse Hinterlist Caspars fürchten. Vielleicht ergab sich auch die Möglichkeit, den ungebetenen Begleiter loszuwerden. Mich beschlich längst die Vermutung, dass seine Rolle bei den Aufständischen nicht die beste gewesen war. Dazu mein Verdacht, dass er vor nicht allzu langer Zeit den Soldatenrock getragen hat. Fragt sich nur von welcher Farbe. Am Ende hatte er möglicherweise sogar seine Mitstreiter verraten?

Blieb Nepomuk, von Emerald und mir meist 'Bub' genannt. Ich war mir über ihn nicht ganz im Klaren: Ein niedriger Dienstbote des Grafen, auf jeden Fall dem Geschlecht derer von Gramegg treu ergeben. Er mühte sich, unsichtbar zu sein und war trotzdem eine große Hilfe bei der Versorgung der Reittiere. Manchmal wäre es mir lieb gewesen, er hätte geredet, doch meist blieb er stumm. Schwer, so einen einzuschätzen. Zu Emerald schien er halbwegs Vertrauen gefasst zu haben, leider nicht so viel, als dass er meinem Konstabler viel von sich preis gegeben hätte.

Eine Woche schlichen wir uns des Nachts durch Wälder, über brachliegende schneebedeckte Felder und Wiesen. Einmal trabten österreichische Grenzer keine zehn Schritt an unserem Versteck vorbei. Bei einem Einsiedler konnten wir für eine besonders kalte Nacht Unterschlupf finden. Doch der gute Mann hatte selbst nicht viel, so versuchten wir nach der ersten Reisewoche auf einem einsamen Hof um Brot und Heu zu bitten. Habe ich schon erwähnt, dass der Teufel hinter dieser Reise stecken musste?

„Gott zum Gruße, Bauer. Wir sind vom Weg abgekommen und unsere Packtaschen dadurch bald leer geworden. Könnt Ihr uns, gegen gute Gulden, mit Heu und Brot aushelfen?", unwohl blickte ich dabei über den Lauf einer alten Luntenmuskete dem Hofherrn in die Augen, das halbe Dutzend Sensen und Dreschflegel drohend haltende Knechte zum Schein nicht beachtend.

„Seids bayrische Soldaten? Oder Deserteure?", das schwarze Loch vor mir bewegte sich keinen Fingernagel breit.

„Beurlaubte Kurfürstliche, ich bin Leutnant im Regiment von Gramegg, Georg Ignazius Schwaiger. Wir sollen uns im Sächsischen einfinden, unser Regiment soll in Polen neu aufgestellt werden", bog ich ein wenig an der Wahrheit.

Aus dem Augenwinkel sah ich, wie einer der jüngeren Knechte mit seinem Nebenmann tuschelte und dazu bedrohliche Blicke auf Caspar warf. Vorerst musste ich meine Aufmerksamkeit jedoch wieder dem Bauern zuwenden.

„So, nach Sachsen. Wer's glauben mag. Es treibt sich allerlei Gesindel herum", die Mündung seiner Donnerbüchse kam näher.

„Hier", ich holte zwei Gulden aus der Börse des Hauptmanns aus meinem Rock, „Wir sind ehrliche Reisende!"

Er streckte mir eine Hand entgegen, nahm die Stücke und unterzog sie einem prüfenden Blick, „Ein Bayer und ein Österreicher? So, so. Ihr macht einen halbwegs ehrlichen Eindruck. Gut, Heu, Brot und ein Säckchen Dörrobst. Etwas Surfleisch? Wir haben es erst um Martini eingelegt."

„Wenn es möglich wäre, gerne", mir lief schon das Wasser im Mund zusammen.

Eine drohende Stimme kam von da, wo vorhin die beiden Knechte miteinander geflüstert hatten, „Ehrliche Reisende? Österreichische Spione sind's!"

Der Knecht wies dabei auf Caspar. Der Bauer hob wieder seine Muskete und forderte den Knecht auf, zu sprechen.

„Der da, Poldinger Caspar nennt er sich, hat uns an die Weißröcke verraten! Beinah dreißig Burschen haben die niedergesäbelt, vier aufs Rad geflochten und den Mair Baptist enthauptet!"

Wütende Rufe erschollen, finstere Blicke deuteten auf nichts Gutes hin. Auch der Hofherr warf mir erneut einen bösen Blick zu.

„Caspar", barsch befahl ich ihn zum mir, „Ist das wahr? Und red Dich nicht heraus, sonst setzt es mehr als Prügel!"

Leichenblass trieb Caspar sein Pferd an meine Seite, blanke Angst in den Augen. Sollte die Anschuldigung zu Recht erhoben worden sein, ich würde so einen Hundsfott nicht schonen oder für ihn bei diesen Leuten bitten. Mein Vertrauen in dieses verschlagene Gesicht war von Anfang an nicht sehr groß gewesen, nicht allein wegen seinem zu Beginn unserer Reise renitenten Wesens.

„Du musst Dich irren!", zitternd deutete er auf den Sprecher, „Ich bin nicht der Caspar Poldinger, ich heiß Peter Stummer, von Pasing komm ich her!"

Mir blieb bei dieser Lüge das Wort im Halse stecken, nicht jedoch meine Pistole. Ehe der Bauer oder einer seiner Knechte es auch nur wahrnahmen, ließ ich den Hahn knacken und richtete die Waffe drohend auf Caspar.

„Hab ich Dich nicht ermahnt, bei der Wahrheit zu bleiben? Sag die Wahrheit oder ich geb Dir meine Kugel."

Mein Handeln sorgte für zwei Ereignisse. Das erste bestand aus einem wilden Schrei Caspars mit einem gleichzeitigen Fluchtversuch, das zweite Ereignis kam aus den Reihen der Knechte. Mein Begleiter kam keine drei Pferdelängen weit, schon schnitt ihn eine Sense förmlich aus dem Sattel. Das Pferd wieherte, ging auf die Hinterbeine, den Unterleib, vom Brustbein herab, seines Reiters noch im Sattel, Caspars verbliebener Körper fiel über die Kruppe nach hinten. Seine weit geöffneten Augen blickten uns verständnislos an, während Kopf und Brust Caspars sich auf dem gefrorenen Boden in einem langsamen Kreisel drehten und ein dünner werdender Blutstrahl sich mit dem Schnee vermischte. Das, was vorhin seine Lunge gewesen war, löste sich aus der Brust, Gedärm hingen von Pferd und Blut tropfte den Sattel hinunter. Zwei Hofhunde stürzten sich gierig auf die am Boden liegenden Überreste Caspars, vom Bauern mit Fußtritt von den blutigen Innereien weggescheucht. Panisch versuchte der Gaul sich von seiner schrecklichen Last zu befreien. Ohne Nepomuk wäre das Tier sicher vom Hof galoppiert. Der Bub schaffte es mit sanfter Stimme und viel Geduld, das Pferd zu beruhigen, so dass die Knechte des Bauern die Überreste Caspars aus dem Sattel zerren konnten.

„Mein Gott!", keuchte Emerald.

„Würde zu gerne wissen, was er verbrochen hat. Nein, selbst wenn er ein Verräter gewesen sein sollte, das ist nicht Gottes Wille!", rief ich laut, „Du, was ist damals geschehen?", forderte ich den Auslöser zu diesem Drama auf.

„Das hat der Böhm sich redlich verdient!", rief der eine Knecht.

„Wir wollten zu den Defensionären nach Dingolfing. Auch der da war zu Beginn dabei, verschwand dann, wollte auf Kundschaft gehen. Tat er auch, für die Österreichischen! Ehe wir zum Aufgebot kamen, hatten uns Dragoner gestellt. Und der ritt mit ihnen, zeigte ihnen unseren Hauptmann!", zornig schrie der andere Mann mir seine Schilderung ins Gesicht.

„So ist es geschehen! Der kam im Sommer, hat leise Reden wider die Habsburger gehalten. Es wär bei ihnen im Böhmischen längst ein Aufstand, wir sollten uns nur sammeln und sobald die Österreichischen von hier vertrieben wären, würde er dafür sorgen, dass sich uns die Böhmen haufenweise anschlössen!"

„Hab ich mir es fast gedacht", entfuhr mir, „Nun, er hat seinen Lohn. Lasst ihn uns schnell und tief begraben, ehe Weißröcke auftauchen und zu viel fragen."

„Wie Ihr befehlt. Auf, verscharren wir den Hund im Wald", forderte der Knecht seine Kameraden auf und so nahmen sie Caspars Überreste und ein paar Schaufeln und Pickel, um in Richtung des nächsten Waldes zu verschwinden.

Sie luden Caspars sterbliche Überreste auf einen Karren. Gerade noch rechtzeitig fiel mir ein, ihn und seine Habseligkeiten zu durchsuchen. Es fand sich nicht viel, nur ein paar Kreuzer und ein Amulett um den Hals. Alle durften es ansehen, eine Magd konnte sogar etwas damit anfangen. Das sei ein Zeichen der Schacherer, entfuhr ihr. Zu ihrem Glück hatte nur ich ihren Ausruf verstanden. Sie zur Seite ziehen und ein paar eindringliche Fragen später nahm ich das Gehänge an mich. Vielleicht konnte dieses Erkennungszeichen uns einmal behilflich sein. Mir fiel ein, dass uns dieser österreichische Spion auf einem Schmugglerpfad ins Böhmische führen wollte, warum dabei das Zeichen also nicht nutzen? Der Bauer bleib ratlos mit uns zurück. Es brauchte vieler Worte, bis er einsah, dass wir keine Freunde des Verräters waren. Am Ende bekamen wir die Lebensmittel, sogar ein warmes Nachtquartier! Und, wie er das so schnell hinbekommen hatte, ich weiß es nicht, so nächtigte Emerald nicht bei uns im Stroh. Er teilte die Schlafstatt diese Nacht mit einer jungen Magd. Ein Vorfall, der ihn uns beinahe entrissen hätte. Denn das Mädchen war nicht ganz dumm, sondern verlangte von ihm vor ihrem Liebesspiel das Versprechen der Ehe. Emerald versprach es ihr auf alle Heiligen, jedoch ohne es ernst zu nehmen. Leider war die Magd eine entfernte Base der Bäuerin. So kam es, dass wir zum Abschied erneut in die Mündung der Büchse des Bauern blicken durften. Mir fehlte inzwischen jedes Verständnis für diesen flintensüchtigen Mensch, daher bat ich höflich und mit gezogener Pistole um eine Begründung für sein Tun.

„Der hat mir die Ehe versprochen!", rief ein ansehnliches Mädchen, das sich sogleich neben den Bauern stellte.

„So, hat er. Wenn mein Kamerad das versprochen hat, dann wird er es wohl halten", mir eröffnete sich auf die Schnelle kein anderer Ausweg, „Hast Dir einen strammen Hochzeiter erwählt."

„Ja, soll der Franz den Pfarrer herbeiholen!", befahl der Bauer.

„Äh, und das Aufgebot?", eine schwache Ausrede Emeralds.

„Es ist Krieg", verächtlich spuckte der Bauer neben meinen Stiefeln in den Schnee.

„Es wär aber nicht rechtens! Wir haben einen weiten Weg vor uns, wer weiß, wann wir wiederkehren", meine Worte hatten vielleicht nicht geholfen, die Pistole umso mehr.

„Lassen wir es gut sein. Soll er sein Versprechen hier vor uns als Zeugen wiederholen. Und Ihr, Herr Leutnant, gebt Euer Wort, dafür zu sorgen, dass er es nicht vergisst!", es war inzwischen auch im Interesse des Hofherrn, die Sache ohne Streit gerade zu biegen.

So kam es, dass Emerald vor unserer Abreise sein Versprechen vor allen Leuten auf dem Hof wiederholen musste. Ein letzter Blick zurück und wir ritten wieder zwischen Bäumen dahin.

„Du hast Dich in eine schöne Scheiße reingesetzt. Wirst Du Wort halten?", schließlich wussten wir nicht, wann und ob wir überhaupt jemals hierher zurückkommen würden.

„Ich weiß es erst, wenn ich wieder des Weges komme", lautete seine schwammige Antwort.

„Mir fällt grad eine kleine Schwarzhaarige ein, Weißt schon, die kleine Ungarin. Was wurde eigentlich aus der und dem Kind?"

Wütend blitzten mich Emeralds Augen an: „Die macht es wie ein bestimmtes Notariustöchterlein. Oh, Du falscher Jesuit!"

„Die Edita? Die ist tot, Cholera. Doch lassen wir die alten Geschichten, los jetzt, im Galopp!"

Brummend gab Emerald seinem Pferd die Sporen. Der Seuchentod meiner Edita, die er schließlich auch gekannt hatte, schlug ihm aufs Gemüt, und das wollte er weder mir zeigen noch sich eingestehen.

Die Schmuggler

Vor uns erhoben sich die Anhöhen des Oberpfälzer Waldes. Obwohl sie sich unmerklich an die bisherigen Hügel anschlossen, hießen sie Anhöhen. Noch rund 250 Kilometer bis Reichenberg. Anscheinend hatte unser Glück beschlossen, ab diesem Tag weniger für uns zu tun. Unentwegt mussten wir österreichischen Patrouillen ausweichen, Unterschlupf gewährte man uns immer seltener und dazu setzte das Tauwetter heuer früh ein. Seit drei Tagen mussten wir die Pferde meist führen, der Boden war zum Reiten viel zu schwer und tief. Unsere Kleider trocknen war ebenso ein Traum wie eine Nacht im Warmen. Die Tiere hatten in der Früh das letzte Büschel Heu gefressen, für den Abend eine Handvoll Hafer für die Gäule und Pökelfleisch für uns, dann war es aus mit unseren Vorräten.

„Herr, ich hab Hunger", flehend rief der Bub mir zu.

„Mh, ich auch", erfuhr er rasch die Unterstützung Emeralds.

„Ach, Ihr habt Hunger? Die Gäule auch, aber die klagen nicht. Dann suchen wir einmal eine Raststätte. Seht Ihr irgendwo Rauch?", im Unterschied zu den beiden war mir seit Mittag nämlich aufgefallen, dass sich nirgendwo ein Hinweis auf eine Ansiedlung erahnen ließ.

Sie nahmen meine Worte wie einen Befehl, angestrengt sahen sie suchend den Horizont ab, sogen prüfend die Luft durch ihre Nasen ein. Das Ergebnis hätten sie bereits meinem Hinweis entnehmen können, es gab im weiten Umkreis keine Feuer- und demnach auch keine bewohnte Hofstelle.

„Wir müssten derweil nahe Tirschenreuth sein, bekanntlich eine Stadt!", beschwerte sich Emerald.

„Müssten wir, aber entweder sind wir längst daran vorbei oder noch lange nicht da", versuchte ich es zu erklären, „Ich seh mir die Karte Brauleins nochmal an", müde stieg ich ab und breitete das Pergament auf dem Schnee aus.

Die Karte des Hauptmanns half leider auch nicht weiter, ein paar Straßen oder Flüsse lagen dort, wo ich uns vermutete, doch keine größere Ortschaft. Tirschenreuth musste gemäß dieses Werkes gut zwanzig Kilometer nordöstlich von uns liegen, wenn ich die überquerten Wasserläufe und Straßen richtig mit den verschiedenen Strichen hier verglichen hatte.

„Pst!", warnte unvermittelt der Junge.

Ich steckte die Karte weg und überließ mein Pferd Emerald. Keinen Augenblick zu früh hatte uns Nepomuk gewarnt. Klappernd und klirrend näherte sich ein Trupp Reiter von Süden. Dort vorne musste demnach ein befestigter Weg sein, für das ansonsten morastige Gelände ritten sie viel zu schnell. Pelzkappen mit bunten Mützenbeutel, bräunliche Fellmäntel, österreichische Grenzer! Denen wollte ich nicht in die Hände fallen, nicht einmal als harmloser Zivilist. Ihr Ruf war allzu schlecht. Das waren bekanntermaßen größere Räuber und Plünderer als alle Soldaten des Reiches und Frankreichs zusammen. Kaum hatten sie uns passiert, schnaubte eines unserer Pferde! Entsetzt verfolgte mein Blick die Grenzsoldaten. Wieder hatten wir unwahrscheinliches Glück gehabt, sie schienen nichts gehört zu haben.

„Das war knapp! Grenzmiliz? He, da vorne muss eine Straße sein!?"

„Ja", meine Antwort umfasste beide Fragen Emeralds.

Emerald zwinkerte Nepomuk zu: „Die haben uns nicht erwischt und dafür reisen wir jetzt auf einer Straße!"

Endlich war von den Österreichern nichts mehr zu hören und zu sehen. Wir traten trotzdem sehr langsam und vorsichtig aus dem Schutz des Waldes heraus. Ein Gutes hatte das Tauwetter, wir kamen bis zum Weg ohne Spuren im Schnee zu hinterlassen. Doch was nutzte uns der, wenn sich darauf allerhand ausländisches Gesindel in Uniform herumtrieb? Noch dazu, wenn man nicht weiß, von wo nach wo es auf dieser Straße geht. Nach Süden, wenn die Karte hier stimmte, lag Weiden. Demnach führte der Weg nach Tirschenreuth. Von dort war es nur ein Steinwurf bis ins Böhmische, deshalb hatte ich ja diese Richtung gewählt. Entschlossen schritt ich mit dem Pferd am Zügel zurück zum Waldrand.

„Und jetzt?", Emerald klang in letzter Zeit manchmal fast so kläglich wie unser immer hungriger Nepomuk.

„Nach Norden, weg vom Weg. Wir bleiben im Wald und folgen dort entlang dieser Straße. Die geht nach Tirschenreuth", mit mehr

Überzeugung in meiner Stimme denn im Herzen.
Im letzten düsteren Grau des Abends entdeckte Emerald ein aufgelassenes Gehöft. Hier wollten wir unterziehen, ein kleines Feuerchen und mit etwas Glück hatten die früheren Bewohner ein Fass Wein oder einen Sack Getreide vergessen. Die verkohlten Balken des Dachstuhles machten unsere Hoffnungen zunichte. Wir fanden wenigstens nach längerer Suche ein Eck, das insbesondere nach oben genügend Schutz bot.
„Muss einstmals die Stube gewesen sein", vermutete Emerald, „Seht Ihr, die Deckenbalken sind verziert!"
Welche Deckenbalken meinte er? Die angefaulten, halbverbrannten, ächzend die erbärmlichen Dielenreste stützenden Fragmente? Die uns trotzdem vor Regen oder Schnee schützen sollten? Anscheinend meinte er eben diese Überbleibsel. Ehe wir ein Feuer machten, musste sich umgesehen werden. Daher wies ich den Bub an, die Pferde in die Ruine zu bringen und zu versorgen. Emerald und ich sahen uns zunächst die Überreste der anderen Hofgebäude an. Die Remise hatte zwar Wände, doch vom Dach keine Spur mehr. Vom Stall war auch nur wenig übrig, der war zu großen Teilen bis auf die steinernen Grundmauern herunter verbrannt. Trotzdem klopften wir den hölzernen Boden im hinteren Teil ab. Die schwarzen Bretter hielten unseren Versuchen meist nicht stand. Außer einigen nicht ganz verkohlten Brettern im hinteren Bereich. Die wollten so gar nicht zu den übelst zugerichteten Brettern ringsum passen.
„Soll ich Dir was sagen? Die sind nicht wirklich verbrannt", Emerald trat heftig auf ein, zwei der erwähnten Hölzer.
„Die sind nachträglich eingefügt worden, klingt hohl", stimmte ich zu.
Mit vereinten Kräften hoben wir sie an. Eine richtige Klappe tat sich auf. Eine roh gezimmerte Leiter führte hinab.
„Sollen wir?", dabei verschwand Emerald längst in der Tiefe.
„Und?", rief ich, vorsichtig über die Wandreste ins Umland spähend.
„Sakra! Was willst? Schinken? Oder Branntwein? Tabak könnte ich auch anbieten! He, was ist denn das?", er erschien wieder aus dem Loch, einen großen Schinken mühsam auf der Schulter balancierend und einen Stroh umwickelten Krug zwischen Brust und Leiter

hochschiebend.

Ich betrachtete die seltsame dunkelbraune Bohne, die er mir entgegen hielt. Ich nahm sie entgegen und biss vorsichtig hinein.

„Steinhart! Bitter", als ich es geschafft hatte, sie zu zerbeißen, „Weißt, was das ist? Kaffee! Also bitte, den haben wir drunten bei den Türken schon getrunken!".

„So, kann sein. Könntest Du mir helfen?", unterbrach mein Kamerad.

Ich nahm ihm Krug und Schinken ab: „Sonst was?"

„Da", er zog einen Packen Plattentabak aus der Westentasche.

„Wir wären versorgt. Komm, sehen wir nach Pferdefutter. Oder hast drunten Heu und Hafer gefunden?", einer, also ich, musste schließlich auch an unsere Tiere denken.

„Nein, hab nur aufgehoben, was vorne rumgelegen ist. Wir sollten uns hier nicht allzu lang aufhalten. Das hat wer versteckt. Und das war kein Benediktiner. Meinst, dass es Schmuggelgut ist?", ein misstrauischer Blick seinerseits folgte Emeralds Worten.

Ehe ich mich entschied, wollte ich mir die Sache selbst ansehen. Wieder einmal bereitete mir meine Größe ein paar kräftige Knuffe von der niedrigen Decke des Kellers. Im Licht eines Kerzenstumpens erschienen zuerst ein paar Säcke. Auf einem ein verblasster Schriftzug: 'Kawheekocherei Poditschil, Lienz'. Ohne lange nachzudenken füllte ich mir die Rocktaschen mit den Bohnen. Vor meiner Nase tanzten weitere Schinken von der Decke und hinter den übrigen Säcken lagen tatsächlich zwei große Säcke mit dem besten Inhalt überhaupt: Hafer! Bedächtig ging ich weiter in den Kellerraum hinein. Was soll ich sagen, eine Schatzkammer lag vor mir. Zumindest eine solche für drei Dummköpfe mit einem lebensgefährlichen Auftrag und kaum genug Mitteln, den zu erfüllen. Zwanzig Musketen, nebst Bandeliers, Patronentaschen und Bajonetten. Nicht die leichten Franzosenflinten, schwere Gewehre mit dem Stempel Brandenburgs. Pulver! Blei! Kugelzangen! Feuersteine!

Draußen schien es Emerald unwohl zu werden, energisch bat er um meine Rückkehr. Statt seinem Gebettel zu folgen, schlüpfte ich aus meinem Rock und verstaute ausreichend der Schätze darin, knotete die Ärmel zusammen, packte noch vier der Gewehre und machte

mich an den Aufstieg.
„Kommt wer?", flüsterte ich, den Kopf gerade aus dem Abstieg erhoben, „Wenn nicht, nimm das hier. Ich hol noch ein paar Sachen. Hast den Hafer gesehen?"
„Nein, aber mach schnell. Mir gefällt das nicht!", Emeralds stetiger, angstvoller Blick nach hinten passte so gar nicht zu ihm.
Die Hafersäcke zuerst, dann ein Fässchen Schießpulver, ein paar Stangen Blei und einige Kugelzangen. Um ein Haar hätte ich die Feuersteine vergessen, die noch schnell genommen und raus hier!
„Zeit wird es. Sollen wir nicht besser weiterziehen?", Emerald hatte tatsächlich Angst!
„Merkst, dass es zu regnen anfängt? Wo sollen wir denn hin? Lass den Buben ein Feuer machen, ein kleines und er soll nur trockenes Holz nehmen. Währenddessen bewaffnen wir uns wieder und versuchen uns im Kaffee kochen, einverstanden?"
So ganz war Emerald zwar nicht umgestimmt, wenigstens die Aussichten auf einen seltenen Genuss und endlich einmal vernünftig bewaffnet zu sein versöhnte ihn halbwegs.

Inzwischen hatte sich der einsetzende Regen in ein fürchterliches Gemisch aus Schnee, halbgefrorenen Regentropfen und einem eisigen Wind aus Osten verstärkt. Nepomuk hatte genug trockenes Altholz gefunden, so flackerte ein kleines Feuer, zwischen zwei Stecken hing unser Wassertopf darüber und sein Inhalt begann langsam zu sieden. Daneben, etwas näher am Feuer, hing unser zweiter Topf, darin schmolz ich einen Teil des gefundenen Bleis. Emerald und ich hatten die Musketen gereinigt und bereits mit Pulver geladen. Anschließend versuchte ich mein Glück mit den Gussformen, um ein paar Kugeln für meine Pistole anzufertigen. Einen neuen Zündstein hatte ich bereits. Emerald hatte Satteldecken dazu genutzt, die Lücke in unserem 'Dach' abzuschließen. Ein auf den ersten Blick sinnloses Unterfangen, war neben den Brettern doch längst alles nass, teilweise mit matschigen Schneeflecken bedeckt. So stieg der Rauch unseres Feuers jedoch nicht in einer einzigen Säule hinauf, sondern verteilte sich ringsum durch alle Mauerritzen und leeren

Fensterhöhlen. Wodurch er aus weiterer Entfernung nicht mehr leicht sichtbar war. Für uns hingegen natürlich wenig angenehm, aber was soll's, Hauptsache warm und mit der Zeit sogar trocken!

„Zerstoßen?", der Junge sah mich mit großen Kuhaugen an, „Warum und womit, Herr?"

„Damit das Gebräu trinkbar wird, womit? Nimm das Beil und leg die Bohnen in Deine Weste, darin zerklopfen", riet ich ihm.

Draußen hatte das Unwetter nachgelassen, drinnen dampften unsere nassen Kleider, die Pferde, unser erster selbstgebrauter Kaffee und zwei lange nicht mehr benutzte Tonpfeifen. Der Bub setzte mehrfach an, doch so recht wollte es ihm nicht gelingen, seinen Wunsch nach etwas Tabak und einer Pfeife zu äußern. Emerald hatte bald genug von dem unausgesprochenen Jammer und zog zu meiner Überraschung eine echte Meerschaumpfeife aus seinem Schnappsack.

„Lag auch da drunten, ehe sie verkommt", erläuterte er, gab sein altes Pfeiferl dem Bub und stopfte sich selbst die Nobelpfeife.

„Wenn der ihr Herr und Meister kommt, das erklärst Du dem schön allein!", noch meinte ich es scherzhaft, was sich bald ändern sollte.

Der Wind pfiff stärker, wenigstens kein Graupelregen mehr. Unser Feuer bestand nur noch aus glimmenden Resten. Bald würde es hell werden, meine Wache war bisher ohne Vorkommnisse geblieben. Gerade wollte ich Emerald wecken, als ich ein näher kommendes Geräusch hörte. Ein gut bekanntes Geräusch, das Schmatzen von Pferdehufen auf weichem Grund und das Klirren von Ausrüstung. Emerald zu wecken blieb mir gerade noch Zeit, kaum wieder an dem einstigen Fenster sah ich drei, nein, fünf Schatten: Drei Reiter mit hoch beladenen Packtieren. Sie kamen tief über ihren Sätteln gebeugt näher, anscheinend schöpften sie keinen Verdacht. Mein Daumen spannte den Hahn des Gewehres. Zwei der Ankömmlinge saßen ab und zerrten die Packtiere zu der Stallruine.

„Pst! Sollen wir gleich schießen?", Emerald sprach nicht, er flüsterte nicht, er hauchte.

„Nein, warten wir ab. Vielleicht werfen sie ihre Packen nur hinunter", um es klar zu stellen, ich war nie ein Optimist, dieses eine Mal hoffte ich jedoch auf einen glücklichen Ausgang.

Eine vergebliche Hoffnung. Ein wütender Ruf in einer mir unbekannten Sprache ließ den auf dem Hof wartenden Reiter sein Pferd auf der Hinterhand wenden und in Richtung des Schreis traben.

„Das war's dann", murmelte Emerald, während er das Bajonett lockerte, „Sakradi! Das ist ja eines zum Einstecken! Die Flinten sind wohl aus der Zeit der Schweden übrig gewesen."

Seinen Einwand hinsichtlich der Brauchbarkeit unserer frisch und kostenfrei erworbenen Gewehre hörte ich zwar, mehr auch nicht. So lange vorne die Kugel rauskam und weit genug flog. Das mit den Schweden aus dem großen Krieg war sowieso übertrieben, selbst in unseren Schlachten der letzten Jahre hatte es mehr als genug reguläre Regimenter mit solchen Spundbajonetten gegeben. Trotzdem prüfte ich mein Seitengewehr. Auch so ein veraltetes zum ins Rohr stecken. Zum Teufel!

„Warten wir es ab. Wo hab ich das Ding nur?", ich tastete meine Taschen ab, „Ah, vielleicht hilft uns das!"

„Das Amulett eines Toten, ja, das wird uns gewiss helfen", spottete mein Kamerad und bekreuzigte sich vorsichtshalber gleich zweimal.

Drüben hatten sie die Überreste der Stallung verlassen und beratschlagten sich anscheinend. Mitten auf der freien Fläche und bei langsam besser werdenden Büchsenlicht! Eigentlich wäre das unsere Chance gewesen, vier Gewehre und drei keine dreißig Schritt entfernten Ziele, dabei konnte nichts schief gehen. Schon lag der Koben an meiner Schulter.

„He, Ihr da!", rief, nein, brüllte der Reiter zu uns herüber.

„Sollen wir?", anscheinend hielt Emerald eine schnelle Salve immer noch für unser sinnvollstes Mittel.

„Nein. Ich rede, Du passt auf", bevor er mir widersprechen konnte, hob ich eine Hand aus der Maueröffnung: „Stellt Euch so hin, dass wir Euch sehen können! Was wollt Ihr?"

„Was wir wollen!?", die Stimme war nicht gerade das furchteinflößende Höllenorchester eines Räuberhauptmanns.

„Genau. Wir machen hier nur Rast, also!", meine Stimme hingegen klang gerade eher nach Hauptmann, hm, oder doch mehr Wachtmeister?

„Kommt raus", der Reiter klang krampfhaft um eine Respekt einflößende Stimme bemüht.

„Ich komme raus, komm Du näher", befehlen hatte ich wahrlich gelernt, nur ob das hier half?

Es half. Der Reiter sagte etwas zu seinen Kumpanen und ließ sein Pferd im Schritt näher kommen. Ich trat nun heraus, das Gewehr halb gesenkt. Er verhielt vier, fünf Schritt vor mir und schlug seinen Umhang zurück, ehe er sich flink aus dem Sattel schwang. Sagte ich 'er'? Nein, es war eine Frau, ohne jeden Zweifel. Noch beschattete ein Schlapphut ihr Gesicht, doch ihre, für einen sehnsüchtig an Frauen denkenden einsamen Soldaten wie mich, wohlproportionierte Figur ließen keine Zweifel aufkommen. Eine Frau Räuberhauptmann also, auch ohne ihr Gesicht zu sehen, so erschien sie mir bereits als eine wunderschöne Räuberprinzessin! Anscheinend hatte sie meine lüsternen Blicke, die ich bei allen Heiligen gar nicht hatte, als Aufforderung betrachtet.

Sie schwang elegant ihren Hut vom Kopf, ein Meer dunkler Locken floss hervor: „Mecht vom Galgenstrick, und Ihr?"

Wenn so Räuberprinzessinnen aussehen, wie sehen dann erst Engel aus? Mir blieb wenigstens mein eigener, gerade wohl sehr dumm wirkender Gesichtsausdruck erspart, ihr kurzes Lachen zeigte mir den Ausdruck meiner Miene zur Genüge. Zumindest behielt sie den Spott in ihren graublauen Augen ansonsten für sich.

„Zuvor muss eines geklärt werden: Seid Ihr Habsburger oder denen freund?", meine Stimme musste furchtbar krächzen, so trocken war mein Mund geworden.

„Mit denen?", statt einer ausführlichen Antwort griff sie an die Seite und legte die Hand auf den Degengriff.

„Georg Ignazius Schwaiger, kurfürstlicher Leutnant auf Abwegen, erlauchtestes Fräulein von Galgenstrick!"

„Ein Kurfürstlicher!", so schnell konnte ich gar nicht schauen, so schnell sah ich ihre Degenspitze keine Hand breit vor meinem Kopf.

„Ehemals, wertes Fräulein, ehemals", ihr Degen senkte sich.
„Mag ich erstmal glauben. Wart Ihr an unseren Vorräten?", es klang gelassen, ihre Augen sprachen eine andere Sprache.
„Wir werden Euch dafür entschädigen", mehr fiel mir gerade nicht ein.
„Vier Gulden für die Viktualien, zehn für die Musketen", fordernd streckte sie mir ihre Hand hin.
Anfangs zögerte ich, doch auf einen Kampf wollte ich es nicht ankommen lassen. Wer weiß, vielleicht konnten uns die Schächer sogar von Nutzen sein. Sie nahm die Münzen und prüfte sie. Anscheinend war das Geschäft zu ihrer Zufriedenheit abgelaufen, denn der Degen glitt in seine Scheide.
„Wenn Ihr unsere Vorräte wegfresst, könntet Ihr uns auch einladen", ihr Blick wies zu den Überresten des einstigen Haupthauses.
„Wenn Ihr Frieden haltet, kommt", ich gab den Weg frei und winkte auch ihre Spießgesellen heran.
Die stutzten, doch ihre Anführerin rief wieder in der unbekannten Sprache und so folgten sie, wenn auch voller Misstrauen und die Hände am Gürtel. Worin jeder ein großes Messer und eine ebenfalls große Pistole verborgen hatte. Anscheinend sollte ihre Bewaffnung mir nicht entgehen.
„Vorerst Urfehde?", ich richtete mich wieder an die Anführerin unserer Gäste.
„Ja, will solch gute Kundschaft nicht gleich verlieren", mit einem frechen Grinsen hielt sie mir ihren Beutel mit meinen Kreuzern entgegen.

„Die Pferde binden wir draußen an", womit ich den inzwischen erwachten und ängstlich zwischen unseren Gäulen kauernden Nepomuk sowie die beiden Kerle meinte.
Emerald sah mich strafend an, hielt sich ansonsten mit seiner Meinung zurück, sondern entfachte das Feuerchen erneut und machte Kaffee. Wir drei saßen nun auf der offenen Seite des kleinen Feuers, unsere ungebetenen Gäste mit dem Rücken zur Wand. Auf den Bub konnten wir im Notfall kaum zählen, daher lagen auf Emeralds und meinem Schoß jeweils zwei gespannte Flinten,

Schussrichtung auf die drei Fremden. Komischerweise hatten die auch ihre Pistolen auf den Schößen und zu uns her gerichtet. Unauffällig musterte ich während des Frühstücks aus Kaffee, Schinken und Teigfladen die beiden Männer. Ein ziemlich dicker, etwas zu kurz geratener Mann, eher in den Vierzigern denn in seinen Dreißigern, mit einem struppigen rotblonden Bart und großen, kindlich in die Welt blickenden grünen Augen. Sein Nebenmann war ebenso nicht mit körperlicher Größe gesegnet, dafür mit einem breiten Kreuz, auffallend kräftigen Beinen und umso dünnerem Haupthaar, soweit noch vorhanden. Sein Schnauzbart ersetzte aber auch jedes fehlende Haupthaar, so mächtig hing er von den Mundwinkel bis übers Kinn. Etwas in seinem Gesicht erinnerte mich an Syphiliskranke, solche hatte ich im Laufe meines Soldatenlebens genug studieren können. Angeblich kam die Franzosenkrankheit aus Amerika und man musste aufpassen, keine Körpersäfte mit so jemand auszutauschen. Das hatte ich sicherlich nicht vor, doch unbewusst hielt ich von da an immer ein wenig Abstand zu dem Kahlen.

Die beiden schienen meine Musterung nicht zu beachten, anders die Frau: „Nun bin ich wohl dran", sie warf ihren Umhang ganz ab, „Damit Ihr besser seht, welches Stück Fleisch Ihr vor Euch habt."

Was böse klang, wurde durch einen tieftraurigen Blick ihrer Augen Lügen gestraft. Sie hatte sicherlich genug taxierender Blicke auf sich spüren müssen, meist ohne gute Absichten dahinter. Trotzdem, oder gerade deswegen, unterzog ich sie einer genauen Prüfung. Groß, wundervolle Haare, ein Gesicht wie ein Engel, kräftige Brüste und Hüften, eine schlanke Taille. Ob sie ein Korsett trug? Wer hätte ihr beim Ankleiden helfen können und dazu kaum für das unstete Leben als Räuberfürstin geeignet. Eine dünne, alte Narbe zog sich vom linken Augenwinkel bis zum Kinn. Ich mag ja ein unbeholfener Taugenichts sein, aber das war ohne Zweifel eine Messer- oder Degennarbe, mit so was kannte ich mich aus! Vorhin war sie mir fast so groß wie ich selbst erschienen. Sie war für eine Frau tatsächlich groß, doch nicht so wie ich. Zierten ihre schenkelhohen Stiefel doch mehr als daumenhohe Absätze. Diese Stiefel waren von ausgesuchter Qualität, wie auch ihre ledernen Hosen, die Samtweste und der achtlos zu Boden geworfene, pelzbesetzte Umhang. Leider schienen ihre beiden Pistolen und der Degen von nicht minderer Güte zu sein.

„Ihr habt einen langen Weg hinter Euch", unterbrach sie unvermittelt meine Visitation, „Habt wohl lange kein Zuhause gefunden."

„Mhm, Ihr könntet wahr sprechen, wertes Fräulein Mecht", knurrte ich, unseres wenig hoffähigen Äußeren nur zu bewusst.

In diesem Moment kam mir der Gedanke an das Amulett wieder. Ich zog es aus meiner Rocktasche und hielt es ihr hin: „Kennt Ihr das?"

Zuerst kniff sie die Augen zusammen, dann schleuderte sie daraus Blitze hervor: „Wo habt Ihr das her?", nein, es klang nicht freundlich!

„Sagt Euch der Name Caspar etwas? Einem böhmischen Spion der Weißröcke?", entweder hatten wir Glück und die Blitze hatten dem seligen Lumpen Caspar gegolten oder …

„Aus Euren Worten höre ich, dass Ihr kein Freund von ihm seid. Ja, ein verfluchter Spion und Verräter. Doch woher habt Ihr sein Zeichen?"

„Er braucht es nicht mehr", weil keine Blitze mehr zuckten, sondern ein erleichtertes Lächeln über ihr wunderschönes, hab ich das schon erwähnt? Also, ein Lächeln huschte bei meinen letzten Worten über ihr Gesicht, so schilderte ich das Ende Caspars in allen Facetten.

„Soll er auf ewig in der Hölle schmoren! Der sollte Euch nach Reichenberg führen? Warum?", fragend forderte ihr Blick mich zum Weitererzählen auf.

Emerald stöhnte leise, er schien das Kommende für keine gute Idee zu halten. Im Unterschied zu ihm hatte ich Vertrauen zu der Frau, zumindest vorerst. So erzählte ich das Nötigste. Vom Überfall auf den Landsitz Grameggs und den dort verübten Verbrechen, von unserem Auftrag, dem Capitaine Braulein und seinem Anteil an der Geschichte.

„Ihr sollt also in Reichenberg einen Hinweis auf die Unholde finden? Wie kam Euer Capitaine denn darauf? Und dazu diesen Dreckshaufen als Euren Führer!", Fräulein vom Galgenstrick sah uns etwas fassungslos an, „Ihr braucht nicht nach Reichenberg. Wir gehen ins Mecklenburgische, wir müssen nach Norden!"

Jetzt war es an Emerald und mir gemeinsam aufzustöhnen und fragend auf die Sprecherin zu blicken. Mit ihrem Satz kamen zwei Fragen auf, die ich nur zu gerne beantwortet bekommen hätte. Zuerst natürlich die Frage warum ins Mecklenburgische? Das hieß quer durch ein Dutzend Länder, mit dreimal so viel Grenzen. Sollten wir diesen Weg wählen, brauchte es eine sehr gute Begründung. An sich war daher das Ziel unklar genug, doch sie hatte von 'wir' gesprochen. Wollte sie am Ende mit uns ziehen? Mein armes bäuerliches Soldatenhirn arbeitete wie verrückt, denn daraus ergab sich für mich eine dritte Frage: Hatte sie irgendwie mit unserem Befehl zu schaffen?

„Wen solltet Ihr in Reichenberg treffen?", es schien, als ob sie unsere Fragen unterbinden wollte.

Hatte mich der Hafer gestochen? Emerald hielt das für die einzig mögliche Antwort, denn ich zog den Zettel Brauleins aus meiner Börse und reichte ihn der Räuberprinzessin. Von Emerald mit einem Hüsteln begleitet, doch inzwischen traute ich der Fremden auch zu, dass sie schreiben und lesen konnte.

„Ha, hab's mit schier gedacht, Jokkel, der Pferdedieb! Den Weg könnt ihr Euch wahrhaftig sparen, der gibt niemand mehr Auskunft. Den haben zwei Bauern im Gothaer Land erschlagen. Geschah ihm recht, dem alten Rosstäuscher!", der Verblichene war einst eindeutig auch kein Freund des Fräuleins Mecht.

„Ihr scheint wenig Freunde zu haben, gnädig Fräulein", spöttisch mischte sich erstmal Emerald direkt in unsere Unterhaltung.

„Nein, Ihr sagt es, hab ich nicht. Tote wenige und Lebende kaum. Seht Euch besser vor", Spott in ihrer Stimme und erneut ein trauriger Blick.

„Jetzt habt Ihr ja uns", versuchte ich die Situation zu entspannen, „Dann geht es nach Norden!", ich wandte mich an Emerald und den Bub, „Habt Ihr schon einmal das Meer gesehen?"

„Ja, als ich einen Walfisch vor dem Ertrinken retten musste", grinste Emerald, mich an unseren Dienst an der Dalmatischen Küste erinnernd.

„Nein! Ich weiß nur, dass es furchtbar sein soll! Hat der alte Gunther uns erzählt. Der war als junger Mann in portugiesischen Diensten, bis zu den Pfefferinseln ist er gereist!", furchtsam einerseits, andererseits unbändiger Stolz auf seinen alten Genossen ließen Nepomuk abwechselnd angstvoll zittern und abenteuerlustig strahlen.

Sie öffnete ihre Lippen, wollte wohl etwas sagen. Doch zu spät! Jetzt war es an der Zeit für meine drei Fragen.

„Wieso Mecklenburg? Wenn wir nach Norden müssen, wäre ein schwedischer Hafen nicht besser?"

„Schwedisch? Meiner Seel, habt Ihr nicht gehört, dass der Gustav Russen, Polen und Sachsen jagt? Oder wollt Ihr als schwedische Helden verfaulen?", barsch gab sie Antwort.

„Hab davon wenig gehört. Gut", nun Frage zwei, „Ihr sprecht von 'wir'. Gibt es bei Euch einen besonderen Grund, uns zu begleiten?"

Statt auf meine Frage einzugehen, wandte sie sich zuerst an den Kahlköpfigen. Wieder diese unbekannte Sprache. Wir, also Emerald und ich, waren schon ein wenig in der Welt herumgekommen, doch diese Klänge hatten wir noch nie vernommen. Der Kahle murmelte widerspenstig, zuckte mit den Schultern und wies auf seinen Gefährten. Der hatte ihre Worte ebenfalls sichtlich unerfreulich gefunden. Er schüttelte erstmal wild seinen Kopf, dann widersprach er anscheinend nicht minder heftig. Mecht blieb jedoch ganz ruhig, es hörte sich an, dass sie ihm gut zuredete.

Am Ende drehte sie sich wieder uns zu: „Ihr habt uns Euer Vertrauen geschenkt, so will ich Euch ebenfalls vertrauen. Hört zu, es wird eine längere Geschichte."

Das wurde es dann auch! Die Sonne stand bereits blass im Zenit, als sie endete. Mecht war demnach ihr wirklicher Vornamen, doch wer ihre Eltern waren wusste sie nicht. Ihre Erinnerung daran lag im Dunkel, sie konnte sich nur an Geschrei, Schüsse und einen Hieb auf ihren Kopf erinnern.

„Ich muss noch sehr klein gewesen sein. Ich erinnere mich nur daran, dass ich Feuer sah und einen glühenden Schmerz", sie strich sich über die Narbe, „verspürte. Ich weiß, dass ich auf ein Schiff gebracht wurde. Viel später gab es einen Kampf, ein anderes Schiff und irgendwann wurde ich an einer einsamen Küste ein paar Männern übergeben. Es waren finstere Gestalten, fast so wie ich heute", ein Lächeln huschte kurz über ihre Züge, „Die erste Zeit hatte ich immer Hunger, es gab Schläge und als die ersten Anzeichen kamen, dass ich zur Frau wurde, nicht nur die. Es war vor mehr als zehn Jahren, da verkaufte mich der Anführer an eine Frau weiter. Die nächsten Jahre gab es wenig Brot, viel Prügel und ich musste mich Männern hingeben. Ah, ehe Ihr fragt, wo das gewesen sein soll, zu Beginn ein Haus in Dover, später ein Wirtshaus in Lübeck. Zwei üble Ort am Hafen. Nach einiger Zeit war ich nicht mehr jung genug, andere Mädchen kamen und ich wurde weiter verkauft. Bis ich übers Jahr in Prag landete. Eine namenlose Hure ohne Heimat. Vor drei Jahren kam Zacharias in das Haus. Er nahm mich zum Weib, mit Pastor und was dazu gehört. Ihr könnt Euch meine Freude vorstellen, bis wir in die Wälder zogen, seine dunklen Geschäfte duldeten seine Abwesenheit nicht länger. Und kaum in Böhmen hatten ihn die Büttel erwischt, mitsamt den meisten seiner Bande. Was blieb mir anderes, als den Rest selbst zu führen. Doch Ihr kamt von Gott gesandt! Ich muss wissen, wer ich bin!"

Wie ich es verstand, sollten wir ihr dabei helfen. Gut, wenn es unseren Auftrag nicht störte. Vielleicht bestand ja sogar ein Zusammenhang? Ihre Hand zog ein Kettchen mit einem Kreuz unter ihrer Weste hervor. Wortlos warf sie es mir zu. Ein kleines Kreuz in einer ungewohnten Form. Die Seiten- und das Oberende wurden durch spitze, dreieckige und geriffelte Verzierungen abgeschlossen, wenn auch aus echtem Gold. Auf der Rückseite fühlte ich eine Gravur, die ich mir genauer ansah: 'Mecht', ein ausgekratzter Name, irgendeiner mit einem 'O' oder 'G', vorne und ein Datum auf der Hinterseite. Besser ein Teil eines Datums: Novem... 1683. Ganz unten war einmal ein Wappen gewesen, doch auch das war unleserlich gemacht worden. Es bestand tatsächlich die winzige Möglichkeit, dass Mechts Geschichte und unser Auftrag auf seltsamer Weise verbunden waren, oder auch nicht.

„Nun denn, dann sollten wir Vorbereitungen für unsre Reise treffen."

„Befehlen seid Ihr gewohnt", sie scheuchte ihre beiden Begleiter hoch, „Aber so soll es sein!"

Emerald und der Bub halfen den Schmugglern den Inhalt des Kellerlochs aufzuteilen. Die Karte Brauleins lag vor mit auf dem Boden, wenn mir nur jemand sagen würde, wo wir uns auf diesem Wirrwarr aus Strichen und schlechter Handschrift gerade befanden.

„Hier", ihr Finger deutete auf das von mir vermutete Gebiet, „Auf Sulzbacher Gebiet, drei Kilometer und wir sind wieder auf Kurbayrischem, hier entlang bis Bayreuther Gebiet, dann durch Altenburg und rauf bis ins Weimarische. Wir müssen um alle Ansiedlungen einen Bogen machen oder wollt Ihr den Werbern aus Brandenburg in die Hände fallen? Groß genug wärt Ihr."

Mir gelüstete es weder nach der preußischen Garde noch nach irgendeiner Armee, doch wie sollten wir unsere Vorräte ergänzen? Langsam wurde mir unser Fräulein unheimlich, ich hatte diesen letzten Gedanken noch nicht einmal zu Ende gedacht, kam von ihr, dass sie lang genug darin geübt sei.

„Wenn ich eine geweihte Kerze hätte, die würde ich hier und jetzt anzünden und gleich fünf Rosenkränze dazu beten", meine Bedenken hatte ich damit klar vorgetragen.

Doch von ihr kam lediglich „Tut Euch keinen Zwang an, ich spar mir solcherlei Pfaffenzeug für das glückliche Ende unserer Fahrt auf."

„Am End seid Ihr gar eine Heidin! Ihr entsetzt mich mit derartigem Gerede, könntet glatt in unserem Regiment als Profos eintreten", sollte sie mich mit diesen unchristlichen Worten schockieren oder prüfen wollen, dann musste sie schon ketzerischer sprechen.

„Nein danke, ich will weder mit Eurem noch irgendeinem Profos Bekanntschaft schließen. Seht, es ist getan", wies sie auf die abwartenden vier Gestalten bei den Pferden hin.

„Nun, folge ich also einer neuen Fahne, Mecht von Name", gut, aber es fiel mir nichts wirklich bedeutendes ein.

Die beiden Schmuggler mit der unverständlichen Sprache erhoben sich flink. Mir kam dabei der Gedanke, dass sie unsere Sprache zumindest verstehen musste, denn aus Mechts Mund war keinerlei Anweisung in dieser fremden Zunge gekommen.

Ein kurzer Wink und Emerald packte den Buben: „Komm, dass auch etwas Schinken und Kaffee auf die richtigen Gäule kommen!"

Ich wollte mich ihnen anschließen, doch sie bat mich zu warten: „Ich hab mich umgehört. Unsere Gilde kommt ja weit herum, daher bin ich sicher, dass wir im Norden Antworten finden. Auf Eure Order und meine Suche."

„Wisst Ihr was? Das ist Irrsinn. Genau deshalb bin ich zu den Soldaten, ich liebe Irrsinn", brummte ich zweifelnd.

Die Werber

Drei Tage später ließen wir Bayern endgültig hinter uns. Bisweilen fragte ich mich, wo unsere neuen Gefährten keine Verstecke und Depots hatten. Ein Frage, die auch Emerald bei jedem neuen Nachtquartier an mich richtete.

Auch heute wieder: „Glaub mir, die ist eine Hexe! Schau Dir diese Höhle an, lauter teuflisches Zeug an den Wänden."

Selbst mir waren die Bilder an den Höhlenwänden unheimlich. Ein paar der Tiere erkannte ich, doch die beiden Riesen mit den drei Hörner im Gesicht oder solch große Bären? Ein paar der Figuren stellten Menschen dar, auf der Jagd und vermutlich im Kampf, mittendrin ein, zwei Darstellungen von einer uns bekannten Tätigkeit. Wirklich beängstigend waren die vielen heidnischen oder gar teuflischen Symbole an den Wänden. Nein, das war kein Ort für uns!

„Schrecken Euch die Bilder?", der Dicke sprach selten, Deutsch noch seltener, so wunderten wir uns, dass er uns darauf ansprach, „Die sind aus grauer Zeit, lange bevor hier Pfaffen und Fürsten herrschten. Wollt Ihr die Knochen dieser Riesenungeheuer sehen?"

„Nein!", Emerald hatte genug gesehen, nicht so ich.

Der Bub wagte keinen Blick zu den Zeichen hin, umso hastiger arbeitete er daran, das Feuer anzukriegen. Der Kahle kam mit einem Bündel trockener Äste und half ihm, nur Mecht konnte ich nirgendwo entdecken.

„Die Fürstin ist tiefer in der Höhle. Sie besucht jedes Mal, wenn wir hier rasten, die Knochen. Soll ich Euch führen?", der Kerl hatte heute ja eine regelrechte Sprechsucht.

„Mhm", rein aus Höflichkeit fragte ich Emerald und den Bub.

„Bei meiner Seele! Pass bloß auf Dich auf", entsetzt streckte Emerald dazu beide Hände abwehrend mir entgegen.

Der Bub wagte weiterhin keinen Blick an die Wände: „Nein, nein!"

„Pah, Angsthasen!", ich drehte mich um und folgte dem Dicken.

Der drückte mir eine der beiden Fackeln, die er bereits vorbereitet hatte, in die Hand. Keine zwanzig Schritte brauchten wir und es tat sich ein Wunder auf! In diesem Teil der Höhle hatte unsere Dorfkirche daheim zweimal Platz gefunden, Stalagmiten und Stalaktiten warfen seltsame Schatten und mittendrin brannte ein unheimliches, bläuliches Feuer, das direkt aus der Erde zu kommen schien. War das hier schon ein Teil der Hölle? Welches Hexenwerk geschah hier?

„Keine Angst, Herr Leutnant, kommt, dann erkläre ich es Euch", erst ihre Stimme zeigte mir Mechts Standort im Schatten einer mächtigen Steinsäule.

Wenn eine Dame ruft sollte ein Mann nicht zu lange zögern. Ein paar forsche Schritte in ihre Richtung, ein Gefühl des Schwebens und ich saß inmitten eines Haufens alter Knochen. Erschrocken und zugleich fasziniert sah ich mich um. Aus meiner neuen Position konnte ich mir auch das Erdfeuer näher betrachten. Aus einer Spalte im Boden schoss zischend eine Flamme empor. Es roch weder nach Schwefel noch nach Harz, was war das für ein Feuer? Höllenfeuer hatte ich mir anders vorgestellt. Vorsichtig streckte ich eine Hand zur Flamme hin. Wenigstens wusste ich jetzt, dass das echtes Feuer war. Ihr leises Gelächter vervielfachte sich durch das Echo.

„Sehr lustig. Was ist das für eine Art von Flamme? So was habe ich noch nie gesehen!"

„Irgendwie entzünden sich hier Erdgase, nein, kein böser Zauber", so genau schien sie es aber auch nicht zu wissen, „Ein Bergmann hat es mir einmal erklärt. Wisst Ihr, was man als Hure so lernt? Ihr währt verwundert! Ich kann wohl mit manchem Studiosi mithalten."

Meine Hand tastete derweil die Knochen ab. Sie mussten hier seit Jahrtausenden liegen, denn sie hatte eine dicke, harte Kalkschicht eingeschlossen. Meine Hand schaffte es und brach ein besonders kräftiges Stück heraus.

„Sieht aus wie ein Rückenwirbel", mutmaßte ich.

„Genau, der Herr Leutnant kennt sich aus", sie klang jedoch mehr spöttisch denn lobend.

„Was das wohl war? Eine Riesenwildsau?", ich rappelte mich auf, hier wollte ich nicht unbedingt länger bleiben.

„Ja, besser, wir gehen zurück. Ich will morgen nach Römhild, ich habe dort ein Geschäft abzuwickeln", Mecht tat so, als ob das einfach im Vorbeigehen zu erledigen wäre.

„Wie, wir sollen in eine Stadt?", wunderte ich mich, besonders, weil gerade sie seit unserem Aufbruch immer wieder vor Ansiedlungen gewarnt hatte.

„Nur ich und einer. Mir wäre Euer Bub ganz recht. Der fällt am wenigsten auf. Euch zweien sieht man den Soldatenrock auf tausend Schritt an. Stuart und Blaan sind mir zu weit rumgekommen, deren Galgengesichter dürften manchen Steckbrief zieren. Also bleibt nur der Bub", beharrte sie.

Ob Stuart der Kahle und Blaan der Dicke oder umgekehrt waren, blieb vorerst dahingestellt. Wenigstens wusste ich jetzt Namen zu den Männern. Mir war zwar nicht wohl bei dem Gedanken, Nepomuk mit dieser Räuberfürstin in eine Stadt zu lassen, doch sie wies jeden meiner Einwürfe zurück, bis ich mich geschlagen gab.

Eine gute Stunde später, wir Männer hatten uns längst den Wanst vollgeschlagen, trat ein buckliges, streng riechendes Weib ans Feuer.

„Wer sei...", entfuhr mir, ehe ich Mecht hinter der Maskerade erkannte, „Hm, Ihr scheint die Kunst der Verkleidung zu kennen. Und der Bub?"

Schwer sein linkes Bein nachziehend und mit der Maladenklapper scheppernd folgte Nepomuk ihrem Wink ans Feuer.

„Ha, Du siehst aus wie Abrahams Großvater", lachte Emerald auf, „Hab von Eurem Vorhaben gehört, Edle vom Galgenstrick. Ja, so könnte es funktionieren."

Nachdem die beiden die Höhle verlassen hatten und ihre Schritte verklungen waren, griff ich mir die Flinte und meinen Rock. Der Dicke folgte keinen Wimpernschlag später.

„Man sollte sie nicht allein gehen lassen, es gibt so viel schlechte Menschen", dabei zwinkerte er mir spitzbübisch zu.

„Hab ich es doch gewusst, Ihr versteht jedes Wort. Blaan oder Stuart?", wollte ich vor unserem Abmarsch wissen.

„Blaan, Herr, aus dem Tal des Loch Awe, im Westen Schottlands. Stuart ist auch Schotte", seinem Blick nach jedoch ein Schotte der niederen Art, „Kommt aus den Lowlands. Ein halber Engländer, wenn Ihr mich fragt."

Das war geklärt und so machten wir uns auf den Weg. Den Blaan gut kannte, so rasch wie er ausschritt. Am Waldrand verhielt er. Nicht zu früh, keine hundert Schritt vor uns mühten sich das alte Weib und ihr verkrüppelter Sohn durch den verharschten Schnee.

In ungefähr einem Kilometer Entfernung war die Stadt zu sehen. Rechter Hand ein Schloss, dann die Stadtmauer und ein paar Kirchen. Alle mit für mich ungewohnten, schwarzen, anscheinend schiefernen oder eisernen Turmdächern. Nach der Größe der Stadt beherbergte sie kaum tausend Bürger. Das Schloss machte mir bedeutend mehr Kopfzerbrechen. Für ein derart kleines Reich machte es einen ziemlich starken Eindruck.

„Die haben kein eigenes Militär, nur ein paar Stadtsoldaten und im Schloss eine Kompanie, meist Invaliden, die für richtiges Soldatenwerk zu alt oder gebrechlich sind", teilte mir Blaan seine Kenntnisse mit, „Wir sollten trotzdem nicht hinter die Mauern, manchmal sind Kursachsen hier. Denen will ich nicht unter die Augen kommen."

So unauffällig wie möglich näherten wir uns bis auf zwei gute Steinwürfe den Mauern. Gerade noch konnte ich Mecht und den Bub durch das hell bemalte Stadttor schlüpfen sehen. Im Schutz eines Gebüsches aus Weiden, Hasel und mickrigen Tannenbäumchen setzten wir uns auf einen modrigen Baumstamm. Den hatte vor langer Zeit jemand geschlagen und dann wohl vergessen. Zu unserem Glück, wer sitzt schon gerne Stunden mit dem Arsch auf von schmelzendem Schnee aufgeweichter Erde.

Kaum hatten wir unsere Pfeifen gestopft, kam es am Tor zu einem Tumult. Schrille Stimmen, ein Bass, der anscheinend Kommandos gab und die untrüglichen Laute einer Prügelei. Ach, wäre es nur bei einer Prügelei geblieben!

„Da, die Fürstin", stammelte der dicke Schotte an meiner Seite.

Mein Blick folgte seinem Fingerzeig, tatsächlich humpelte das bucklige Weib hastig aus dem Tor, sich immerfort umsehend. Doch wo war Nepomuk? Der Dicke gab einen Vogelruf von sich, sofort änderte Mecht ihre Fluchtrichtung auf uns zu. Nicht direkt, sondern so, dass sie uns mit gehörigem Abstand passieren musste. Zwei, drei bunt Uniformierte hasteten ihr inzwischen nach, gaben aber gerade noch rechtzeitig vor unserem Versteck auf. Mecht verschwand im Wald, ihre Verfolger in der Stadt. Das bot Gelegenheit für uns, um unserer Kameradin zu folgen. Kaum Schutz unter den ersten Bäumen gefunden, wartete sie auf uns.

„Wer hat gesagt, dass Ihr mir folgen sollt? Das war mehr als leichtsinnig!", ereiferte sie sich.

„Wo ist der Bub?", ich bemühte mich nicht, freundlich zu klingen.

„Der Tollkopf hat sich mit einem Werber eingelassen! Kaum waren wir hinter den Mauern, musste er sich diesem Schreihals zuwenden. Wenn es wenigstens nur das gewesen wäre! Als ich ihn wegzog, rutschte mein Kopftuch herab. Noch immer nicht das Schlimmste, dann erkannte ich den Schreier! Einer aus meines Mannes Bande! Der Dragoner-Gernot! Der Höllenhund!", ihr lief eine winzige Träne über die Wange, die nur ich sah.

„Der?!", ungläubig sah Blaan zur Stadt hin, „Den haben die Sachsen doch gerädert!"

„Pah, jetzt weiß ich zumindest, wer uns damals an die Sächsischen verkauft hat. Oh, warum musste er mir begegnen?", eine neue Träne folgte der Spur der ersten, „Nach all dem, was er mir angetan hat!"

In meinen Gedanken stellte ich mir vor, was er ihr angetan haben dürfte. Üble Gedanken, die von Mecht indirekt gleich wieder vertrieben wurden.

„Wenn er am Leben ist, dann hat er Zacharias erschlagen. Hatte ich also richtig vermutet."

„Und wir dachten immer, dass Du das nur zusammenspinnst", für Blaan stand damit auch fest, wer ihren Anführer ermordet hatte, „Ob er uns verfolgen wird?"

„Warum sollte er?", gab ich zu Bedenken, „Doch zuerst holt Ihr unsere Kameraden. Ich versuche inzwischen zu erfahren, was mit dem Bub geschehen ist."

„Ja, wir müssen Sorge tragen, hier schnell wieder zu verschwinden", stimmte mir Mecht zu, nur nicht meinem Plan, „In die Stadt kannst Du nicht. Du würdest sofort den Werbern in die Hände fallen. Nein, beobachte, ob sie abziehen. Wahrscheinlich wird dieser verfluchte Hund nicht länger hier bleiben wollen. Er wird unsere Rache fürchten."

Dem musste ich wohl oder übel beipflichten. So machten sich Mecht und Blaan auf den Weg, unsere Kameraden und unser Hab und Gut zu holen, während ich vom Waldrand aus das Tor im Blick behielt. Ob Mecht überhaupt Gelegenheit zu ihrem Geschäft gehabt hatte? Wohl kaum. Die beiden schlichen sich fort, ein paar Augenblicke zu früh. Wie Mecht es vorhergesagt hatte, erschien eine Gruppe mit Trommeln und Pfeifen. Die Werber und die Dummköpfe, die ihnen glaubten. Meine Augen fanden tatsächlich Nepomuk in dem Haufen. Jedoch nicht wie die Geworbenen fröhlich und trunken zum Schlag der Trommeln hinter einem herausgeputzten Reiter her folgend, sondern von zwei ebenso wie der Reiter bunt staffierten Bewaffneten an einem Strick mitgezogen. Das vorhin war keine faire Prügelei gewesen, sie hatten den Bub übel zugerichtet! Selbst auf diese Entfernung waren die blutigen Striemen in seinem Gesicht zu erkennen. Ich konnte zwar nur sein linkes Auge sehen, zumindest das schien mächtig zugeschwollen zu sein. Wie seine abgewandte Gesichtshälfte aussah konnte ich mir vorstellen. Der Trupp nahm die Straße nach Norden. Der Reiter dürfte dieser Dragoner-Gernot sein, so oft wie der sich spähend umsah.

„Warte nur, Bürschchen, Dich kriegen wir", murmelte ich, erschrocken zusammenzuckend, als von hinten Mechts zustimmendes Murmeln kam, „Seid schnell wieder zurück! Sie ziehen nach Norden."

„Der will aus unserem Revier. Der kennt schließlich all unsre Schliche. Nun, folgen wir ihm. Ihn schicken wir zu seiner Sippschaft in die Hölle und den Bub befreien wir", befahl sie.

Emerald reichte mir die Zügel: „Hab ja nicht viel verstanden, aber der Bub soll Werbern in die Hände gefallen sein? Und das Mädchen hat mit denen noch eine blutige Rechnung offen?"

„So ist es. Trab schon an, sonst holen wir die drei nie mehr ein", aufmunternd schlug meine Hand leicht auf die Kruppe seines Pferdes.

Während unseres Rittes sprach niemand. Mir lagen zwar einige Fragen auf der Zunge, doch schien es mir gerade nicht an der Zeit dafür zu sein. Vor uns lag ein Flüsschen, bei dessen Anblick endlich ein paar Worte die verbissenen Stille unterbrachen.

„Der Bach fließt zur Werra. Noch eine Stunde dürfte es halbwegs hell bleiben, gebt den Pferden die Sporen!"

Uns blieb nichts anderes übrig, denn Mecht hatte ihre eigenen Worte sehr ernst genommen und war schon halb den Abhang zum Fluss hinabgejagt. Bei der Geschwindigkeit spürte ich wieder, dass wir immer noch Winter hatten. Eisig pfiff mir der Wind um die Nase. Im Bart des Kahlen bildeten sich erste Eiskristalle, Mecht hatten wir trotzdem noch immer nicht eingeholt. Die Augen tränten, so erkannte ich kaum die Hand vor Augen. Umso überraschter war ich, als ich mir mit dem Ärmel übers Gesicht fuhr und kurz weit genug sah: Mecht befand sich inzwischen keine drei Pferdelängen vor mir wieder in der Nähe, doch auch die Gruppe der Werber war kaum mehr als hundert Schritt vor uns. Bisher hatte man dort von uns keinerlei Notiz genommen. Aus alter Gewohnheit wollte ich mir vor dem Zusammenstoß mit den Werbern ein Bild der Lage machen.

Ein Vorhaben, dem meine Begleiter wenig abgewinnen konnten. Warum sonst jagten Mecht und die beiden Schotten im wilden Galopp auf die Gruppe zu?

Einzig Emerald ließ sein Reittier neben meinem halten: „Wollen wir nicht den Bub befreien?"

„Wollen wir", was machte ich mir auch Sorgen um Emeralds Geisteszustand, ein Blick in sein verächtliches Grinsen in Richtung der drei Schächerer sagte genug.

Bei den Werbern hatte jemand Lunte gerochen. Einer der beiden Wächter Nepomuks drehte sich in Richtung der heranjagenden Reiter und stieß sofort einen bis zu uns hoch hörbaren Warnschrei aus. Der Anführer des Werbetrupps wandte sich im Sattel um, erkannte die drei Reiter und brüllte seinem Haufen einen Befehl zu. Demzufolge trieben seine Männer die Angeworbenen grob an, der Reiter gab seinem Pferd die Sporen und hetzte allen voran zum Flüsschen hinab. Nepomuks Bewacher schienen es für das Beste zu halten, ihrem Anführer umgehend hinterher zu rennen. Dass sie den Bub dabei nicht losließen, sondern an dem Strick hinter sich her schleiften, verstand ich nicht. Ohne den Bub wären sie mit Sicherheit entkommen. Emerald trieb bereits sein Pferd zum Fluss hinunter. Warum er dabei wild brüllte, blieb mir schleierhaft. Zeit zur Klärung blieb mir aber auch nicht, nicht im vollem Galopp und dabei die Pistole schussbereit machend! Vor mir schlitterte ein Pferd zur Seite, sein Reiter flog im hohen Bogen in die Luft und das arme Tier überschlug sich. Zu meiner Schande muss ich gestehen, dass ich sehr erleichtert war, als sich lediglich Stuart benommen schwankend erhob. Wieso hätte ich mir auch Sorgen machen müssen, Mecht hatte erneut einen großen Vorsprung vor uns. Kein Wunder, ritt sie doch wie der Teufel oder ein Husar! Ein paar Pferdelängen und sie würde die hinterste Gruppe der Verfolgten erreichen. Die dürfte harmlos sein, panische Werber und ihre mindestens ebenso ängstlichen Opfer. Und schon passierte sie diese Gruppe, Blaan wieder dicht hinter ihr - und ich, an die vierzig Meter zurück. Wo war Emerald abgeblieben? Weit und breit konnte ich ihn nicht erblicken, beim Vorbeiritt an der Nachhut der Verfolgten sah ich ihn endlich wieder. War der Sauhund unbemerkt an mir vorbei gekommen!

„Was hältst Dich auf", schrie ich ihm zu.

„Einer muss den armen Kindern doch helfen", was immer er damit meinen mochte.

Vor mir jagte Blaan die beiden Werber mit dem Bub am Strick über den Haufen. Aus dem Sattel heraus schnitt er längst den Bub los, als ich meinen Gaul an ihnen vorbeitrieb. Ehe ich mich versah, hatte der Schotte mich ein-, sogar überholt. Ein Blick über die Schulter beruhigte mich, Emerald hatte seine Versuche bei den Angeworbenen aufgegeben und erreichte soeben den Bub. Doch vor mir drohte es eng zu werden. Mecht hatte den Grund ihrer wilden Jagd fast schon erreicht, keine zehn Pferdelängen trennten sie mehr. Plötzlich musste der Reiter erkannt haben, dass seine Flucht unmöglich war. Er zügelte brutal sein Pferd, drehte sich zu uns und zog eine Pistole aus dem Sattelholster. Mir lief es heiß und kalt über den Rücken, denn aus der Entfernung musste er Mecht treffen! Wahrscheinlich hätte er auch, wäre sein Pferd nicht bei der Schussabgabe unruhig geworden. Statt Mecht traf die Kugel das Pferd Blaans, es scheute und hätte ihn beinahe abgeworfen. Doch dafür hatte ich keinen zweiten Blick. Der Kerl zog seine andere Pistole, keine fünf Meter bis zum Ziel! Anscheinend war sich Mecht der drohenden Gefahr gar nicht bewusst, denn in diesem Augenblick zog sie ihren Degen, streckte ihn dem Reiter entgegen.

Was dann genau geschah? Ehrlich gesagt, ich weiß es bis heute nicht. Nur, dass ein Schuss knallte, Mecht und ihr Pferd im vollen Galopp in den Mann krachten und der aus dem Sattel fiel. Als ich endlich bei ihnen angekommen war, stieg sie bereits neben dem Kerl ab.
„Du fährst gleich in die Hölle, grüß mir meinen Zacharias und die anderen Lumpen", hörte ich sie zu dem am Boden liegenden Mann sagen.
Ihre Worte hörte der längst nicht mehr, auch nicht, dass sie ihre blutige Klinge an seinem bunten Rock abwischte. Mir schauderte bei so viel Eiseskälte bei einem Weib, doch wer hätte an ihrer Stelle denn anders gehandelt? Sie war in einer Welt aufgewachsen, in der Gewalt, Lug und Verbrechen das Überleben sicherten, mehr als auf jedem Schlachtfeld. So beschloss ich, die Erinnerung an die letzten Minuten tief in mir zu vergraben.
„Ihr seid entsetzt, Herr Leutnant? Habt Ihr noch nie getötet?", fast hörte ich aus ihren Worten den Versuch heraus, nach meiner Absolution zu bitten.
„Hab ich, doch ohne so viel Hass. Nun, es ist geschehen. Nehmt sein Pferd, das können wir gut gebrauchen", eilig wandte ich mich ab, um nach den Gefährten zu sehen, ich drehte mich noch einmal zu ihr um, „Was maße ich mir ein Urteil an!"
Ihre Augen sagten mir genug, sie würde selbst nie mehr von diesen Minuten loskommen. Irgendeine Stimme veranlasste mich zu einem Schritt auf sie zu. Ohne zu denken zog ich sie an mich und nahm sie

in meine Arme.

„Und wir?", Emerald entwickelte manchmal ein höchst gefährliches Talent, immer im falschen Moment zu erscheinen.

„Wie geht es dem Bub? Meinen Männern?", wenigstens eine von uns beiden schaltete schnell.

Eines der Pferde sei tot. Dafür habe Stuart sich den Schimmel des Toten genommen, Blaans Pferd habe nur eine Kugel in ein Hufeisen bekommen und der Bub sei zwar arg zugerichtet, aber bei seinem Alter würde das schnell verheilen.

„So, wird es das", ich pfiff Nepomuk zu, „Komm ran!"

Meine Musterung fand zwar viele blaue Flecken, eine blutig verkrustete Nase und das zugeschwollene Auge, doch waren weder Zähne ausgeschlagen noch Knochen gebrochen. So konnte ich Emerald zustimmen und dem Bub anweisen, sich endlich wieder in den Sattel seines Zossen zu schwingen.

„Hoffentlich bringt uns Deine Hexe nicht in noch größere Kalamitäten", raunte Emerald, „Ich sag Dir, wir stecken bis zum Scheitel in der Scheiße."

„Ach was. Wir schwimmen schon in Jauche, seit wir den Fahneneid geschworen haben. Jetzt schau schon, dass Dein Klepper in Schwung kommt."

Kapitän Kuhhorn

Über die nächsten Wochen unserer Reise ans Meer gibt es kaum etwas von Bedeutung zu berichten. Sie verliefen beinahe langweilig. Ein einziges Ereignis ist erzählenswert. Wobei es nicht ein einziges Ereignis war, das in der Nacht nach unserem Zusammenstoß mit den Werbern geschah. Ab dieser Nacht lag Mecht an meiner Seite, von den Gefährten wortlos als selbstverständlich angesehen. Eine Vertrautheit, die es mir ermöglichte, ihr von dem im Brief erwähnten Verbrechen im fernen Norwegen zu berichten. Allein, bei ihr kam keine hierzu passende Erinnerung hoch. Wir mussten vermutlich bis an unser Lebensende dieses Fräulein Auguste und nach Mechts Herkunft forschen, ohne je ans Ziel zu kommen. Wäre mir nicht in einer dieser Nächte eingefallen, dass sie mir nie mehr als in Andeutungen gesagt hatte, warum wir nach Norden müssen.
„Mir sagt die Geschichte in dem Brief nichts. Doch ein Fahrensmann hat einst mein Kreuz gesehen. Auch einer, der mehr als eine Hure in mir sah", ihr Finger legte sich bei diesen Worten auf meine Lippen, „Nein, nicht wie Du, Du siehst noch viel mehr. Lass mich fortfahren. Er zeigte mir ein solches Kreuz auf seiner Brust, es sei aus seiner Heimat. Die war angeblich dieses Norwegen. Und deswegen sollten wir dort hin. Diese Kreuzform gibt es vor allem dort, so viel habe ich in den letzten Jahren in Erfahrung gebracht. Spar Dir Fragen, ich habe vorgesorgt. Einer meiner Männer ist Däne, der ist ins Norwegische gereist und wird uns hoffentlich Neuigkeiten berichten können."
„Ein guter Grund und eine weise Maßnahme", zweifelnd hob ich das Kreuz aus dem Tal zwischen ihren Brüsten hoch, „Trotzdem, unser einziger Hinweis. Nun denn, auf nach Norwegen!", rasch einen Kuss auf die Brandnarbe gleich neben ihrem Bauchnabel gebend, denn darauf reagierte sie besonders wild.

Das Frühjahr hielt mit unserer Reise nach Norden Schritt, so kamen wir mit den ersten Apfelblüten in Rostock an. Genauer gesagt, nahe bei der Stadt. Unser Ziel war eine abgelegene Mühle. Als Mühle dürfte sie länger nicht mehr genutzt werden. Der Mühlbach voller

Schilf, das Wasserrad fast ohne Schaufelbretter und die Dächer der beiden Lagerschuppen hielten kaum einen Tropfen Regen ab. Früher mussten Butzenscheiben die Fenster der Mühle geziert haben, nun hingen löchrige Säcke in den Resten der Fensterrahmen. Mecht hielt unverwandt auf dieses Gebäude zu, fast ritt sie durch die Tür. Tat sie nicht, sondern rief hinein. Wieder in einer mir fremden Sprache, die mir jedoch nicht vollkommen fremd klang.

Ich hielt neben ihr an: „Das war jetzt nicht Schottisch, oder? Klingt fast wie unsre Sprache."

„Dänisch", mehr konnte sie mir nicht erklären, denn es trat ein wahrer Riese heraus.

Wenn ich richtig riet, sprachen Mecht und der Mann von einem Schiffskapitän. Der Müller, so er denn das war, mochte ein wahrer Goliath sein, seine Augen und sein ganzes Gebaren ließen ihn mir im Gegenteil zu seiner äußeren Gestalt als ein sanftes, freundliches Wesen erscheinen.

„Das ist Peter, ihm gehört die Mühle. Oder was davon nach den ganzen Kriegen geblieben ist. Er wird Kapitän Kuhhorn Nachricht geben, dass wir angekommen sind. Der dürfte heute Nacht oder spätestens morgen Abend erscheinen."

Sie rief ihren beiden Schotten ein paar Worte in deren Sprache zu. Die brummten zustimmend und nahmen Emerald und den Bub mit zu einem der Schuppen.

„Wir sind von Peter eingeladen, er hat immer einen Raum für mich. Komm, vor morgen kann er uns nicht in die Warnemündung bringen. Besonders bei Nacht sind die mecklenburgischen Zöllner sehr munter", sie griff meine Hand und zog mich ins Innere der Mühle.

„Aua!", der Türsturz war einst sicherlich von einem Zwerg angebracht worden! Ob sich alle Türstürze auf unserer Reise gegen mich verschworen hatten?

Unverständliche Blicke Peters, der sich aus Gewohnheit tief beugte, um hinein zu gelangen, und ein wenig ernsthafter Kuss auf meine arme Stirn von Mecht gab es auf meinen Schmerzensruf hin. Mitleid gab es nicht, trotz der bereits sichtbaren Verfärbung über meinem linken Auge.

„Sei tapfer und geh mit offenen Augen durch die Welt", übersetzte mir Mecht den Kommentar des Dänen.
„Sehr spaßig."
Dieser Peter sprach nicht viel. Auch die Speisen bogen nicht gerade die Tafel durch, wenigstens schwammen ein paar Stücke Speck auf dem wässrigen Getreidebrei. Die Stube roch muffig und außer der Bank, auf der Mecht und ich saßen, dem grob gezimmerten Tisch vor uns und einem offenen Kamin war sie leer. Ich bemerkte dank der kaum Licht hindurchlassenden Säcke nicht, dass es inzwischen Abend geworden war. Unser Gastgeber wurde ganz gegen seine bisherige Ruhe nervös. Mehrmals stand er auf und verließ die Mühlenkate. Er hatte bei seinen Ausflügen anscheinend bemerkt, dass es Nacht wurde, denn er nahm einen brennenden Span aus dem Feuer und entzündete damit zwei dicke Talgkerzen. Mit seiner Tätigkeit musste es mehr auf sich haben.

Als ob das Licht der Kerzen ein Zeichen sei, trat eine Gestalt ein. Erschrocken griff ich an die Pistole im Gürtel, doch da weder Mecht noch dieser Peter sonderlich überrascht reagierten, ließ ich die Waffe vorerst stecken.
„Ah, die Mecht! Haben sie Dich tatsächlich noch nicht aufgehängt", polternd lachte der neue Gast, „Wer ist der da?"
'Der da' meinte mich, so gab ich zurück: „Schwaiger, Georg, Reisender."
„Ha, ha, noch ein Reisender! Nun, ich habe Eure Nachricht erhalten, gnädiges Fräulein", dieses Mal ohne eine Spur von Spott, sondern ganz, als ob er eine hochrangige Person ansprach.
„Gut, wann laufen wir aus?", meine Schöne schien plötzlich wieder die Anführerin einer Bande Gesetzloser zu sein, „Habt Ihr derweil Euer Maul gehalten?"
Der Neue verbeugte sich, ehe er versicherte, niemand auch nur ein Sterbenswort von ihrem Auftrag gesagt zu haben. Während er sich mit Mecht unterhielt, fand ich Zeit, ihn genauer in Augenschein zu nehmen. Nicht groß genug, sich am Türstock zu stoßen, dafür breite Schultern, eine mächtige Brust und dicke Oberschenkel unterhalb

einer nicht minder fülligen Wampe. Mehr war von seinem Körperbau unter seinem übers Knie reichenden dicken Wollrock und seltsam wirkenden knöchellangen Leinenhosen nicht zu erkennen. Ähnlich verhielt es sich mit seinem Gesicht, ein langer, struppiger und wohl einst dunkler Bart bedeckte die untere Hälfte zur Gänze und oben? Einige weiße und dunkle Haarsträhnen, die unter seinem mächtigen Dreispitz hervor bis über seine Augenbrauen hingen. Selbst seine Augen verbarg er unter fast geschlossenen Lidern vor mir. Mir war der Mann nicht ganz geheuer. Wer seine Augen dermaßen verbirgt, führt selten Gutes im Schilde. Wenn es sich bei diesem Kerl um diesen Kapitän Kuhhorn handelte, hieß es achtsam sein!

„In einer Stunde kommt die Ebbe, wir werden mit dem ablaufenden Wasser ablegen. Ich habe dafür gesorgt, dass nur alte Bekannte an Bord sein werden, ein Dutzend. Doch ich muss endlich wissen, wohin die Reise gehen soll!", zum ersten Mal wirkte er nicht dienerisch.

„Ins Norwegische. Wenn wir Bergen erreicht haben, bekommt Ihr neue Anweisung", Mecht drehte sich zu mir, womit sie dem Fremden anzeigte, dass er sich seinen Pflichten zuwenden solle.

„Zu Dienst, Euer Gnaden", die kurze Episode klarer Worte war für den Mann ebenfalls beendet und er verschwand ins Freie.

Mochte ich mich irren, kurz sah ich in seine Augen, die verhießen Hinterlist und auch sonst allerlei Unschönes.

„Hö! Wer war jetzt das? Dieser Kuhhorn oder einer seiner Leute?", schließlich würden wir uns diesem Mensch bald auf Gedeih und Verderb ausliefern, daher durfte ich schon mehr wissen.

„Kapitän Kuhhorn, er hat uns schon manches Mal gute Dienste geleistet", bloß sah Mecht dabei auffällig fragend in die Richtung, in die der Kapitän verschwunden war, „Hat scheints in letzter Zeit zu viel auf eigene Rechnung gehandelt, wir sollten ihn nicht unterschätzen."

„Auf dem Wasser, er und seine Mannschaft? Ich habe immer weniger Lust, ins Norwegerland zu reisen. Gibt es denn keinen anderen Weg?"

„Oh, der Herr hat wohl kein Wissen über diese Gegend erlangt bei seinen Jesuiten", spöttisch blinzelte sie Peter zu, „Ja, es gibt mehr als einen Weg. Einer durchs Dänische, dann mit dem Schiff hinauf.

Wobei, sind die nicht im Krieg mit Deinem Kurfürst? Oder die Küste von hier um die Ostsee entlang. Sind bloß Schweden, Polen und Reußen auf dieser Route in einen Krieg verwickelt. Und zuerst müssten wir noch durch Brandenburger Land, die suchen immer Soldaten. Ah, und ganz oben im Norden, in Karelien: Ewige Wälder, ewiger Schnee, kaum Dörfer, dafür Wölfe, Bären und was weiß ich, was noch alles. Nun, kommst Du endlich?"

Ihre Predig ließen in mir noch mehr Zweifel wachsen, ob diese Reise so gewollt sei, doch ich hatte meinen Befehl und wollte Mecht auch nicht allein lassen. Eifrig warf ich mein Mantelbündel über die Schulter, griff mir die Büchse und drückte Peter die Hand.

„Wir werden uns wohl kaum mehr sehen, mach's gut, alter Schwarzmüller", ein Ruf Mechts beendete die Abschiedszeremonie und schnell eilte ich ihr nach.

Wann sie unsere Kameraden zur Eile angetrieben hatte? Irgendwie war sie wohl doch eine Hexe. Selbst Emerald stand mit Sack und Pack bereit. Blaan drückte dem Müller die Zügel unserer Tiere in die Hand. Mir war klar, dass wir unsere Pferde zurücklassen mussten. Jedoch ohne ein letztes Lebwohl wollte ich mein armes, altes Ross nicht weggeben. Es war über die letzten Monate ein gutes Tier gewesen, das lässt ein Soldat nicht einfach zurück. In meinen Taschen fand sich ein Stück hartes Brot. Ein letzter Gruß von mir, dabei war mir, als ob das Tier diesen Moment verstand. Es war fast, dass eine Träne aus seinen großen Augen rollte. Mit einem beschissenen Gefühl ums Herz eilte ich den anderen rasch nach. Ja, ich lief regelrecht davon.

Eine knappe Viertelstunde marschierten wir durch Nebelfetzen und immer spärlicher werdendes Gehölz. Dann lag es dunkel und drohend vor uns, das Meer! Ein schwarzer Schatten dümpelte schwach in Ufernähe, wo ein Boot bereits auf uns wartete. Emerald stieß mich an und äußerte düstere Prophezeiungen.

„Ach was, wenn die das können, können wir es auch!", mit dem Mut der Verzweiflung ging ich die letzten Schritte auf knöchelhoch vom Wasser umspülten Kiesboden und kletterte in das Boot.

„Nun sputet Euch", raunte eine Stimme aus dem hinteren Teil, das Heck hieß, „Nehmt die Riemen, wir müssen zum Schiff!"

Riemen? Ein Blick zu meinem Nebenmann, Stuart, zeigte mir, dass damit die Ruder gemeint waren. Die Entfernung zu dem Schiff schien mir nicht sonderlich weit zu sein, wenn drei Leute rudern gelernt hätten. So brauchten wir für die gut zweihundert Meter fast eine halbe Stunde und Emerald, der Bub und ich bekamen den ganzen Schatz an Flüchen des Steuermannes ab. Schlimm genug, Mecht und die beiden Schotten überschütteten uns ebenfalls. Zumindest nicht mit Flüchen, ihre Bemerkungen trieften stattdessen vor Spott. Richtig gemein wurde es, nachdem das kleine Boot beim Kutter ankam. In rabenschwarzer Nacht eine Strickleiter hochklettern war für Emerald und mich nicht neu, nur warum musste die ganze Kletterei auch noch an einer auf und ab wiegenden Schiffswand erfolgen! Irgendwie erreichten wir am Ende das Deck. Zu meiner Freude unter den Augen von Kapitän Kuhhorn und der kompletten Mannschaft. Wir hatten uns damit nicht gerade heldenhaft eingeführt.

„Mh", brummte der Kapitän, „Ihr drei bleibt besser in der Kajüte. – Anker lichten! Segel setzen!", er bat Mecht zu sich: „Wir nehmen den Weg zwischen Falster und Moen hindurch, dann an Själland entlang hoch. Bei Trelleborg könnte es eng werden. Dort soll ein neuer Zöllner sein! Hoffen wir, dass er gerne nachts schläft. Hinter Kalundborg dürften wir den Dänen entwischt sein."

„Wie Ihr es wollt, Kapitän. Bis wann sind wir in Sicherheit?", fragte Mecht, „Ich war lang nicht mehr hier oben."

„Ha, ha, in Sicherheit! Ha, edles Fräulein vom Galgenstrick, der wartet auf der ganzen Strecke auf uns. Doch vertraut mir, bisher haben mich weder Dänen noch Schweden oder die beiden Wachschiffe der Holsteinischen eingeholt", selbstsicher klopfte sich Kuhhorn auf seinen Wanst, „Wo soll ich Euch absetzen?"

„Leg er erstmal auf Skagen an, wisst schon, die Bucht von Olsborg."

Nachdenklich fuhr sich Kuhhorn durch seinen Bart: „Ein übles Loch. Wenn sie uns dort stellen, haben wir keine Möglichkeit auch nur einem Wachkutter auszuweichen!"

„Es wird nicht lange dauern, Ihr braucht nicht einmal alle Segel zu

reffen. Aber ich muss dort jemand treffen, ehe wir wissen, wohin wir genau segeln", dieses Mal waren Mechts Worte ein erneuter Befehl.
„Wie Ihr wünscht", böse funkelten Kuhhorns Augen, „Ich habe Euch gewarnt!"
„Das habt Ihr und nun befolgt meinen Befehl", herrschte Mecht den Kapitän an.

Mir war es, seit der Anker gelichtet war und sich das Schiff Richtung Norden bewegte, nicht mehr danach, auf irgendetwas oder gar auf irgendwen zu achten. Mir wurde zuerst schrecklich übel, Schwindel ergriff mich alsbald und meine erste Tat seit dem Segelsetzen war, alle meine Mageninhalte mit Zins aus meinem Gedärm der See zu opfern. Eine Beschäftigung, die ich mit viel Ernsthaftigkeit bis zu diesem Olsborg ausübte. War es Tag oder Nacht? Ich ahnte es nicht einmal, als sich Emerald neben mich setzte.
„Bist Du ansprechbar?"
„Nein, was willst?", knurrte ich Emerald ungehalten an.
Der schob mit einem verächtlichen Grunzen meinen Speieimer zur Seite, ehe er sein Herz ausschüttete: „Was wollen wir eigentlich in Norwegen? Ich hab ja einiges mitbekommen, Du suchst nach der Herkunft dieser Hexe. Ja, blick nur finster drein, für mich ist sie eine Hex. Kennst Du ein Weib, dass schreiben und lesen kann? Die dieses tierische Geschwätz der beiden Schotten versteht und was weiß ich noch alles? Hast Du unsere Order vergessen? Wie sollen wir das Kind unseres Oberst auf diesem Weg finden, hä?"
Sein Einwand war nicht von der Hand zu weisen, doch ich versprach mir tatsächlich von unserer Reise die Lösung der Aufgabe: „Du hast doch selbst gelesen, auch der Hauptmann Braulein wusste von einer ähnlichen, alten Geschichte, eben im Norwegerland. Ja, ich vermute einen Zusammenhang, mit unserem Befehl und Mechts Herkunft. Und ebenso nein, sie ist keine Hexe. Merk Dir das! Es soll tatsächlich Frauen mit Bildung geben, egal, woher sie kommen."
„Hm, für einen sterbenden Mann kannst Du ziemlich grob werden. Gut, keine Hexe und vielleicht hängen die Vorkommnisse miteinander zusammen. Hoffen wir."

Wirklich überzeugt hörte er sich nicht an, weil ich jedoch wieder mit meiner Haupttätigkeit beschäftigt war, ließ mich das kalt. Nicht einmal ein kleines Fenster hatte diese sogenannte Kajüte! Ein Loch, tief im Bauch des Kahnes, mehr nicht. Der Bub berichtete bereits kurz nach unserer Abfahrt, dass Mecht die Unterkunft Kuhhorns für sich beansprucht hatte. Mochte sie, es war mir egal.

Drei Tage und drei Nächte schon dieses Auf und Ab, mal hinüber, mal herüber. In der ganzen Zeit lag ich sterbend auf einem Lager aus Segeltuch, Tauen und meinem Erbrochenen. Wenigstens wischte Emerald es immer wieder weg. Der Geruch blieb trotzdem haften. Von Mecht nicht die kleinste Nachricht. Was mich nicht unbedingt verwunderte. Entweder schlief oder kotzte ich. Wie sollte ich dabei eine Nachricht erhalten können. Just hörte das schlimmste Schaukeln auf. Oben an Deck trampelten Füße hastig über die Planken. Waren wir mit Gottes Hilfe endlich da? Mühsam richtete ich mich auf. Weder von Emerald noch vom Bub war etwas zu sehen. Mit aller Kraft zwang ich mich auf meine Beine, gefährlich schwankend tastete ich nach einem Licht. Statt dem ertasteten meine rissigen Hände wenigstens ein gespanntes Seil, das einen möglichen Weg nach oben versprach. Mein Magen rebellierte wieder heftig, doch wo nichts ist, kann nichts kommen, außer bitteren Gallensäften. Unsicher stieg ich die Sprossen der Leiter empor, mit unsicherem Griff an dem Seil mich hochziehend.

Über mir flog die Luke auf, Nepomuks Kopf erschien im blenden Tageslicht: „Ich soll Euch holen, Herr! Wir haben geankert!"

„Mhm, ich komm!", ich streckte dem Bub meine Hand entgegen, doch der war weg, so musste ich die letzten Schritte ohne Hilfe tun.

Immer noch auf schwachen Beinen betrat ich das Deck. Blinzelnd sah ich mich um. Zuerst fielen mir ein Pulk schreiender und keuchender Seeleute an einem waagrechten Rad ins Auge, dann Mecht. Sie beobachtete einen mir langsam sichtbar werdenden Strand.

„Wie geht es Dir?", Mecht sah weiterhin in Richtung Land.

„Es ist immer eine Wonne, wenn man so umsorgt wird", brummte ich,

„Oder fandest Du den Weg nicht?"

„Oho, sind der Herr missgestimmt! Oder hast Du was falsch verstanden? Ich bin Mecht und Du bist Georg, zusammen und doch kein Paar. Ich weiß, dass man darin nicht stirbt, also grein nicht. Komm lieber her!"

Vielleicht war sie doch eine Hexe und keine Frau aus Fleisch und Blut. Ja, sie hatte es immer wieder betont, dass sie unsere Liaison als unverbindlich ansah, doch bisher hatte ich es ihr nie ganz geglaubt. Daher hatte ich jetzt zu schlucken. Kaum stand ich an ihrer Seite, erschien die andere Mecht. Für ihre Verhältnisse zärtlich lehnte sie sich bei mir an. Küssen werde sie mich jedoch erst, wenn ich Bart und Gesicht gründlich gewaschen hätte.

„Hm, wo ist ein Zuber?", ein Griff in die erwähnte Gegend überzeugte mich schnell, dass dem nicht zu widerspreche sei.

„Später! Siehst Du den Dachfirst hinter den Dünen? Dort werde ich jemand treffen, der uns vielleicht eine Nachricht hat. Du bleibst hier", ehe ich mich dazu äußern konnte, lag ihr Finger auf meinen Lippen: „Das muss sein! Blaan und Dein Gefolge bleiben ja auch. Es ist nötig, denn Kuhhorn hat mir zu viele eigene Pläne."

„Wie lange?", mein Misstrauen nach ihrer Ankündigung musste sie doch bemerken!

„Nur ein, zwei Stunden. Stuart wird mich begleiten. Wenn wir in dieser Zeit nicht zurück sind, schnappt Euch Kuhhorn, aber seid vorsichtig, seine Mannschaft ist ihm treu bis in den Tod!"

„Stuart? Warum ihn? Oder geht es ihm wieder besser?", spielte ich auf einige Vorkommnisse während unserer Reise an, „Die französischen Pocken haben doch längst sein Hirn zerfressen. Nimm lieber Blaan oder Emerald mit!"

„Eben deshalb, lieber gesunde Männer an Bord", war ihre Begründung.

Drei Männer und ein Junge gegen ein Dutzend Piraten, das dürfte unterhaltsam werden. Insgeheim wälzte ich längst einen eigenen Plan. Nach dem wären wir nur zwei Männer und ein Junge, denn Emerald würde auch an Land sein.

„Ich weiß, was Du vor hast, lass es. Ich, nein, wir brauchen diesen

Kahn. Ohne ihn und ein paar erfahrene Fahrensleute wäre unser Weg hier auf lange Zeit zu Ende. Versprich mir, kein Georg Schwaiger und kein Emerald folgen mir!"

Ihr Blick fraß sich förmlich in mich. Es blieb mir keine Wahl und ich gab mein Wort. Zweifelnd sah ich dem Beiboot nach.

Von zwei Ankern gehalten und in sanfter Dünung kaum merklich schaukelnd, welch Wonne! Für meinen Körper, meine Gedanken empfanden gerade keinerlei Wonnen. Kaum hatte das Boot mit Mecht und ihrem Begleiter den Strand erreicht, haderte ich erneut schwer mit mir. Die dunkelsten Bilder liefen vor meinem inneren Auge ab. Auf den einen wurde sie geschändet oder gar ermordet, wieder andere Bilder schilderten mir eindringlich, dass sie doch eine Hexe war. Die schlimmsten Vorstellungen drehten sich um Verrat, durch Mecht an uns. Die Mannschaft nutze die Liegezeit zur Ruhe. Einzig ein Ausguck hielt Ausschau auf die See hinaus. Die frische Luft bewirkte ein wahres Wunder an mir. Mochte sie auch keinem Vergleich mit den heimischen Sphärengerüchen standhalten, sie verschaffte mir ein tagelang nicht mehr gekanntes Bedürfnis.

„Du, Emerald, was gibt es hier zum Essen?"

„Hm, scheint Dir wieder gut zu gehen. Unterm Ruder geht es hinab in den Schlund der Hölle, die haben nur Salzfleisch, hartes Steinbrot und muffiges Mus", angewidert zog Emerald eine Grimasse, „Lass Dir bloß kein Wasser geben! Die reinste Moosbrühe!"

Mich wunderte, dass es auf dem Kahn keine Essenszeiten gab. So ging ich um Haltung bemüht zu dem angezeigten Ort. Eine enge, dunkle Stiege führte ins Innere. Allein der Geruch schien nur auf mich zu warten. Doch mit zugehaltener Nase ging es. Unten sandte eine Laterne von der Decke trübes Licht im Takt der Wellen.

„He da! Ah, der feine Herr von der Fürstin!", eine krächzende Stimme drang durch das trübe Licht, „Habt Hunger? Dann setzt Euch."

Mit Argwohn setzte ich mich auf die fest verschraubte Bank an der Bordwand. Mein Argwohn stieg in ungeahnte Höhen beim Anblick des Koches. Nebenbei erfuhr ich nun, woher dieser unparfümierte Gestank herkam! Ein runzliges und seit Jahren nicht mehr mit Wasser in Berührung gekommenes Gesicht schoss aus dem Zwielicht auf mich zu. Verfilztes Haar undefinierbarer Färbung umrahmte nicht nur die Visage, es hing über der Brust bis zum Gürtel, oder wo anständige Menschen den haben. War ich schon, Erfahrung macht klug, gebückt eingetreten und seither derart verharrt, so hatte die Gestalt vor mir mehr als bloße Ähnlichkeit mit einer Sichel. Langsam hatten sich meine Augen mit dem Wechsel des gleißenden Sonnenlichtes an Deck und dem Dämmern hier gewöhnt. Hätten sie besser nicht! So konnte ich den Vertreter der menschlichen Art vor mir genauer in Augenschein nehmen. Hosen schien er nicht zu kennen, denn unter seinen Haaren verbanden ein hölzernes und ein dreckverkrustetes fleischliches Bein den Körper mit dem Boden. Erst bei einer zweiten Prüfung konnte ich erkennen, dass dieser hellere Streifen zwischen Haar und Gebein der Saum seiner Hemdes sein musste.

„Ich bin der Klaas", stellte er sich vor, ehe er mir eine hölzerne Schüssel unter die Nase stellte, „Viel hab ich nicht mehr, musst nächstes Mal zur rechten Zeit kommen!"

Es gab also feste Essenszeiten auf diesem Seelenverkäufer.

„Mhm, werd ich", wobei ich mir damit nicht sicher war, besonders nach dem ersten Löffel.

„Hab das Fleisch drei Tage gewässert, der Kaptein will das nich' so salzig! Paar Zwiebeln rein und mit Hafer zur Grütze einkochen! Das schmeckt, gibt Kraft und hält böse Meeresgeister ab!"

„Das mit den Geistern, das glaub ich Dir aufs Wort", nach dem vierten Löffel hatte ich den Bogen raus, man durfte auf keinen Fall kauen, sondern gleich runter mit dem Fraß!

Der Klaas schien nicht weiter meiner Gesellschaft frönen zu wollen, plötzlich war er weg. Es störte mich nicht wirklich, so konnte ich offen meine Gefühle hinsichtlich seiner Kochkünste mimisch freien Lauf lassen. Droben schrie jemand. Kam ein Feind? Oder war Mecht zurück? Die Schüssel ließ ich einfach stehen und hastete an Deck.

Halb oben erkannte ich des Schreiers Stimme, es war Emerald. Das verhieß nichts Gutes. Hastig rumpelte ich hinauf, wie der Wind jagte ich an Deck. Anscheinend keine Sekunde zu spät. Vor mir eine Reihe Rücken. In der Mitte, an seinem alten Mantel erkennbar, Kuhhorn. Ihm und seinen Männern gegenüber Emerald und Blaan. Hinter den beiden ein kreidebleicher Fleck, das Gesicht Nepomuks. Noch hatte mich niemand bemerkt. Vorsichtig näherte ich mich den Rücken.

Kuhhorn ergriff gerade das Wort: „Legt Eure Waffen ab. Dann überleg ich mir, ob ich Euch nicht doch am Leben lass. Die Barbaresken zahlen gut für weiße Sklaven! Ich zähl bis fünf!"

„Pah, acht? Die nehm ich allein auf mich", antwortete Emerald, „Aber da Ihr nicht rechnen könnt, erkläre ich es Euch langsam. Drei Musketen putzen drei von Euch weg, dann die Pistolen, nochmal drei. Bleiben zwei. Glaubt mir, Kapitän, Ihr werden nicht dabei sein."

„Vier!"

Deutlich hörte ich das Knacken der Schlösser bei meinen Kameraden. Drei Mal. Vielleicht war heute der Tag, um aus Nepomuk einen Mann zu machen.

„Fünf! Auf sie, Männer!", schrie Kuhhorn.

Drei Schüsse, drei der Matrosen wälzten sich mehr oder weniger wimmernd auf dem Deck. Für einen Moment schien es, dass die übrigen Seeleute zögerten.

„Was ist? Holt sie Euch!", mit der flachen Seite seines Säbels auf die Häupter der ihm Nächststehenden bekräftigte der Kapitän seine Worte.

Drei Pistolenschüsse, anscheinend schlecht gezielt. Nur einer der Matrosen stockte und griff sich an den rechten Arm. Es war an der Zeit, einzugreifen. Zu meinem Bedauern hatte ich längst das Zurücklassen meiner Pistole in meinem Lager für keine gute Idee gehalten. Meinen anderen Nothelfer hatte ich nicht vergessen, den Säbel. Vorne drängte sich die Schiffsbesatzung zu meinen Kameraden hin, hinten hielt ich Kuhhorn in bester Absicht meine Säbelspitze in den Nacken.

„Ihr habt mit Eurem Schöpfer gesprochen? Hm, ich denke mir, Euer Weg wird heute in die Hölle führen", höflichst teilte ich meine Ansicht über den weiteren Verlauf dieses Disputes dem Kapitän mit.

„Höllenhund!", sein linker Arm schoss hoch, während er sich wütend zu mir umdrehte.

Wäre es nur sein Arm gewesen, hätte ich mit mir reden lassen. Zu seinem Leidwesen hielt Kuhhorn jedoch seinen Säbel in der linken Hand. Wozu wollte ich ihn nicht fragen, daher zog ich meine Klinge quer und fest durch seinen Hals. Meine anatomischen Kenntnisse taugten nie sonderlich viel, trotzdem wusste ich, dass mein Streich und sein plötzliches Zusammenbrechen miteinander zu tun hatten.

„Gebt auf! Euer Kapitän ist tot", mit meiner Stimme hatte ich früher Geschütze übertönen müssen, hier funktionierte sie ebenfalls.

Die Seeleute verharrten, ein besonders tapferer Recke drehte sich zu mir: „Tot?"

„Kämpfen oder ein Schiff führen wird er nimmer. Lasst Eure Waffen fallen, versorgt Eure Verwundeten und dann sehen wir weiter", sie mussten nicht wissen, dass wir sie dringend brauchten, auch ohne Kapitän.

„Das war knapp", keuchend kam Emerald heran.

„Seid Ihr unversehrt?", wollte ich von ihm wissen.

„Kein Kratzer! Sogar der Bub hat gut gekämpft", er besah sich die Überreste Kuhhorns, „Der Tunichtgut wollte einfach absegeln. Weißt Du, dass Mecht ihm hundert Taler für seine Dienste gegeben hat? Damit wollte er verschwinden. Hast Du mitbekommen, was er mit uns vorhatte? So einer nennt sich Christ!"

„Mhm, zählen konnte er aber wirklich nicht", zwinkerte ich Emerald zu.

„Nein, das konnte er nicht. Ich aber. Daher muss ich Dir melden, dass wir gerade die Hälfte der Besatzung aus unseren Diensten entlassen haben. Hoffen wir, es sind genug übrig."

„Warten wir es ab", ich sah hinüber zum Strand, „Wird Zeit, dass sie zurückkommen."

„Glaubst Du daran?", Emeralds Vertrauen in Mecht war im Laufe unserer gemeinsamen Reise nicht gerade gewachsen.

„Ungläubiger Thomas, Du wirst langsam zu einem alten Weib."

Die Leichen von Kuhhorn und zwei seiner Leute wurden einfach ins Meer geworfen. Anscheinend hatte bei diesem Kahn die christliche Nächstenliebe noch nie einen Fuß auf die Planken gesetzt.

„Wollt Ihr kein Gebet für Eure Kameraden sprechen?"; fragte ich einen der Männer.

„Warum? Die sind tot, damit hat's sich", knurrte er.

Eigentlich hatte er recht, wie oft hatten wir Gefallene oder die an Seuchen Gestorbenen einfach verscharrt.

Von Land her ertönte ein Ruf. Ehe ich nachsehen konnte, meldete Blaan, dass das Boot mit Mecht auf dem Rückweg sei. Kaum lag das Boot längsseits, kletterte Mecht bereits über die Reling.

„Alle Geschäfte besorgt?", dabei gefiel mir etwas an ihrem Ausdruck nicht sonderlich.

„Ja und nein. Warte, bis meine Begleiterin an Bord ist. Ach ja, Stuart habe ich zurückgelassen. Du wusstest es ja längst, die französischen Blattern sind vollends ausgebrochen und einen Irren können wir nicht gebrauchen", was herzlos klang, strafte ihr Blick Lügen.

„Stuart?", mit aufgerissenen Augen nahm Blaan die Nachricht auf, „Schnell oder wirklich nur zurückgelassen?"

Ein eiskalter Schauer lief mir bei der Frage des Schotten über den Rücken. War diese Frau tatsächlich in der Lage, einen Freund ohne Gewissensbisse zu töten?

Ihre Antwort beruhigte mich daher ungemein: „Was hältst Du denn von mir? Ich gab den Bauersleuten ein paar Gulden, sie werden ihn bis zum Ende pflegen und ihm ein christliches Begräbnis bereiten. Blaan, hast Du es wirklich ernst gemeint?"

„Nein, doch seit wir auf der Suche nach Deiner Herkunft sind, bist Du manchmal härter als Dir guttut", erleichtert wiegelte der Schotte ab.

„Hier war es gerade noch sehr unterhaltsam. Willst Du hören?", meine beiläufigen Worte stießen auf weit offene Ohren, beendeten sie doch das unschöne Gespräch zwischen Mecht und Blaan.

„Hm Kuhhorn ist nirgendwo, Du lässt das Deck scheuern, ich glaubte vorhin sogar, Schüsse gehört zu haben, Du solltest wirklich mit Deiner Geschichte beginnen", aufmunternd stieß sie ihren Zeigefinger in meine Rippen.

„Der elende Schelm wollte sich aus dem Staub machen. Hm, ein dummer Vergleich. Er wollte sich eher über alle Weltenmeere hinweg von uns trennen. Auf alle Fälle war seine Absicht, sich nicht an Eure Abmachung zu halten. Ja, und uns an die Piraten aus Algier verkaufen, das hätte er nur zu gerne versucht. Mein Säbel belehrte ihn eines Besseren. Nun sucht er den Weg in die Hölle. Reicht Dir das?"

„So schätzte ich ihn ein. Du hast der Welt einen Dienst erwiesen, dafür sind Dir sicherlich zwei, drei Sünden vergeben worden", und sie meinte das ernst!

Nur ein alter Norweger

„Gnädiges Fräulein Mecht, sollen wir ablegen? Wohin soll ich steuern?", der Matrose hatte seinen ganzen Mut zusammengekratzt und sich in unser Gespräch eingemischt.
„Setzt Segel, Kurs Bergen. Mehr auf hoher See", wies ihn Mecht an.
Hinter Mecht war inzwischen eine weitere Gestalt an Bord gekommen. Ein kurzer Wink Mechts und sie folgte ihr und mir wie ein Hündchen. Zweifelsohne eine Frau. Ihr Alter war nicht einwandfrei festzustellen, ich schätzte sie an die Dreißig. Ihre Kleidung war einfach, geflickt und vermutlich seit Wochen nicht mehr gewaschen. Zu essen dürfte die Fremde auch lange nicht mehr bekommen zu haben, zaundürr, man vermeinte fast, die Knochen klappern zu hören! Erst in der Kajüte des so früh verblichenen Kapitäns wurde ich mit dem Neuankömmling bekannt gemacht.
„Das ist Olea, eine gute Freundin", die Betonung auf 'Freundin' kam Mecht stockend über die Lippen, „Sie sollte eigentlich gar nicht hier sein, nicht wahr, meine Liebe?"
„Nein", die Fremde sprach deutsch mit einem ungewohnten Akzent, „Weil Agnar tot ist, musste doch jemand Nachricht bringen!"
„Ja, jemand, dem ich vertraue", aha, daher wehte also der Wind!
„Ich hab es längst bereut, es wird nie wieder geschehen", jammernd hob die Frau ihre Hände Mecht entgegen.
„Wenn Dein Bericht wahr ist, dann sei Dir verziehen, wenn nicht", Mecht fuhr mit dem Daumen über ihre Kehle.
„Ja, ich schwöre, es ist wahr!", beteuerte die Frau.
„Dann darf ich jetzt erfahren, was die da uns für Nachricht brachte?", langsam konnten die beiden ihren Kleinkrieg beenden und zu den wirklich wichtigen Dingen zurückkommen.
Zuerst traf mich ein tödlicher Blick Mechts, dann machte sie ihrem Unwillen über meine Einmischung an der Frau Luft: „Rede endlich!"
Drei Minuten später starrte ich nachdenklich in das flackernde Licht der Kerzen auf dem Kartentisch, Mecht ließ sich krachend auf den einzigen Stuhl im Raum fallen und die Frau heulte. Anscheinend war das Krachen und das Geheule vor der Kabine als Kampf gewertet

worden, denn die Tür flog auf und Emerald sprang mit vorgehaltener Pistole herein.

„Tu das Ding weg", sicherheitshalber nahm ich die Waffe schnell an mich, „Gut, dass Du kommst, nimm die Karten und such Dir einen von diesen Galgenvögel, der uns zu dem Punkt hier", mein Finger wies auf einen rot umrandeten Ort, weit im Norden, „bringen kann."

„Das ist jetzt ein Scherz", hilflos sah sich mein alter Kriegsgefährte nach einer Sitzgelegenheit um.

„Nein, wir segeln dahin", entschlossen erhob sich Mecht, „Die da übergeb ich Deiner Obhut. Sollte es nur ein Anzeichen auf Verrat geben, wirf sie ins Meer!"

Emerald nickte, Verstehen heuchelnd ergriff er die Frau grob am Arm und zerrte sie aus der Kajüte. Behutsam legte ich Mecht einem Arm um die Schulter, wenn sie jemals einen Freund brauchte, dann jetzt. Der eben gehörte Bericht Oleas hätte eine schwächere Person sicherlich zusammenbrechen lassen. Anders Mecht, sie erhob sich, schmiegte sich eng an mich und zeigte mir, was ihr nach diesem Donnerschlag helfen würde.

Zwei Tage später drehte der Kahn nach Norden. Entweder war mir bis hierher ein Fischmagen gewachsen oder ich hatte mich an dieses ewige Rollen und Stampfen gewöhnt. Waren mir vor einigen Tagen die sanften, sommerlichen Ostseewellen noch als Hölle erschienen, machten mir die bisweilen turmhohen Wogen der Nordsee nicht das Geringste aus. Die ersten Tage war immer einer aus unserem Kreis unter Waffen auf Wache gestanden. Richtig trauten wir den Seeleuten nicht, doch die schienen sich unter der neuen Führung eingelebt zu haben. Blaan hatte gestern einige Habseligkeiten Stuarts unter den Matrosen verteilt, Mecht versprach jedem von ihnen ein saftiges Handgeld bei Erreichen unseres Zieles und ich? Ich blickte finster drein und trug meinen alten Säbel allzeit deutlich sichtbar. Die Frau hatte sich mit ihrem Schicksal arrangiert und Emerald mit ihr. Mecht tat so, als bemerke sie davon nichts und ich ermahnte ihn an seine Pflichten.

„Ahm Du hast eine Räuberprinzessin, da darf für einen armen

Konstabler wohl auch etwas abfallen. Die meint es ehrlich, glaub mir."
„Hoffen wir. Wenn sie noch was erzählt, von dem wir nichts wissen…"
„Werde ich dem Herrn Leutnant oder der Fürstin vom Galgenstrick eilends melden", grinste Emerald, „Bis dahin werde ich immer ein Auge auf und meinen Ladestock in ihr haben, soll niemand sagen können, ich nähme meiner Wächterpflichten nicht ernst!"
„Hoffentlich endest nicht wie der arme Stuart", jetzt grinste ich.
„Pah, hab überprüft, keine Gefahr. Melde mich wieder auf Posten!"
Die Woche verging, die Vorräte auch. Jeden Tag Salzfleisch, madig geworden, und Zwieback, schimmelig geworden. Nur zum Wasser schöpfen ließ Mecht uns an abgelegenen Orten an Land gehen.
Zweimal erwischte uns ein Sturm, einmal entkamen wir ihm ohne Schäden, der andere zerbrach eine der Rahen. Ansonsten verlief unsere Fahrt ereignislos. Selbst andere Schiffe begegneten uns nur ein paar Mal. Meist Fischer oder kleine Handelskähne. Rechter Hand erhoben sich seit gestern schneebedeckte Berge direkt aus dem Meer, linker Hand nur die endlose See. Wenigstens hatte uns auch auf diesem Teil unserer Fahrt gen Norden der Sommer begleitet. Selbst der Wind blähte unsere Segel mit warmer Luft aus Südwest. Außer, wenn es regnete, dann kam er mehr aus dem Westen und trug die Wasser des Atlantiks heran.

„In nicht ganz einem Tag dürften wir in diesen Fjord segeln. Die Karte hierzu ist nicht gerade sehr präzise. Wir sollten uns einen Lotsen besorgen", rief ich über den Kopf des Rudergängers zu Mecht hinüber.
„Nein, es darf uns niemand erkennen, ehe ich nicht an Land war", schrie sie gegen den Wind zurück.
„Der Herr hat recht, ohne Lotse kommen wir nie heil durch den Fjord", wagte der Seemann einen Einwand, „Wir haben Euch bisher doch gut gedient, warum sollen wir dafür sterben?"
„Du sagtest, dass Du der Steuermann Kuhhorns warst, darum stehst Du auf Deinen eigenen Beinen am Rad", schnauzte Mecht den armen Kerl an, ehe das Wunder geschah: „Gut, ein Lotse. Woher?"

Der Steuermann und ich sahen suchend über das Wasser. Sie hatte uns hereingelegt, schoss mir durch den Sinn.

Anders der Rudermaat: „Wir müssten ein Schiff bei der Ausfahrt abzufangen. Ein paar Goldstücke dürften den rechten Mann finden lassen!"

So spähte jeder, der gerade keine andere Aufgabe zu erfüllen hatte, auf Mechts Befehl hin in Richtung Nordost. Stundenlang kein Segel, nicht einmal das kleinste Fischerboot.

Mecht, Emerald, Blaan, der Bub und ich hielten im Schutz der Heckaufbauten Kriegsrat. Das gewünschte Ergebnis war von Mecht bereits zu Beginn festgelegt worden: Wir segeln in den Fjord. Da konnten wir anderen Einwände erheben, so viel wir wollten, ihr Entschluss stand fest. Einer der Seeleute näherte sich. Es war der Steuermann. Der hatte das Rad an einen Matrosen übergeben und bemühte sich bei uns um Gehör.

„Sprich", forderte ich ihn in einer Atemschöpfpause Mechts schnell auf.

„Es wird wohl so schnell kein Lotse zu finden sein. Ich fahre in den Fjord, bei gutem Tageslicht und das Beiboot fährt voraus und lotet!", brachte er seine Idee vor.

„So will ich es haben! Endlich jemand, der seinen Kopf zum Denken nutzt. Gut", sie sah mich überlegend an, „Hast Du so etwas wie Tiefe ausloten bei Deinen Kanonen gelernt?"

„Nein, aber ich und Emerald brauchen nur eine Einweisung in die maritimen Gepflogenheiten. Die dürften sich nicht arg viel vom Entfernungsmessen an Land unterscheiden", schon wandte ich mich an den Steuermann, „Einverstanden?"

„Ja, kommt mit, ich erkläre es Euch. Kommt besser beide mit, es wird eine lange Fahrt, dabei solltet Ihr Euch alle zwei Stunden ablösen. Müde oder unachtsame Männer kann ich nicht gebrauchen!"

So nahmen wir Kurs zur Einfahrt in den Fjord hin. Emerald und mir war jede Kleinigkeit unserer kommenden Aufgabe vertraut gemacht worden. Es war zwar nicht wie die Feldvermessung an Land, doch auch kein Hexenwerk. Vorsichtig tastete sich unser Schiff zwischen einigen Inseln hindurch. Ein, zwei Rauchsäulen zeigten zwar die

Anwesenheit von Menschen an, wir bekamen trotzdem niemand zu sehen. Die letzte Insel war passiert, die Fahrrinne wurde weiter.

„Es wird an der Zeit, Herr!", einer der mir zugeteilten Ruderer rief mich zum Beiboot.

„Komme", mein Vertrauen in dieses nasse Element war zwar besser geworden, doch gewisse Ressentiments pflegte ich noch immer und daher verabschiedete ich mich etwas länger von Mecht.

Aufmunternd schob sie mich irgendwann von sich: „Jetzt mach schon, Du wirst es überleben. Und wenn nicht, der nächste Kerl wird mindestens ein Hauptmann sein!"

Dieses vermaledeite Boot schaukelte heftig, als ich mich einfach vom Deck hineinfallen ließ. Meinem Magen schmeckte diese Kost so gar nicht, doch dank meiner Aufgabe war ich bald ausreichend abgelenkt. Wieso nannten diese Wasserflöhe die Entfernung nach unten eigentlich Faden? Ich hätte 'Schritte bis zum Grab' gesagt. Schlimmer noch fand ich nur, dass hier oben der Tag kein Ende zu finden schien. Es war mir bereits seit Dänemark aufgefallen, dass die Nächte kaum ein paar Stunden dauerten. Je weiter wir nach Norden fuhren, umso deutlicher wurde es. Bis hierher, ab hier gab es keine Nacht mehr!

„Rudert möglichst in der Mitte", wies ich den beiden Ruderern an.

Doch wo war hier die Mitte? Mal zwängte sich das Wasser mit Müh und Not zwischen den hochaufragenden Feldwänden hindurch, nur um ein paar Ruderschläge später einen regelrechten See zu bilden. Stunden vergingen, Emerald und ich hatten uns, wie verabredet, abgelöst. Das Beiboot legte sich gerade längsseits, um mich erneut zu übernehmen, da meldete ein Matrose eine Ansiedlung Backbord voraus. Ehe ich mehr erfahren konnte, hatte mich Emerald ins Boot gestoßen. Fast gönnerhaft meinte er dazu, dass ich als Offizier schließlich an der Spitze fahren müsse.

Oben brüteten Mecht und der Steuermann derweil über den Karten. Von einer Ortschaft war auf beiden Exemplaren nichts vermerkt. Mochte es daran liegen, dass die eine eine reine Seekarte und die andere über hundert Jahre alt war. Wahrscheinlicher war es, dass beide Kartographen den Ort für zu unbedeutend hielten. Während an

Decke Köpfe über diese Frage zerbrochen wurden, lotete ich unaufhörlich. Unser Boot musste näher ans linke Ufer. So nahmen wir die kleine Ansiedlung zuerst in Augenschein. Drei dunkel verwitterte Holzhäuser und ein paar Schuppen. Aus den Häusern stieg Rauch auf, doch keine Menschenseele ließ sich blicken. Erst als wir beinahe vorbei waren, erschien ein alter Mann im Türstock des dem Ufer nächst liegenden Wohnhauses und winkte uns kurz zu. Wir drei erwiderten den Gruß und waren auch schon wieder an dem Weiler vorbei. So entging mir eine Auffälligkeit. Jedoch nicht nur mir. Auch an Deck dauerte es, bis sich das unauffällige Zeichen herumsprach.

„Keine Seele zu sehen", brummte der Bub.

„Falsch, wink mal zurück", belehrte ihn Emerald beim Anblick des Alten.

„Du, Emerald, der ist ganz schön erschrocken, als er Dich gesehen hat", foppte Nepomuk seinen Kameraden, als dem Alte die winkende Hand urplötzlich erstarrte.

„Der meint vielleicht, dass wir Steuereintreiber sind", meinte Emerald, ehe er ihre Beobachtung an Mecht übermitteln wollte.

Die stand ohne Hut und weithin sichtbar auf dem Kajütendach und hatte die Szene ebenfalls wahrgenommen und ihre eigenen Schlüsse gezogen: „Ich hab's gesehen. Den holen wir uns!"

Verblüfft sah Emerald sie an: „Warum?"

„Ist Dir nicht aufgefallen, dass er erst erstarrte, als er mich sah?"

„Kann sein, doch warum?", ein Leuchten ging über sein Gesicht, „Weil Du ihn an wen erinnert hast oder so was in der Art!"

„Sag Georg Bescheid, dass sie herkommen sollen. Hol seine Waffen und bringt mir diesen Mensch, lebend und gesund!", ehe sie dem Steuermann Befehl gab, den Anker zu werfen.

Das Boot mit mir lag nicht ganz neben dem Schiff, schon stürzte Emerald hinein. Bedrohlich schwankte der winzige Kahn, was mich zu einer Unmutsäußerung veranlasste.

„Nimm lieber", er drückte mir rasch meine beiden Pistolen und den Säbel in die Hand, „Wir sollen uns den Alten schnappen!"

„Ich frag danach nach den Gründen. Wenn es sein soll, aber dann rasch!", ich gab unseren Rudern ein Zeichen uns schnell an Land zu bringen.

Dafür genügten ein paar kräftige Ruderschläge. Von diesem Zeitpunkt an ließ ich den Norweger nicht mehr aus den Augen. Knirschend rumpelte der Kiel unseres Bootes über den steinigen, schmalen Strand, längst waren Emerald und ich heraus- und nassen Fußes zum Haus des Mannes gesprungen.

„Wie reden wir eigentlich mit dem?", das fiel Emerald früh ein!

„Latein, Spanisch oder Deutsch, mehr kann ich nicht. Hm, ein klein wenig Englisch oder Kroatisch krieg ich auch noch zusammen", keuchte ich vor Anstrengung.

„Ha, dann lass mich machen, ich kann zwar nur Deutsch, Italienisch und Englisch. Englisch oder Deutsch sollen hier jedoch verbreitete Sprachen sein!"

„Hallo", sprach Emerald den Mann an, „Wir würden Sie gerne auf unser Schiff bitten, wir bräuchten Ihre Hilfe."

Kreidebleich stand der Norweger stumm vor uns, unfähig zu antworten. Weil wir unsere Pistolen hinten im Gürtel stecken hatten und auch so ein Säbel wie meiner fast ein modisches Accessoire war, verwunderte mich seine panische Reaktion. Emerald, der anscheinend mehr wusste, packte ihn einfach am Hemd und zerrte ihn zum Wasser.

„Was machst denn?", wollte ich wissen, nachdem ich ihn erreicht hatte.

„Befehl von der Galgengräfin. Frag die", grob schob er bereits den Alten ins Boot.

Der schlotterte inzwischen regelrecht, das reinste Bündel Angst! Mir kam ein Gedanke an die Andeutungen, dass unsere Suche hier oben auf den rechten Weg kommen könnte. Und dieser Greis dürfte damit zu tun haben. Wir mussten den Kerl zu dritt von unten über die Reling hieven, während oben Blaan und zwei Matrosen zerrten und zogen. Drüben herrschte immer noch Totenstille, man vermisste den Alten noch nicht. Kaum selbst an Deck, sah ich etwas, das meine Augen zum Leuchten brachte, eine kleine Kanone auf der Landseite!

„Bring ihn in die Kajüte", ordnete Mecht an, ehe sie sich mir zuwandte, „Was starrst Du denn so? Ah, unsere Drehbasse. Die hat man vor uns versteckt, doch unser Steuermann scheint endlich begriffen zu haben, wo er hingehört. Wusste ich doch, dass die Dir gefällt", schmunzelnd führte sie mich an das kleine Geschütz.

„Das ist ja ein Hinterlader! Ha, kleines Kaliber, damit versenkt man keine Schiffe. Ah", ich sah jetzt die Munition, „Kartätschen! Gut gegen aufgebrachte Dörfler und Enterer."

„Du sagst es. Hoffen wir, das Teufelszeug nicht anwenden zu müssen. Aber jetzt komm, hör einfach zu und Du wirst verstehen, warum ich den Alten hier haben wollte."

„Stimmt, es würde mich brennend interessieren. Dieser maulfaule Konstabler", so laut, dass es Emerald vernehmen musste, „hat nur wirre Andeutungen gemacht!"

Der und der Alte warteten vor der Kajüte. Ein Wink Mechts trieb sie ins Innere. Erst, als wir selbst gefolgt waren, wandte sie sich wegen der Fortsetzung des vorigen Wortwechsels an Emerald.

„Der maulfaule Konstabler weiß auch nicht mehr, oder?", sie sah meinen Kameraden prüfend an.

„Nein, weiß er nicht. Er ahnt vielleicht etwas. Soll ich gehen?", fragte Emerald, um sich ungeniert hinter den Alten zu stellen.

„Es würde keinen Sinn machen, Dich vor die Tür zu setzen. Daher bleib genau so stehen", der Blick, den sie dabei dem Alten zuwarf, ließ mich Böses ahnen.

„Du erkennst mich?", sanft richtete sie ihre erste Frage an den verängstigten Norweger, „Oh, Wein?"

Ich holte tatsächlich einen Becher und füllte dem Alten unseren sauren Wein ein. Dem Mann schien diese Geste ein klein wenig seiner Angst zu nehmen. Seine Hand umgriff den Becher und führte ihn zu seinem Mund. Mit ruhiger Hand wären dabei keine Unmengen des Rebensaftes verschüttet worden!

Ehe er seine Lippen jedoch netzen konnte, schnellte Mechts Hand vor und packte sein Handgelenk: „Nicht so schnell. Beantworte zuerst meine Frage."

„Ja, ich kenne Euch!", zumindest brauchte es zur Verständigung mit ihm keinen Dolmetscher, „Doch Ihr seid tot! Seit über zwanzig Jahren,

Frau von Gahlfoldt. Oder nein, nein, das kann nicht sein!", er sah sich Mecht durch zusammengekniffenen Lider länger an, „Ihr seid zu jung, doch die Haare, die Gestalt, das Gesicht! Zum Teufel, Ihr seid das kleine Fräulein!"

Fassungslos starrte ihn Mecht an, im Augenblick nicht in der Lage, auch nur ein Wort zu sprechen. In mir überschlugen sich die Gedanken und das machte mich ebenso unfähig zu irgendeiner Reaktion.

Bis eine kräftige Stimme knochentrocken sich meldete: „Fräulein von und zu, nicht schlecht. He, Ihr beiden, jetzt kommt wieder zu Sinnen. Und bis dahin stell ich Dir die Fragen", Emeralds Hand landete hart im Nacken des Alten, „Erzähl oder ich drück zu!"

„Warte!", es war mir eingefallen, was sanfter helfen könnte, „Wo ist der Branntwein?"

Solche Fragen hatte ich gelernt, schnell und eigenständig zu beantworten. Ein paar Augenblicke später hielt ich einen halbvollen Becher in der Hand und wollte ihn gerade dem Norweger reichen.

„Falls der für mich sein soll, nein, später", in Mecht waren die Lebensgeister wieder erwacht, sie küsste mich auf die Wange und trat dann bedrohlich vor den Norweger, „Da, trink leer und dann will ich die Wahrheit hören. Wenn nicht, fangen wir bei zwei Dutzend mit der Neunschwänzigen an. Wie ich es sehe, wirst Du am Ende kielgeholt. Deine Geschichte kann Dir diesen Tod ersparen, vielleicht lass ich Dich sogar laufen."

Stockend begann der Alte mit seinem Bericht. Seine ursprüngliche Heimat war einst im Friesenland gewesen. Er sei als junger Matrose auf einem Sklavenschiff gefahren, dort hatte er sich mit einem Mann aus Brest angefreundet. Sie waren nach einigen Fahrten gemeinsam an Land geblieben, Geld hatten sie genug. Doch sie waren jung und leichtsinnig, so waren ihre Börsen rasch geleert. Auf der Suche nach halbwegs ehrlicher Arbeit waren sie auf einen vornehmen Herrn getroffen, einen Holländer. Zu Beginn mussten sie ihm lediglich harmlose Handelsware transportieren. Es folgten jedoch bald weniger ehrsame Aufgaben. So auch hier, in diesem Fjord. Die beiden

Seeleute sollten sich beim örtlichen dänischen Beamten anwerben lassen und den und seine Familie auskundschaften. Eines Nachts erschien der Holländer persönlich, mit ihm ein schneller Segler. Der Däne lud den Fremden zum Diner ein, nannte ihn Herr Van Groote. Die beiden Matrosen sollten beim Bedienen helfen – ganz im Sinne des Holländers. Er wisse nicht, welches Gift sie dem Dänen und dessen Gattin in die Pokale geben mussten, die Eheleute seien dadurch bald sehr müde geworden.

„Kaum zeigten sie Müdigkeit, nutzte es mein Herr, sich zu verabschieden. Was nur zum Schein geschah! Ich bekam Order, mit einem Lichtzeichen von seinem Schiff ein Boot zu rufen. Ich wusste ja nicht, dass ich so die Spießgesellen des Holländers rief! Nein, ich wusste es nicht!"

Bis zum Ende seiner Erzählung hatte Emerald zweimal mit seiner Pranke dem Mann fast das Genick gebrochen, Mecht mit den Absätzen schier seine Füße zerquetscht und selbst ich schickte meine Faust in seine Falten. Es hatte seine Erinnerung jedes Mal belebt. Wieso er uns zu solchen Mitteln trieb, war schnell klar geworden: Er schwieg oder log immer dann, wenn seine aktive Rolle an dem Verbrechen ohne Lüge erkennbar wurde. Ehe er zum Schluss kam, spuckte er Blut aus dem Mund und Blut floss ihm aus der Nase.

„Ihr habt versprochen, mich zu schonen, gnädiges Fräulein!", bettelte er zum wiederholten Male.

„Du bist noch nicht zum Ende gekommen, danach entscheide ich", kalt blickten Mechts Augen in sein zerschlagenes Gesicht.

„In Gottes Namen, Ihr müsst mir glauben, seither fand ich keine ruhige Minute mehr. Die Männer kamen also. Der Holländer gab mir Befehl, die Tochter des Dänen herbeizuschaffen. Da ich wusste, dass das Kindermädchen im Vorzimmer des Kindes schlief, wollte ich wissen, was mit der geschehen solle. Ich solle sie zum Schweigen bringen, wofür habe ich denn mein Messer. Glaubt mir, es fiel mir nicht leicht! Dabei war es doch so einfach. Die Kindsfrau erwachte nicht einmal, so flink schnitt meine Klinge durch ihren Hals. Schnell das Mädchen, ja, das wart wohl Ihr, gegriffen und wieder zurück. Erst da bemerkte ich, dass mein Messer Euch ebenfalls getroffen hatte. Daher habt Ihr diese Narbe", er war immer leiser geworden und deutete nun auf Mechts Gesicht, „Voll Angst eilte ich zu den anderen zurück. Zu meinem Entsetzen fand ich den Herrn von Gahlfoldt und die Herrin sich in ihrem Blut wälzend vor. Erst mit den ersten Hilferufen begriff ich, dass auch das Gesinde hingemeuchelt wurde", hier stockte die Stimme des Alten, Schweißperlen traten auf seine Stirn.

„Was seid Ihr nur für ein Mensch", entfuhr es mir.

„Mensch? Das ist kein Mensch", antwortete Emerald.

„Nein, ein Mörder! Aber gut, ich gab mein Wort. Erzähl weiter!", bleich lehnte Mecht an der Kajütenwand.

„Der Herr ließ das Kind an Bord bringen, während wir übrigen so viel Beute wie nur möglich einsammelten und ebenfalls auf das Schiff zurückkehrten. Ich wagte erst weit im Fjord einen Blick zurück. Als ich der Flammen aus dem Schloss gewahr wurde, entschied ich mich, dieses Satansschiff zu verlassen. Unbemerkt sprang ich ins eiskalte Wasser, seither lebe ich hier."

„Späte Reue oder Angst? Nun, Deine Geschichte scheint mir halbwegs glaubhaft. Nur noch eine Frage: Was wurde aus dem Holländer?", verbissen unterdrückte Mecht dabei jede äußerliche Regung.

„Genaues weiß ich nicht. Hab ein paar Wochen später gehört, dass sein Schiff bald darauf englischen Piraten in die Hände gefallen sein soll", unterwürfig senkte er seinen Blick noch tiefer, „Hab ich Eure Gnade, gnädiges Fräulein?"

„Meine? Ich übergeb Dir Gottes Gnade. Schwimm an Land und wage es nie mehr mir unter die Augen zu kommen", tonlos überließ Mecht den Alten seinem Schicksal.

Emerald trieb ihn an Deck und kehrte kurz darauf zurück: „Er kam lebend ans Ufer. Schade, hab geglaubt, der Teufel holt ihn schneller."

„Böser Mensch", ich schüttelte betrübt meinen Kopf.

„Der soll seinem Gott oder wem er mag danken. Lasst den Anker hieven, wir müssen weiter in den Fjord!", drängte uns Mecht.

„Ay, Gnädigste!"

Besorgt wandte ich mich nach Emeralds Weggang an Mecht: „Lass Dich nicht zu einer Tat hinreißen, die Du später bereuen könntest! Egal was kommt, versündige Dich nicht mit Deiner Rache!"
„Manchmal hört man immer noch den Jesuit aus Dir", sie nahm meine Hand, sah mir fest in die Augen und versprach, Gnade vor Recht ergehen zu lassen.

Die Ruine im Fjord

Wieder lotend, langsam von unserem Schiff gefolgt, ging es weiter. Ein paar Kilometer nach dem Zusammentreffen mit dem alten Tunichtgut wies die Karte in einen nach Süden abgehenden Seitenarm des Fjord. Es wurde enger und das Lot sank immer öfter nicht weit genug ab. Ich hatte gerade Dienst, so sah ich als Erster das Ende des Fjordarms. Ein steiniger, kurzer Strand, dahinter wieder ein paar der typischen kleinen Holzhäuser und etwas, mit dem ich fast schon gerechnet hatte. Dunkel und unheimlich zeigten sich die traurigen Überreste eines einst sicher großen Steingebäudes dahinter. Einer der beiden Ruderer wies mich zeitgleich auf Pfähle im Wasser hin. Ein Blick auf die Karte sagte uns, dass es sich hierbei um Wegmarken handeln könnte.

„Wir lassen uns zum Schiff zurückfallen! Ab hier folgen wir den Pfählen", wies ich an.

Wieder an Bord hatte unser Steuermann längst mehr auf die Pfähle denn auf mich und meine Arbeit geachtet. Eine halbe Stunde später knirschte es unter unserem Kiel. Der Anker wurde geworfen und Mecht rief Blaan und mich zu sich.

„Wir gehen an Land. Blaan, gib auch den Ruderern Waffen! Na, mein liebster ehemals Kurfürstlicher, was denkst Du?"

„Ich glaub nicht, dass wir dort viel erfahren werden. Sieh doch, das Schloss ist fast zerfallen und ob hier noch jemand lebt, der uns etwas sagen kann? Also ich habe Zweifel", allein mit vermutlich logischen Gedanken war Mecht in diesem Moment nicht beizukommen.

„Und wenn ich nur den Namen erfahre, selbst dann war es die Reise wert! Keine Angst, ich versprach es."

Meine weitere Meinung wollte sie anscheinend nicht mehr hören, denn sie lief schnell nach hinten und ließ Emerald diese Olea herbeischaffen. Der verschwand unter Deck und zerrte kurz darauf die zeternde Frau hinter sich her.

„Die will nicht so recht", brummte er, gab der Frau einen nachdrücklichen Stoß in Mechts Richtung.

„Hat es einen Grund, warum Du nicht zu mir willst?", zischte Mecht die Frau an.

„Nein, nein! Doch hier waren Agnar und ich bereits voriges Jahr. Die Leute hier wollen mich sicherlich nicht noch einmal zu Gesicht bekommen!", jammerte Olea.

„Was für ein Schelmenstück habt Ihr den Leuten angetan?", forderte Mecht energisch eine Erklärung.

„Ach, nichts weiter, wir haben sie nur ein wenig von ihren Goldkronen befreit", es klang fast unverschämt, doch Olea setzte sogar noch einen drauf: „Die sind so dumm und feige! Agnar brauchte nur dem Häuptling dieser Fischtrottel kräftig zusprechen, schon schenkten sie uns selbst ihre Eheringe!"

„Fein, deshalb kommst Du mit! – Emerald, fesseln!"

Das Beiboot mit Mecht, Blaan, Olea, den beiden Matrosen und mir an Bord versank schier. Mochte ich mich an Seegang gewöhnt haben, Wasser im Boot war etwas ganz anderes! Es wäre einfacher und schneller gegangen, hätte Mecht bereits vorhin nicht darauf bestanden, Olea in Ketten zu legen. Drüben hatte man unser Ankommen bemerkt. Ein paar ärmliche Gestalten bildeten das Empfangskomitee. Ärmlich gekleidet, keineswegs verhungert war der nächste Eindruck, den die Leutchen auf mich machten. Wenigstens nicht so verhungert, als dass sie nicht ein paar alte Büchsen oder Harpunen drohend in Händen halten konnten. Anscheinend erkannte hier niemand Mecht, die an meiner Seite auf die Dörfler zuging.

„Bleibt stehen! Wer seid Ihr?", befahl der kräftigste, größte und erfahren wirkende Norweger auf Englisch.

„Einfache Reisende, von uns geht keine Gefahr für Euch aus. Wir bitten nur um Wasser und ein paar unbedeutende Auskünfte", antwortete Mecht liebenswürdig.

„Wasser könnt Ihr Euch drüben im Bach nehmen. Welcher Art Auskünfte?", eindringlich prüfte der Mann uns dabei.

Ehe Mecht darauf eine Erwiderung geben konnte, drängte sich aufgeregt stammelnd eine alte Frau durch den Halbkreis der Dorfbewohner: „Ein Geist! Ein Geist!"

Trotz dieser Bezeichnung warf sie sich vor Mecht auf die Knie und griff nach ihrer Hand: „Nein, wahrhaftig, Ihr seid kein Geist! Sagt, wie ist Euer Name, gnädiges Fräulein!"

Mecht ließ sich von der Alten ihre Hand küssen, nicht zur Antwort fähig. Dadurch musste ich es übernehmen.

Ich nahm die Alte bei deren Händen und zog sie hoch: „Das ist Fräulein Mecht."

Kaum ausgesprochen, rannten dicke Tränen über das runzelige Gesicht der Alten: „Das Fräulein! Hört, das Fräulein!"

Ihre Nachbarn sahen sich unsicher an, bis ihr Anführer sich ebenfalls unter Tränen an mich wandte: „Eine Freude, Herr, welch eine Freude!"

Seine folgende Umarmung brach mir beinahe die Rippen, seine Freude war auf alle Fälle ehrlich. Weshalb er aber mich umarmte, blieb mir schleierhaft. Wenigstens sprachen die guten Leute hier eine Sprache, die sogar ich halbwegs dem Sinn nach erfasste. Die Überschwänglichkeit der beiden Alten erfasste langsam das ganze Dorf, bis eine der Frauen Olea erblickte. Ein Ruf und mit einem Schlag wechselte die Stimmung.

In Windeseile reagierte Mecht. Zuerst zeigte sie den Norwegern, dass Olea gefesselt war, anschließend versuchte sie eine Erklärung in Dänisch. Zumindest meinte ich, dass es sich genauso anhörte wie bei Peter dem Müller. Hatte der Anblick einer gefangenen Olea die Gemüter beruhigen können, so verfinsterten sich die Mienen der Dörfler bei Mechts ersten Worten wieder.

„Oh, tut mir leid, aber ich spreche kein Norwegisch mehr! Ihr müsst mir verzeihen. Es bleibt dann nur Englisch, ein mühsames Dänisch oder spricht hier wer Deutsch?"

Weil uns die Alte verstanden und der Sprecher Englisch mit uns gesprochen hatte, dürften zwei auf alle Fälle einer uns geläufigen Sprache mächtig sein. Einige meldeten sich, somit war eine Verständigung für uns leichter. Wobei ich nicht verstand, warum Mecht mit ihren wirklichen Dänischkenntnissen hinterm Berg hielt.

„Ihr wisst, was uns dieses Weib angetan hat?", brummte der Sprecher und wies auf Olea.

„Ja", gab Mecht zu, „Wollt Ihr sie vor den Richter bringen?"

Der Mann sah sie sprachlos an, schluckte schließlich den Brocken und rief zwei ältere Männer zu sich. Während die drei sich berieten, sandte ich Blaan und einen der beiden Matrosen mit dem ersten Wasserfass los. Sollte sich unsere Lage verschlechtern, so waren wir zumindest wieder mit Frischwasser versorgt. Die drei Norweger waren zu einer Entscheidung gekommen. Ich war nicht wenig verblüfft, dass sie Olea uns ohne Wenn und Aber überließen. Den Hintergedanken erfuhren wir erst viel später. Dabei war es ganz einfach: Es hätte ihnen zu viele Scherereien mit der Obrigkeit gebracht. Anscheinend war der Mann, mit dem wir bisher gesprochen hatten, auch so eine Art Gemeindevorsteher. Denn er lud Mecht und mich im Namen des Dorfes zu sich ein.

„Ich kann Euch, gnädige Frau von Gahlfoldt, nicht meine kleine Behausung anbieten, doch lasst uns auf Ihre glückliche Rückkehr trinken!", seine Frau, ich hielt sie zumindest dafür, kam mit einfachen Hornbechern aus der Kate.

Im Laufe des gegenseitigen Ausforschens stellte sich heraus, dass Mecht tatsächlich das einzige Kind des einst hier als dänischer Beamter tätigen Freiherrn von Gahlfoldt war. Natürlich hatten auch die Dörfler tausend Fragen, die wir so gut es ging, mit Hilfe der Sprachkundigeren beantworteten. Mich an den Alten am Fjord erinnernd, stellte ich Fragen zu dem Kerl. Ja, der sei hier bekannt. Nein, sie wussten nicht, dass er mit der Nacht vor vielen Jahren zutun hatte. Drei Runden Schnaps intus, fiel Mecht plötzlich das ungewöhnliche Kreuz ein. Sie nahm es vom Hals und zeigte es dem Dorfvorstand.

Ein ehrfürchtiger Blick und er sank vor Mecht auf die Knie: „Ihr seid es wirklich! Dieses Kreuz hat mein Vater einst zu Eurer Taufe mit dem Herrn in Bergen geholt! Mecht von Gahlfoldt. Zwölfter November 1683 stand da einst."

„Wer war mein Vater, wer meine Mutter?", langsam sank Mecht neben dem Norweger nieder.

„Euer Vater? Ein Vertreter des Königs in Kopenhagen. Einer, der ein Herz für uns einfache Leute hatte. Der unsere alten Sitten beachtete. Ein guter Mann, ebenso wie Eure Mutter", der Mann brach ab, anscheinend ergriff es ihn stärker als gedacht.

„Steht doch auf!", Ich griff Mecht und einer der beiden anderen Obernorweger seinem Landsmann unter die Arme und gleichzeitig halfen wir ihnen auf die Beine.

Hinter uns stand der Rest der Dörfler bisher stumm, umso neugieriger lauschend, im Halbkreis. Irgendwo aus dem Kreis der übrigen Dörfler ertönten ein, zwei wütende Rufe. Ein Blick in Richtung der Rufe und die Szene kam mir bekannt vor. Wieder die Alte von vorhin, wieder sich durch die Umstehenden drängelnd, diesmal mit einem Buch in den hoch erhobenen Händen.

„Gnädige Frau, gnädige Frau! Ich hab hier das Tagebuch Ihres Herrn Vater!", atemlos und hastig flogen ihr die Worte aus dem fast zahnlosen Mund, „Seit dem schrecklichen Brand hütete ich es, bis jemand aus der Familie kommen würde. Ihr sollt es nun haben!"

Den Dorfältesten schien die Existenz dieses Buches nicht unbekannt zu sein, die blieben gelassen und nickten einträchtig dazu. Ihre Gefolgschaft raunte leise, anscheinend waren die ebenso ahnungslos wie Mecht und ich.

Mecht nahm das alte, abgegriffene, in einstmals blaues Leder gebundene Buch entgegen und dankte der alten Frau mit stockender Stimme und Tränen in den Augen.

„Ihr seht der gnädigen Frau von Gahlfoldt mehr als ähnlich", einer der beiden anderen aus dem örtlichen Ältestenrat schien sein Misstrauen nicht so ohne weiteres ablegen zu wollen.

„Hör auf, Magnus, das ist gewiss das Fräulein!", ermahnte ihn der Dorfchef unwirsch.

„Nein, Magnus hat recht. Wir brauchen mehr als den Anschein! Astrid kannte das Kind am besten, fragen wir sie nach einem Zeichen", bekam der Zweifler von dem dritten der Ältesten Zuspruch.

„Ja, so soll es geschehen!", warum musste Mecht denen jetzt auch noch zustimmen!

Die Alte wurde herangeholt und befragt.

„Es gibt ein Zeichen! Es muss auch nach so vielen Jahren noch zu erkennen sein", eiferte sich die Alte, „Eines der Küchenmädchen hat den Kamin ausgekehrt, dabei waren noch Glutstücke in der Asche. Eines davon fiel dem Kind auf den Bauch! Ach, war das ein Jammer!"

Wenn die Alte die Narbe meinte, die ich inzwischen gut kannte, wäre der Beweis erbracht. Ebenso schnell wie ich dachte, nahm Mecht die Alte und die Frau des Ortsvorstehers an den Händen und führte sie um das Haus. Sollen die beiden Frauen im Schutz vor allzu lüsternen Mannsbilder sich vom Vorhandensein der Narbe vergewissern.

Kurze Zeit später kamen die drei zurück und die Alte jubelte: „Ja, es ist das Fräulein!"

Damit waren auch die letzten Zweifler zufrieden und der Älteste lud uns in sein Haus ein.

„Kommt herein, gnädiges Fräulein", die Frau des Dorfsprechers nahm Mecht an der Hand, „Ihr", damit meinte sie offenkundig mich, „kommt mit. Lasst Eure Dame jetzt nicht allein. Ich werde Euch derweil Fischsuppe machen."

Bevor ich mich um Mecht und dieses Tagebuch kümmern konnte, musste ich unseren Leuten wenigstens eine grobe Schilderung der derzeitigen Lage geben. Ich winkte Blaan heran und merkte gleich, dass der genug mitbekommen hatte.

„Die Fürstin ist also in Wahrheit eine dänische Freifrau", murmelte der, „Ja, ich verstand genug und werde aufs Schiff zurückkehren, um Emerald Bericht zu erstatten. Soll das Boot wieder hierher zurück?"

„Lass es neben dem Schiff vertäuen und einen Mann darauf achten, wenn wir es benötigen. Ah, noch etwas! Seid wachsam, auch wenn die Leute hier uns kaum gefährlich werden wollen und Emerald soll Olea sicher einsperren, in Ketten!"

„Zu Befehl, Herr", erwiderte Blaan, halb schon beim Boot.

Mich hielt nichts mehr vor der Kate, rasch trat ich als Letzter ein. Im Inneren brannte ein Leuchter und erhellte ausreichend den Raum. Der Alte musste nicht ganz arm sein, denn ich hatte nur einen einzigen Raum erwartet. Doch das hier war eine zwar kärglich möblierte, aber immer hin ausreichend ausgestattete gute Stube.

„Das Glas lässt nicht genug Licht zum Lesen herein", entschuldigte sich die Hausherrin, „Daher hoffe ich, die Kerzen genügen. Wenn nicht, ruft und ich bringe noch einen Leuchter. Oh, ja, der ist vom Schloss, viel konnten wir nicht retten und der neue Verwalter sitzt in Grodas, der war nur kurz hier und hat sich seither nie mehr sehen gelassen."

„Ist gut, was Ihr fandet, mag Euch gehören. Wieso kümmert sich der dänische Beamte nicht um Euch?", Mecht blinzelte der Frau verschwörerisch zu, „Wohl das Beste!"

Die Hausfrau lächelte vieldeutig, ehe sie hinter der Seitentür verschwand. Mechts Hände zitterten derart, dass ich die beiden Bänder, die das Buch zusammenhielten, aufknoten musste. Bereits auf der ersten Seite kam die Enttäuschung. Dieser Band beinhaltete wohl rund zehn Jahre aus dem Leben des Freiherrn, scheinbar exakt die Jahre vor Mechts Geburt! Seltsam, dass er in einer Mischung aus Deutsch und Dänisch geschrieben hatte. Was es sogar mir ermöglichte, den Text einigermaßen zu entziffern.

„Ich hatte mehr erwartet", seufzte sie, blätterte enttäuscht auf die nächste Seite.

„Halt!", brüllend hielt ich sie davon ab, das Buch zuzuschlagen, „Zurück auf die zweite Seite! Ich hab da was gelesen!"

Zweifelnd sah sie nach: „Ja, gut, mein Vater schreibt hier von einer Reise. Warum interessiert es Dich?"

Statt einer Antwort las ich ihr den dritten Eintrag vor:

16. Juno im Jahre des Herrn 1678

Heute mit Theodor von Sochwitz, dessen wahren Namen, Graf von Gramegg, nur ich kannte, und Thomas Erkins den Rio Bravo del Norte bei einem Nest namens El Paso del Norte nach Norden überquert. Unser Freund Sebastian de Gruyel will uns mit seinen Indianer zwei Tagesreisen weiter erwarten. Bin sehr aufgeregt, seit wir in Neuspanien an Land gingen fand ich kaum Schlaf. Bete, dass unsere Karte den Weg zu den sieben Städten von Cibola weist.

„Gramegg!", stieß Mecht hervor, „Mein Vater kannte Deinen Oberst! Nimm Du das Buch, ich bin zu aufgewühlt. Aber welche sieben Städte sind gemeint? Und wo ist dieses El Paso?"

„Keinen Schimmer, aber Dein Vater erwähnte Neuspanien", ich las hastig weiter, doch die nächsten Seiten berichteten nur von einer Reise ohne genaue Hinweise.

Die Frau sah herein, die Suppe sei fertig. Wer weiß, meinte ich, wann wir wieder zum Essen kommen werden. Auch Mecht verspürte trotz ihrer Anspannung Hunger. So aßen wir eine kräftige, sehr salzige Fischsuppe und tranken ein dünnes Sauerbier. Doch es war wie das beste Mahl bei Hofe! Selbst während unseres Mahls ließ uns beide das Buch nicht los. Doch erst nach über einem Dutzend Seiten mit nichtssagenden Beschreibungen kam etwas von Belang:

3. Juli

Wir sind wohl über dreihundert Kilometer durch unwegsames Land geritten. Haben nur wenige Indianer getroffen. Eiserne Messer und einmal ein Kupferkessel haben uns jeden Ärger mit den Wilden vom Leib gehalten. Sebastian sieht sich immer öfter nach Landmarken um. Seit vorgestern halten wir unsere Gewehre immer bereit. Hab dadurch schon drei Ellen Lunte verbraucht. Die hiesigen Eingeborenen sollen wenig gastfreundlich sein, sogar Kannibalen!

4. Juli

Heute hat Sebastian einen Bergrücken am Horizont entdeckt. Dort sollen die Ruinen der ersten Stadt liegen. Er redet immer öfter von den Schätzen dort. Unmengen Gold, das die alten Mexikaner vor Cortez hier in Sicherheit gebracht haben. Jeder von uns treibt sein Pferd hart an, wir wollen nach all den Mühen endlich unseren Lohn.

5. Juli

Am Morgen waren zwei unserer Tiguaindios verschwunden. Dazu ihre Pferde. Der Anführer der Eingeborenen wusste angeblich nicht, wo sie abgeblieben sein könnten. So recht schenkten wir ihm keinen Glauben. Sebastian wütete ein paar Kilometer, doch je näher wir den Bergen kamen, desto schneller vergaßen wir die Feiglinge.

Nach diesem Eintrag bestand eine Lücke von über einer Woche. Meine Augen brannten ein wenig, trotzdem bemerkte ich, dass hier ein paar Seiten fehlten.

„Du siehst müde aus. Komm, machen wir eine Pause. Glaubst Du, es finden sich wirkliche Hinweise auf die Mörder meiner Eltern und die Entführer der Tochter Grameggs?", zweifelnd nahm Mecht das

Buch an sich, „Wir gehen aufs Schiff! Wer weiß, ob die Schurken uns nicht längst ausspähen und sich am End an den armen Leuten rächen?"

Ich glaubte zwar nicht, dass jemand nach so langer Zeit hier noch rumspionierte, bei genauerem Nachdenken erschien es mir am Ende doch nicht ganz abwegig. Ebenso wahrscheinlich würden wir mit unseren Nachforschungen hier nicht weiterkommen.

Ein Gedanke kam mir jedoch: „Du könntest beim König eine Anerkennung erbeten. Sollten wir nicht festhalten, dass man Dich als legitime Erbin Deines Vaters erkannt hat?"

Mecht brauchte keine Sekunde, um zu überlegen: „Nein, was will ich mit Titeln und einem Erbe, das sicherlich schon von anderen beansprucht wurde? Nein!"

„Ist das der Grund, warum Du den armen Leuten verschwiegst, dass Du ihre Sprache besser kannst?"

„Nein, ich wollte nur vorsichtig sein", sie zeigte auf ihre Ohren und blinzelte verschwörerisch, „Lass es gut sein, meine Meinung steht fest."

Insgeheim war ich mit dieser Entscheidung sehr einverstanden. Um ganz sicher zu gehen, wagte ich noch einen Versuch: „Lass uns zur Ruine gehen, vielleicht war Dein 'Nein' vorschnell."

„Ich bin Mecht vom Galgenstrick, so soll es bleiben. Wer weiß, was noch kommt."

Die Norweger wirkten bedrückt, als wir uns verabschiedeten. So versprach Mecht zu guter Letzt, dass sie die Angelegenheit um ihr Erbe dem König in Kopenhagen vorbringen werde. Wann sagte sie nicht.

Wieder an Bord unseres Schiffes rief Mecht zuerst den Steuermann. Mir schwante, für was sie ihn benötigte.

So war es auch: „Kennst Du den Weg in die Neue Welt? Könnten wir es mit diesem Kahn schaffen? Wir brauchen Karten von Neuspanien!"

„Äh, Fräulein von Gahlfoldt, ich kann keine Eurer Fragen mit einem ehrlichen ja beantworten! Mit diesem Schiff? Schwerlich, aber mit einer besseren Mannschaft und einem Kapitän, der den Weg weiß,

es wäre gefährlich, aber nicht unmöglich!"
„Nenn mich nicht Von Gahlfoldt. Gut, kennst Du so einen Kapitän?"
Der Steuermann kratzte sich am Hinterkopf: „Den kenne ich wirklich, wenn er noch leben sollte. Dazu müssten wir aber nach England segeln und die Navy umgehen."
„Dann setz Kurs, wir haben keine Zeit zu verlieren", entließ Mecht einen verzweifelt dreinschauenden Seemann.
„Bist Du nicht ein wenig vorschnell? Lass uns erst fertig lesen!", schlug ich vor.
„Lies doch einfach die letzten Eintragungen, vielleicht wissen wir dann schon mehr", wieder einmal hatte Mecht einen Entschluss gefasst und wollte den mit allen Mitteln umsetzen.
„Zuerst geb ich den Kameraden Deine Entscheidung kund. Wer weiß, am Ende springt Blaan über Bord", meiner Ansicht nach war der Schotte den englischen Behörden kein Unbekannter, mochte auf ihn dort am Ende der Galgen warten.
Das Gegenteil war der Fall, Blaan freute sich regelrecht auf England. Manchmal wurde ich aus dem Kerl einfach nicht schlau.

Das Tagebuch

Die meiste Zeit unserer Fahrt nach England verbrachten Mecht und ich über dem Tagebuch. Manche Zeile verstanden wir nicht, manche erst nach dem dritten Studium. Doch langsam ergab sich ein Bild, warum jemand Mecht und ihr Familie sowie die meines Obersten hasste. Ihren Vorschlag, das Tagebuch von hinten her aufzurollen, hatten wir vorerst fallen gelassen. Wenn wir in England waren, konnten wir immer noch entscheiden, wohin unsere Reise weitergehen würde.

27. Juli
Die Enttäuschung saß bei uns allen tief. Thomas beschuldigte Sebastian, uns in die Irre geführt zu haben. Die beiden stritten die halbe Nacht.

Durch die fehlenden vorigen Einträge mussten wir raten, was gemeint war. Eigentlich kein schweres Rätsel, die Einträge der nächsten Tage bestätigten unsere Vermutung, dass sie keine Schätze gefunden hatten.

28. Juli
Thomas ist bei Sonnenaufgang in die Überreste der Lehmhütten zurückgegangen. Später folgten wir ihm. Mochten wir dann auch den ganzen Tag in den Ruinen graben und hacken, kein Gold, nichts.

„Mein nobler Vater war doch kein so edler Mensch", schwankend zwischen amüsiert und entsetzt las Mecht den nächsten Eintrag vor.

31. Juli
Erst heute wieder Zeit für mein Tagebuch. Gestern erschlug Sebastian einen unserer verbliebenen Tiguas. Ohne einen wahren Grund. Das Verhältnis der Indios gegenüber uns ist nun endgültig in offene Feindschaft umgeschlagen. Wir vier haben uns in die Ruinen zurückgezogen. Mit allen Pferden und Vorräten. Wir werden ohne die Wilden morgen zur nächsten Stadt weiterziehen. Sebastian hat uns sein Wort gegeben, dass wir dort den Schatz finden. Wenn nicht, ich weiß nicht, wie wir reagieren werden.

„Hm, Dein Vater und Gramegg kamen auf jeden Fall lebend zurück. Ich hab die Zeit mit den Erlebnissen Brauleins verglichen. 1680 muss

Gramegg wieder in Sachsen gewesen sein, und vermögend!"

„Doch wenn sie fündig geworden sind, warum zog sich mein Vater in eine so von Gott verlassene Gegend wie den Fjord zurück? Als Beamter des Königs? Dann hätte er doch in Paris oder Wien oder London leben können. Hm, eigentlich auch Gramegg. Wieso hat der überhaupt unter falschem Namen gelebt?", hinterfragte Mecht meine schwankende Meinung zu der Geschichte.

Weiterlesen? Selbst ein Jesuitenschüler und eine Freifrau brauchten Erholung. Diese Nacht blieb das Tagebuch verschlossen, es musste ja nicht alles sehen, was sich abspielte.

Die Tage verbrachten Mecht und ich mit dem Studium des Tagebuches, die Mannschaft trotzte den Wellen, Emerald, Blaan und der Bub übten sich in der Anwendung von üblen Betrügereien beim Kartenspiel. Daneben schien unser schottischer Kamerad Emerald in der Bewachung Oleas abgelöst zu haben. Dieses Tagebuch sorgte sich wenig um Mechts Gemüt. Hatte sie vor wenigen Tagen endlich ihre Herkunft erfahren, so erfuhr sie daraus auch von den dunklen Seiten ihres Vaters.

15. August

Heute haben wir die nächste Ruinenstadt erreicht. Wir trauen einander kaum mehr. Dabei haben wir alle vier das Blut unserer indianischen Reisegefährten an den Händen! Warum mussten die aber auch unsere Pferde und Vorräte stehlen wollen.

16. August

Gold! Wir haben Gold gefunden! Doch nun brechen die teuflischen Fratzen bei uns allen hervor. Sebastian versuchte mit unserem Fund in dieser Nacht zu fliehen. Theodor musste dem Verräter die Kugel geben. Doch dadurch ist es nur schlimmer geworden.

17. August

Heute geschah das nächste Unglück. Thomas grub unter einer brüchigen Lehmmauer, als diese zusammenstürzte und ihn unter sich begrub.

18. August

Wir konnten Thomas zwar befreien, doch ihm geht es schlecht. Er fiebert. Theodor und ich sind übereingekommen, sofort das bisher gefundene Gold in Sicherheit zu bringen. Wir müssen Thomas zurücklassen, die Pferde sind schwer genug beladen. Ich wage nicht, Thomas in die Augen zu blicken.

19. August
Wir ließen ein Gewehr und einige Vorräte bei unserem kranken Gefährten. Ob er unser Versprechen, ihn später zu holen, glaubt? Wohl nicht. Seine Flüche folgten uns noch weit.

20. Oktober
Unsere Flucht hat uns immer wieder an den Rand des Todes gebracht. Doch nun sind wir in Sicherheit, ich kann wieder schreiben. Wir haben in einem Gewaltmarsch El Paso erreicht. Das Gold will ich nicht, wenn wir Thomas nicht retten können. Doch der spanische Leutnant lässt uns nicht nach Norden. Santa Fe und all die spanischen Ansiedlungen dort oben sollen von Aufständischen vernichtet worden sein. Er glaubt daher nicht, dass Thomas noch am Leben ist. Auch Theodor ist dieser Ansicht, der ich mich füge. Wir werden morgen zur Küste aufbrechen und auf ein Schiff in die Heimat hoffen. Ich habe Theodor endgültig meinen Anteil überlassen. Mein Gewissen will nicht zur Ruhe kommen. Der Herr möge uns vergeben.

„Hier sind wieder einige Seiten herausgerissen", stellte ich fest.

„Morgen, ich will etwas tun, das ich seit vielen Jahren nicht mehr gemacht habe", seufzend erhob sich Mecht und holte eine neue Kerze, „Hilfst Du mir dabei?"

Anfangs verstand ich nicht, auf was sie hinauswollte. Erst, als die Kerze flackerte und sie sich davor niederkniete, die Hände gefaltet und mit brüchiger Stimme sich am Vaterunser versuchte, begriff ich.

Unsere drei Kameraden und der Steuermann wagten sich selten in unsere Kajüte. Außer den alten Klaas hatten wir jedem bisher den Zutritt schnell verleidet. Doch heute musste der Steuermann zu Mecht. Zu seiner Sicherheit hatte er Blaan und Emerald im Schlepp.

Grob schmetterte Mecht ihnen entgegen: „Habt Ihr Hohlköpfe nichts zu tun? Muss ich Euch erst mit der Neunschwänzigen klar machen, dass wir keine Störung gebrauchen können?"

Ungerührt schob Blaan der Seemann zur Seite: „Du brauchst nicht gleich so zu toben! Wir sehen bereits die Küste. Simon meint, dass wir morgen um Mittag bei diesem Fischerhafen ankommen müssten."
„Gut, wir wissen es nun. Jetzt raus! Wenn wir Anker geworfen haben, keine Minute früher, will ich Euch wieder sehen", damit drehte Mecht den drei ungebetenen Besuchern ihren Rücken zu.
„Hm, wir wollten Euch bloß Bescheid geben", genervt kopfschüttelnd verabschiedete sich Emerald, leise „Doch eine Hex" zurücklassend.
„Ha, ah, wenn er wüsste, zu welchen Zaubereien ich in der Lage bin!", rief ihm Mecht lauthals nach.
„Setz Dich, hier kommt eine Reihe von Einträgen, die von Belang sind", beendete ich das Scharmützel endgültig.

12. Januar im Jahre des Herrn 1680
Heute gab mir der König meinen Posten. So, wie ich dank meines Vetters erbeten hatte. Fern der großen Städte, abgelegen, im Norden Norwegens. Hertrud war schwer zu überzeugen, doch sie ist ein gehorsames Eheweib. Dabei hätte ich auch in Flensburg eine Stellung bekommen können. Doch so ist es besser. Der letzte Brief Theodors hat mir Angst gemacht. Wenn Thomas wirklich überlebt hat, dann wird er Rache an uns nehmen, das ist gewiss!
„Schade, dass wir nur das Tagebuch haben", sprach Mecht auch meine Gedanken aus, „Der Brief wäre sicherlich ausführlicher gewesen!"
„Halt! Den brauchen wir nicht!", schon las ich weiter.
25. Januar
Heute wieder von Theodor gehört. Er hat sich erneut mit seinem Vater zerstritten. Auch Näheres zu Thomas erfahren. Theodor will Beweise haben, dass er am Leben ist und uns nach unserem trachtet! Wenn ich nur schon im Norden wäre!
Es folgten einige Wochen, in denen Mechts Vater über seinen neuen Posten schrieb, dann die Reise hinauf nach Norwegen und dass seine Frau schwanger sei. Ein Ereignis, dass den Freiherrn tief ergriffen haben musste, denn bis Mai gab wenig andere Themen. Die Einträge berichteten vorwiegend über seine Vorfreude und die große

Sorge um seine Frau.

„Er hat sich auf jeden Fall auf Dich gefreut und echte Sorge um Deine Mutter gehabt", stellte ich überflüssigerweise fest.

Mecht lächelte seltsam und strich mir über meine unmodischen Stoppelhaare: „Wie würdest denn Du dabei sein?"

Eine Fangfrage? Entschlossen erklärte ich, dass ich mindestens so freudig und zugleich besorgte wäre, wie einst Mechts Vater. Oder eine machte sie eine mir nicht auf den ersten Blick erklärbare Andeutung?

Ehe ich mir die Frage selbst beantworten konnte, lächelte Mecht spitzbübisch: „Noch nicht, kann ja noch so weit kommen. Aber erst, wenn unsere Suche ein Ende gefunden hat!"

„Und ich maß in Gedanken schon unser Haus aus!", ich tat so, als wäre es ein Scherz.

„Davor solltest Du mich aber schon fragen! Nein, am Ende unserer Reise!", hatte sie etwas in meinem Gesicht gelesen, das ich selbst nicht sah?

21. Mai

Die neue Aufgabe erfordert viel Zeit und Geschick, ein dickköpfiges Hinterwäldlervolk hier! Werde ein zweites Tagebuch führen. Für Dich, mein treuer Begleiter, wird es hoffentlich kaum Neues geben. Wenn, dann wirst Du es erfahren, Zeuge meiner sündbeladenen Jugend.

Tatsächlich kamen kaum noch Einträge. Die Geburt Mechts, immer längere Pausen. Doch kurz vor dem grausigen Anschlag folgten mehrere, sich ergänzende Eintragungen. Die Schrift wirkte längst nicht so klar wie zu Beginn. Mancher Satz hatte etwas verzweifeltes, angstgeplagtes, voll düsterer Ahnungen.

4. April im Jahre des allwissenden und strafenden Herrn 1687

Nach all den Jahren stand plötzlich Theodor in meinem Bureau. Sein Kommen erfreute mich wenig. Ich ahnte, dass es Schlimmes bedeutete. So war es denn auch! Er nahm mir den Eid ab, dass ich niemand, selbst auf dem Sterbebett, von unseren Abenteuer in Neuspanien erzähle. Denn er wisse jetzt ganz genau, dass Thomas überlebt habe und Spione nach uns forschen lasse. Er selbst sei nur knapp einem Anschlag entkommen, als dass er den gedungenen Mordbuben tötete. Mir ist bang, denn ich habe damals meinen ehrlichen Namen genannt, ich Tor!

Aufgeregt kaute Mecht auf den Fingernägeln, unfähig, selbst weiter zu lesen. Die letzten Eintragungen, fast fürchtete ich mich, sie zu lesen.

5. April

Ich danke Gott, Theodor ist wieder abgereist! Wenigstens war er meiner Hertrud gegenüber so charmant wie einst. Fast zu charmant, der alte Hahnrei! Seit gestern liegt immer eine gespannte Pistole griffbereit. Gab dem Sergeanten Befehl, mit seinen Soldaten einen Spähposten an der Einfahrt in unseren Seitenarm zu besetzen. Jedes fremde Schiff sei zu kontrollieren. Ich gab ihm eine Kopie der Kohlezeichnung mit, die ich dereinst von Theodor, Sebastian und Thomas gemacht hatte. Den notdürftigen Plan zu den verlorenen Städten von Cibola hab ich Dir zur Obhut übergeben! Möge uns der Herr beschützen.

6. April

Ein Schiff liegt vor Anker. Ich verfluche meinen Befehl an den Sergeanten. Ach, wenn doch nur die Soldaten hier wären. Selbst meine Dienstboten sind nicht alle um uns. Den beiden neuen Knechten trau ich nicht.

7. April

Das Schiff gehört einem Holländer, ein wirklich nobler Herr! Kein Arg in seinem Blick, ein vertrauenserweckender Mensch. Möge mir meine Angst nicht immer wieder Irrlichter senden! Für den Abend den Holländer zum Diner gebeten. Es kommen so selten gebildete und vornehme Leute bei uns vorbei. Werde um eine Aufgabe am Hofe bitten, soll Theodor sich fürchten, ich nicht mehr!

„Das ist der letzte Eintrag, hatte der Alte also wahr gesprochen. Doch eine Antwort auf unseren nächsten Kurs habe ich nicht bekommen", murmelte ich nachdenklich.

„Mein Vater hat einen Plan erwähnt. Ob er ihn in diesem Buch versteckt hat?", was auch keine direkt zum Ziel führende Antwort war.

„Hm, selbst wenn, was sollen wir damit?"

Mecht stockte, fand jedoch rasch einen guten Grund: „Vielleicht finden wir noch weitere Hinweise. Denn wenn dieser Thomas seine Rache über Jahre hin betreibt, wenn er hinter dem Verbrechen an meiner Familie ebenso wie an dem an Grameggs Frau und Kind steckt? Dazu braucht es Geld, Einfluss und ein weites, dennoch eng gesponnenes Netz. Komm, sieh nach!"

Ich schüttelte also das Tagebuch, zerrte an losen Blättern, besah es nach zusammengeklebten Seite, nichts. Bis ich eine kleine Unebenheit am Buchrücken bemerkte. Nicht lange gefackelt und mein Messer schnitt das alte Leder vorsichtig auf.

„Das ist ja noch ein Buch!", staunte Mecht beim Anblick von mehreren dünnen Pergamenten.

Meine Finger lösten die Blätter voneinander, entfalteten sie: „Hier, ein Bild Deiner Mutter, von Deinem Vater selbst gemalt! Dein Vater war ein richtiger Künstler! Schau, es stimmt, Du und sie, ihr gleicht Euch bis aufs Haar! Ah! Hier, das ist ein Plan! Oh, noch einer! Wer ist das? Bei meiner Seel, das ist Gramegg, nur viel jünger! Dann dürften die zwei hier Sebastian und Thomas sein!"

„Wenn dieser Thomas tatsächlich hinter all den schrecklichen Geschehnissen steckt, wie sollen wir ihn je finden?"

„Stimmt, wir haben kaum einen Anhaltspunkt. Gut, die Geschichte Deines Vaters in Neuspanien, dieses Bild. Deine Verbindungen reichen kaum so weit. Woher kam er überhaupt? Thomas Erkins, klingt auf keinen Fall nach einem Franzosen oder Spanier. Meine geliebte Gräfin vom Galgenstrick und dänisches Edelfräulein, wenn uns nichts einfällt, ist unsere Suche hier zu Ende."

Sie sackte langsam in sich zusammen. Sollte Mecht wirklich gehofft haben, den Tod ihrer Eltern nach so vielen Jahren rächen zu können? So sicher wie das Amen in der Kirche und mein Festhalten an der Order Oberst Grameggs.

Geraume Zeit verfloss ohne einen Laut, bis: „ich wüsste schon wen, der uns jetzt noch helfen könnte! Blaan!"

Wie der Schotte uns weiterhelfen könnte, erschloss sich mir nicht. Doch Mecht beharrte darauf, sie ist in fast allen Dingen sehr beharrlich, und rief nach Blaan.

„Ihr habt gerufen?", der Kerl musste doch an der Tür gelauscht haben!

„Sag den beiden hinter Dir, sie sollen ruhig eintreten", im Gegensatz zu mir hatte Mecht freien Blick zum Eingang, Emerald und Nepomuk konnten ihr gar nicht entgehen.

Langsam wurde es eng, so groß war die Kabine des etwas schnell von uns gegangenen Kapitäns Kuhhorn nicht. Die drei standen unsicher vor uns, bis Mecht Blaan ansprach.

„Hör mal, Du schottischer Engländerfresser, wie gut sind Deine Beziehungen? Kannst Du binnen ein, zwei Wochen einen Mann finden? Einen Engländer?"

„Zwei Wochen? Nicht mehr, ich muss erst einige Kanäle wieder öffnen. Gib mir zwei Monate", ziemlich von sich überzeugt wirkte Blaan zwar nicht, aber welche Wahl hatten wir denn?

„Gut, aber versuch es vorher zu schaffen. Hier, dieser Mann, Thomas Erkins, er müsste inzwischen zwar um sechsundzwanzig Jahre älter sein, aber die Hakennase und dieses Kinn sind doch sehr auffällig. Ich will wissen, wo er heute ist und mit was er sein Leben fristet", ehe Mecht das Bildnis an Blaan übergab, sprach sie eine eindringliche Warnung aus: „Bleib unbemerkt, er darf nicht wissen, dass er gesucht wird! Und versprich mir, dass Du auf Deinen Rücken achtest!"

„Aye, wir sind bald bei diesem Fischerdorf angelangt, ein schnelles Pferd und ein wenig Schmalz", er machte die Bewegung des Geldzählens, „und einen zweiten Mann. Entweder Emerald oder ich muss einen meiner Vetter benachrichtigen. Das würde ein paar Wochen mehr bedeuten!"

„Emerald?", meine Frage diente ausschließlich, dem alten Kameraden letzte Zweifel an der anstehenden Arbeit auszutreiben.

„Zu Befehl, Euer Gnaden. Glaub mir, wenn mir was zustoßen sollte, wirst Du ein Leutnant ohne seinen letzten Soldaten sein!"

Wenige Stunden später wurde in einer kleinen Bucht, nahe bei einem versteckten Fischer- und Schmugglerdorf, Anker geworfen. Blaan und Emerald verschwanden und wir konnten nur hoffen, dass die Mannschaft weiterhin treu zu Mecht und mir stehen würde. Zumindest unser Steuermann hatte sich endgültig auf unsere Seite geschlagen. Er war es auch, der die Bewohner dieses Piratennestes kannte und bei denen für uns bürgte.

Wer ist Thomas Erkins?

Drei Wochen waren seit der Abreise Blaans und meines Konstablers vergangen, bisher keine Nachricht von ihnen. Unser Steuermann sorgte inzwischen für Abwechslung. Kaum hatten wir festgemacht, die Rahen herabgelassen und das kleine Geschütz erneut an Deck gebracht, erschien er von der Unterredung mit den Engländern. An sich nicht der Rede wert, hätte er nicht fünf Kinder mitgebracht.
„Dein Heimathafen?", fragte Mecht mit einem merkwürdigen Glitzern in den Augen.
„Nein, nein! Das sind nicht meine! Der Kelch ging zum Glück bisher an mir vorbei, Fräulein Mecht. Die gehören meiner Schwester und dem Tunichtgut Geoffrey, der sich mein Schwager schimpft."
„Also irgendwie doch Deine Heimat", meinte ich.
„Wenn Ihr das so sagt, Herr Leutnant, dann ist es wohl wirklich so. Ich hab darüber noch gar nicht nachgedacht! Habt Ihr Einwände, wenn die Kinder bei uns bleiben? Meine Schwester liegt gerade in den Wehen, da kann die Bälger niemand gebrauchen", führte der Seemann aus.
„Gut, aber Du bist verantwortlich", gab Mecht ihre Einwilligung, diesmal sah ich dieses Glitzern zu meinem Glück nicht.
Erst am Abend. Als wir zwei in trauter Umarmung nackt in unserer Koje lagen, zupfte sie an meinen Brusthaaren. Erst, als sie ein Büschel ausgerissen und ich meinen Unwillen darüber in einem Schmerzensruf geäußert hatte, schien sie zu einem Entschluss gekommen zu sein.
„Wieviel von Deiner Sorte gibt es eigentlich?"
„Hä? Ach so, haben Dir die Gäste unseres Steuermaates etwa zu solch dummen Ideen verholfen? Nicht eines! Die Cholera ist uns zuvor gekommen", in dürren Worten berichtete ich notgedrungen von

Edita in Triest.

„Willst Du einen Stammhalter?", was hatte sie bloß geritten?
„Hm, glaub schon, aber dafür brauch ich auch einen Heimathafen, und der liegt noch in dunklen Nebeln."
„Eine kluge Antwort, deswegen schätze ich Dich. Dann lass uns erst die Nebel um diesen Erkins lüften, dann wird sich sicherlich ein Hafen finden", schnell war sie zu meinen zur Familiengründung nicht unwichtigen Körperteilen hinab geglitten.
Zwei, drei Sekunden konnte ich trotzdem noch klar denken, und der Gedanke gefiel mir.

Die Fischer-Schmuggler, die sich selbst als Border Reivers bezeichneten, achteten längst nicht mehr auf uns. Was es mit ihrem Eigenname auf sich hatte, wusste unser Steuermann nicht zu erklären. Erst im Laufe eines immer vertrauter werdenden Nebeneinanders erklärte mir sein Schwager, der einer der Unteranführer war, dass es sich dabei um eine weit verbreitete Mischung aus Räubern, Söldnern und Landesverteidigern handelte. Mir war rasch klar, dass die Verteidigung hierbei nicht mehr als ein Feigenblatt darstellte. Zu unserem Zeitvertreib musste überwiegend das Tagebuch und die darin versteckt gewesenen Zeichnungen und Wegeskizzen herhalten. Unterbrechungen gab es selten. Einmal erschien eine Abordnung eines Nachbarortes. Ein Rat unseres Steuermannes war, sich während der Beratung nicht an Land sehen zu lassen. Womit es kaum mehr der Frage bedurfte, ob unser Dorf und die Nachbarn wieder einmal einen Raubzeug planten. Tatsächlich war das Dorf die nächsten Tage männerlos. Mecht und ich machten uns natürlich Sorgen, nicht, dass der Zug am Ende englische Regierungssoldaten herbeirufen könnte. Doch die Schwester unseres Steuermaats beruhigte uns, die kämen höchstens, um sich einen Anteil zu sichern. Ein weiterer Gast der Dörfler kam sogar auf unser Schiff. Nervös begrüßte Mecht als Schiffseignerin den Mann.
„Oh, keine Umstände, gnädige Frau, ich muss nur die Liegesteuer von Euch fordern!"

Der Mann in seinem gediegenen Rock und auch ansonsten den Eindruck eines Gentleman machend, war also der zuständige Beamte! Mit Hilfe des Schwagers handelte Mecht die Gebühr ein wenig herunter. Jedoch nur so weit, wie der Engländer nicht zu unfreundlich wurde.

„Ihr seid eine gute Kauffrau! Hm, zwei Monate, wenn Ihr dann noch hier seid, muss ich zu meinem tiefsten Bedauern weitere Guineas einziehen", galant einen Knicks machend verabschiedete sich der ungebetene Gast.

„Knapp! Oder sind die englischen Staatsbeamten korrupt?", wollte ich erfahren.

„Sind sie bei Euch besser?", kam die passende Erwiderung vom Schwager.

„Es gibt solche und solche Vertreter der Obrigkeit. Kommt auch oft darauf an, ob der Landesherr sie ausreichend entlöhnt oder am vollen Tisch verhungern lässt", womit ich gesagt hatte, was zu diesem Thema gesagt werden konnte.

Während wir festsaßen, quälten sich Blaan und Emerald nach Süden. Es war wie von Blaan vorhergesagt, seine alten Verbindungen waren eingerostet. Manche verwiesen ihn sofort des Hauses, ein paar wollten kräftig für ihre Mühen geschmiert werden, Verwandte wandten sich entsetzt ab und nur zwei seiner alten Freunde halfen ohne Hintersinn. Mit solch massiver Unterstützung erreichten der Schotte und Emerald Lincoln. Hier hoffte Blaan aus nur ihm bekannten Gründen, Näheres zu Thomas Erkins zu erfahren.

Kaum hatten sie ihre geliehenen Pferde untergestellt, führte Blaan seinen deutschen Kameraden zu einem imposanten Gebäude in nächster Nähe: „Dort hin!"

„Hä?", Emerald fehlte jedes Verständnis, „Was wollen wir in der Kirche?"

„Kathedrale, das ist eine Kathedrale! Der Organist hat noch eine Rechnung bei mir offen, und er kennt hier Gott und die Welt", entschlossen packte Blaan Emerald am Ärmel, „Pass aber auf, mach kein papistisches Teufelszeug! Katholiken mag man hier nicht."

Trotz der Warnung schlug Emerald ein unauffälliges Kreuzzeichen. Dadurch hätte er beinahe den Kontakt zu dem Schotten verloren. Der hastete längst in Richtung Altar. Ehe er in der Sakristei verschwand, sah Blaan sich vorsichtig um. Gelegenheit für Emerald aufzuschließen.

Es schenkte ihnen niemand Beachtung, auch nicht, als sie wie Diebe durch eine niedrige Tür in den Nebenraum des Altars schlichen.

„ich kenn wen, der hätte sich jetzt den Schädel eingeschlagen", Emerald konnte sich dieser Anspielung einfach nicht enthalten.

„Pst!", flüsternd antwortete Blaan, „Ja, kenn ich auch. Der scheint das gerne zu machen. Aber jetzt Maul halten, ich spreche!"

Ein dunkel gekleideter Mann, wohl um die dreißig, sah von seinem Stehpult hoch, „Ach, hat Dich der Klumpfüßige noch nicht geholt?"

Der Mann und Blaan umarmten sich herzlich. Die Antwort seines Kameraden an den Schwarzrock verstand Emerald nicht, doch ihm schienen die beiden eng befreundet zu sein.

„Das ist George Holmes, Organist der ehrwürdigen Kathedrale von Lincoln. Darf ich Dir Emerald Summer vorstellen? Einer meiner neuen Freunde, die mich hoffentlich auf den rechten Pfad zurückbringen werden. Dir ist es ja nie gelungen."

„Der? Sieht nicht nach einem demütigen Diener des Herrn aus. Also, was führt Dich nach über sechs Jahren zu mir?", neugierig geworden führte Holmes die beiden in einen weiteren Nebenraum, „Wein? Aber sicher! Ah, Tabak? Hier, nehmt Euch."

Ein Begrüßungsschluck, ihre Pfeifen brannten und Blaan stellte unumwunden die Frage nach einem Thomas Erkins.

„Zeig mir das Bild!", unterbrach der Organist, „Hm, könnte er sein, der Name passt bloß nicht. Kommt mit, ich muss Euch etwas zeigen."

Gehorsam trotteten Blaan und Emerald hinter Holmes drein. Es ging eine enge, steile Treppe hinunter. Dicke Folianten auf der einen und eine Reihe Porträts auf der anderen Seite. Ihr Führer verharrte kurz, besah sich das vor ihm hängende Bild, schüttelte mit dem Kopf, wiederholte das Speil noch zwei Mal, ehe er zufrieden nickte.

„Seht Euch den ordinären Schädel an. Eine gewisse Ähnlichkeit, oder?"

Die beiden besahen sich das Gemälde. Die Farben waren längst dunkel geworden, auch trug der Mann auf dem Bild seltsame Kleider, doch das Gesicht wies eindeutige Merkmale der Zeichnung auf.

„Wer ist das?", wandte sich Emerald an Holmes.

„Baronet William of Kerswood, ein Parteigänger Charles des Ersten. Starb verarmt nicht weit von hier. Er hatte einen Sohn, der ist vor über dreißig Jahren den Pocken erlegen. Es blieben dessen Kinder, Thomas, 9. Baronet, der vor bald dreißig Jahren von einer Reise in die spanischen Kolonien nicht zurückkehrte, und eine Tochter. Wobei, es gibt Gerüchte, dass dieser Thomas noch am Leben sei, denn das Anwesen gehört immer noch der Familie. Die Schwester lebt auf Kerswood Castle. Übrigens nicht schlecht, für das, dass die Familie seit Williams Teilnahme am Kampf gegen Cromwell bankrott sein soll."

„Danke, George, Du hast uns sehr geholfen! Doch wie kommen wir nach Kerswood Castle?", plante Blaan bereits den nächsten Schritt.

„Besser gar nicht, es soll dort übles Volk wohnen. Ohne Einladung der Lady kommt Ihr nicht hin", goss Holmes eiskaltes Wasser über Blaan.

„Und wer erklärt mir jetzt, dass wir einfach hier rein marschieren, ganz zufällig den richtigen Mann treffen und der uns noch viel zufälliger den entscheidenden Hinweis gibt?", wagte beinahe zaghaft ein ratloser Emerald um Erläuterung.

„Mir kam das Gesicht schon beim ersten Anblick bekannt vor. Ich wusste nicht woher, bis ich es mit Lincolnshire in Verbindung brachte. Ja, ich kenne diese Ahnenreihe hier schon lange, und George weiß warum. Das muss genügen", anscheinend war Blaan doch nicht aufs Geradewohl losgezogen, wollte jedoch nicht, dass seine Vergangenheit publik würde.

„Ein exzellenter Einfall wie man sieht. Stell besser keine Fragen mehr, Blaan hat seine Gründe, das muss genügen", sprang Holmes seinem alten Freund bei.

„In drei Teufels Namen, behaltet Euer Geheimnis. Dann lasst uns überlegen, wie wir nach und besonders in Kerswood Castle kommen", für Emerald war ansonsten alles geklärt.

„Ihr sollt meinen alten Freund auf den rechten Weg bringen? Ich ahne, dass das nichts wird", lächelte Holmes vieldeutig.

Dank Holmes hatten sie binnen weniger Stunden einen Führer zum Kerswood Castle. Das Bürschchen, noch keine anderthalb Meter hoch, dafür gerissen wie ein holländischer Gewürzhändler, hielt zuallererst die Hand auf.

Holmes strich ihm über das verfilzte Haar: „Nein, Johnny, wenn die Herrn heil zurückgekehrt sind! Ein Butterbrot als Anzahlung?"

Der Junge blinzelte böse zu den 'Herrn': „Von mir aus. Die zwei? Hm", er umrundete Blaan und Emerald, dabei prüfend dreinblickend, „Na gut, scheinen halbwegs in Ordnung zu sein. Und die sind sicher keine Männer der Königin oder von diesem Blutsauger Barringwulf?"

„Der ist noch immer in Amt und Würden?", erstaunt sah Blaan seinen alten Freund an.

„Ja, warum auch nicht? Die Steuern fließen regelmäßig und der Henker wird nicht brotlos", bestätigte Holmes.

Die Nacht war dank dunkler Wolken, aus denen immer wieder dicke Tropfen fielen, rabenschwarz. Allein ein schwaches Licht aus einem der Fenster wies ihnen die letzten Meter bis zum Anwesen der Familie Kerswood.

„He, Junge", raunzte Emerald ihren Führer an, „Das soll ein Schloss sein? Diese baufällige Bude?"

„Bei meiner Ehre, das is' Kerswood Castle. Das alte Castle wurde während des Bürgerkriegs geschliffen, seither muss sich die Sippschaft mit dem Wirtschaftshof begnügen. Kommt, aber leise!", forderte der Junge seine beiden Begleiter auf.

„Du kennst Dich wahrlich aus! Warst wohl öfter hier."

Hörbar zog der Junge Schleim hoch und spuckte ihn aus: „Für einen Schotten gar nicht so dumm! Ich bin hier geboren. Meine Mutter war die Köchin, na ja, bis der Lady vor zwei Jahren das Geld noch knapper wurde."

„Du weißt, was wir suchen?", fühlte Blaan dem Burschen weiter auf den Zahn.

„Ja, alles über den verschwundenen Baronet. Über die Lady könnte ich Euch ja berichten, den Baronet hab ich nie zu Gesicht bekommen. Er soll vor vielen Jahren in den spanischen Kolonien umgekommen sein. Pah, auch wenn es das Einzige ist, das ich weiß: Er hat Jahr für Jahr einen Beutel Gold gesandt, bis vor drei Jahren."

„Genug gesabbert, los, bring uns ungesehen rein. Ah, gibt es ein Schreibzimmer oder so was?", drängte Emerald.

Der Junge spuckte erneut aus, ehe er Blaan und Emerald zum Folgen aufforderte. Sie schlichen sich vorsichtig bis an die Fachwerkmauern. Der Lichtschein kam aus einem der Zimmer im oberen Stock.

„Wer kann dort oben noch wach sein? Wenn das eine Falle ist", drohend erhob Blaan die Faust.

„Das Schlafgemach der Lady. Möchte zu gerne wissen, wer ihr beischläft. Wählerisch kann sie längst nicht mehr sein", erläuterte der Junge, „Die Bediensteten sind entweder längst weg oder schlafen im Hinterhaus, die werden sich sogar wenig scheren, wenn der scheinheiligen Lady jemand den faltigen Hals aufschlitzt. Hier, ich mach das Fenster auf. Behaltet das Licht im Auge! Ihr haltet Wacht!", tippte er Emerald auf die Brust.

Keinen Wimpernschlag später kletterte der Bursche hinein, sofort von Blaan gefolgt. Emerald zog seine Pistole und prüfte das Zündpulver. Drinnen war es mucksmäuschenstill. Für Emerald zu still, doch als er einen leisen Pfiff ins Innere ausstieß kam keine Antwort zurück. Nur das kaum hörbare Geräusch einer sich schließenden Tür drang zu ihm.

Irgendwo in der Ferne schlug eine Turmuhr, zweimal. Langsam begann Emerald nervös zu werden. Auch wenn nichts auf eine Entdeckung der beiden im Haus hindeutete, so lange konnte doch die Suche nach etwas, das ihnen nicht einmal bekannt war, auch wieder nicht dauern!

„Ich muss nachsehen!", entschied Emerald.

Ehe er zur Tat schreiten konnte, erschien das Licht einer Kerze. Ein dunkler Gegenstand flog an ihm vorbei und klatschte wenige Schritte entfernt auf den Rasen. Erschrocken ging Emerald zu Boden. Noch erschrockener war er, als ein Fuß auf seinem Rücken landete.

„Was suchst Du denn da unten?", erleichtert vernahm er Blaans Frage.

„Seid Ihr verrückt? So ein Feuerwerk zu machen!", ächzend erhob sich Emerald wieder.

„Keine Sorge, alter Freund. Die Lady und ihre Wärmflasche liegen gut vertäut in ihrem Bett. – Wieso eigentlich Malcolm Spanglow?", fragte Blaan den Jungen.

„Den haben sie letzte Woche gehängt, da kann die Lady lange nach dem Räuber suchen lassen", grinste der Junge boshaft im flackernden Kerzenschein, „Aber jetzt lasst uns besser schnell zurückreiten."

Sie liefen zu ihren Pferden und schon ging es in Richtung Lincoln. Unterwegs konnte Blaan vom vollen Erfolg ihrer Mission berichten. Sie hatten tatsächlich Beweise gefunden, dass der im Tagebuch von Mechts Vater erwähnte Thomas Erkins niemand anderes als der Baronet Thomas of Kerswood sein konnte. Nicht nur das! Blaan wusste auch, dass der Mann sich tatsächlich im Norden Neuspaniens eine neue Existenz als treuer Anhänger seiner Katholischen Majestät des Königs von Spanien aufgebaut hatte.

„Der Kerl hat überlebt, ich hab sogar einen Brief aus seiner Hand, der davon berichtet. Katholik wurde er dann auch noch, so konnte er sich ungehindert und unentdeckt als Thomas Erkins nördlich von diesem El Paso ein kleines Königreich erschaffen. Ja, hast richtig gehört, dem gehören drüben riesige Ländereien! Wir bringen den Burschen hier zu George zurück und dann schnellstens zu unseren Gefährten!", Blaan meinte, genug erzählt zu haben und gab seinem Pferd die Sporen.

„Hm, Du, Jungchen, so einen wie Dich könnten wir gebrauchen. Keine Lust auf die Neue Welt?", schlug Emerald dem Bürschchen vor.

„Nein, Sir, nein!", lehnte der umgehend ab.

„He, Blaan, was ist eigentlich in dem Schnappsack, mit dem Du beinahe meinen Kopf zerschmettert hast?"

„Briefe, viele Briefe von diesem Lumpen an sein geliebtes

Schwesterchen. Ich konnte die ja nicht alle lesen! Die waren jedoch so gut versteckt, die rückte die Lady erst nach meinem Anerbieten, ihr ein zierliches Brandmal auf die Stirn zu brennen, heraus", antwortete Blaan so laut wie möglich, denn die galoppierenden Rösser machten gerade auf einem Abschnitt gepflasterter Straße einen Heidenlärm.

„Die müssen wir auf dem schnellsten Weg nach Norden bringen. Vielleicht springt ja ein netter Finderlohn heraus", hoffte Emerald.

„Hm, wird ein harter Ritt, dann noch schnell zu George und dann nichts wie weg!"

Bestätigung

Der Steuermann hatte nicht nur einen Namen bekommen, sondern auch Verbindung zu dem von ihm erwähnten Kapitän. Der Seebär hatte sich persönlich in das Dorf begeben und bereits nach einer Stunde waren er und Mecht handelseinig. Mir erschien es, dass der gute Mann es auffällig eilig hatte, die englischen Gefilde hinter sich zu lassen.

„Dem sitzen seine Schuldner im Nacken und die Navy würde sein Pinasschiff gern ihr Eigen nennen, gleich mit der gesamten Besatzung. Ein schneller Segler, mit zehn Zwölfpfündern und sechzig erfahrenen Matrosen und Maaten wäre sicher eine Zierde der Admiralität. Bisher haben es die Lords der Admiralität nur geschafft, ihn und seinen Kahn als Hilfstruppe unter Vertrag zu nehmen. Er soll Pulver nach Jamaika für die Krone liefern, ehe die Dagos und Froschfresser im Frühjahr in der Karibik offensiv werden", verschmitzt zwinkerte Hinnark, so hieß der Steuermann nämlich, mir zu.

„Er wird aber nicht Jamaika anlaufen, sondern den Hafen mit der höchsten Bezahlung für Schießpulver", vermutete ich.

„Genau! Dass er im Winter den Atlantik überqueren muss, stört ihn nicht, aber dass London ihm einen miserablen Preis für die gefahrvolle Reise bezahlt", entschuldigte Hinnark den englischen Kapitän.

„Gefahrvoll? Piraten oder die Franzosen?", erkundigte ich mich mit großem Misstrauen.

„Nein, er meint die Herbst- und Winterstürme", mischte sich Mecht ein, „Wenn wir wirklich fahren müssen. Zuvor brauchen wir mehr Gründe, die uns Blaan langsam, aber sicher liefern sollte."

Kurz vor Ablauf der Frist hatten Emerald und Blaan das abgelegene Fischerdorf wieder erreicht. Der Junge war, trotz eines weiteren Versuches Emeralds, am Ende lieber bei Holmes geblieben. Der versprach, sich um die Erziehung des Kindes zu kümmern. Die beiden Späher übergaben ihre Pferde deren Besitzern und hetzten zum Strand. Kaum ihrer Ansicht geworden, ließ ich das Beiboot zu

Wasser und die ersehnten Boten überholen. Vollkommen am Ende mit ihren Kräften schafften es Blaan und Emerald mühselig an Bord zu kommen.

„Hier, Fräulein Mecht, darin sind Briefe dieses Thomas Erkins, oder besser dem 9. Baronet of Kerswood. Nein, fragt bitte nie, wieso ich ihm so rasch auf die Spur kam", Blaan nahm den Ledersack mit dem brisanten Inhalt von der Schulter und übergab ihn Mecht, „Wenn Ihr uns entschuldigt, heute werden wir sogar den schlimmsten, verdorbensten Fraß von Claas klaglos zu uns nehmen und weckt uns, wenn wir auslaufen."

„Wir werden uns die Briefe ansehen. Sollten sie wirklich nach Neuspanien führen, reisen wir übermorgen ab, zu Pferde bis Sunderland, dann mit einem offiziellen Schiff der Krone über den Atlantik. Ihr habt also wenig Zeit, Euch zwei wieder in diensttaugliche Männer zu verwandeln. Ach, Blaan, wer von Euch Schwachsinnigen ist eigentlich für Olea zuständig?", Mecht schaffte es dabei, ein Auge wütend und das andere belustigt blitzen zu lassen.

„Blaan, ich hab sie ihm abgetreten. Die war mir zu anstrengend", gab Emerald den Schwarzen Peter an seinen Kameraden weiter.

„So, so. Die wird uns begleiten, als Dame von vornehmer Geburt steht mir eine Zofe zu, oder? Und da Du, mein lieber Blaan, für sie verantwortlich bist, wirst Du ihr diese Nachricht überbringen und sie auf ihre Aufgabe vorbereiten", hochmütig erhobenen Hauptes machte Mecht daraufhin auf dem Absatz kehrt und verschwand mit dem Knappsack und mir in der Kajüte.

„Schon wieder lesen", stöhnte ich.

„Wir suchen uns erstmal die ältesten und neuesten Schreiben heraus. Wenn wir Glück haben, wissen wir danach bereits genug, um eine Entscheidung zu fällen", bloß warum lenkte sie mich jetzt schon von dieser Aufgabe mit ihren Fingern an meinem Hinterteil ab?

Leider setzte Mecht ihr Handwerk nicht fort, sondern nahm den Beutel, öffnete die Schnalle und nahm das erste Stück heraus. Sie prüfte es kurz und legte es links von sich auf den Tisch. Ebenso erging es den folgenden Papieren. Bis sie ein verschnürtes Päckchen Briefe hervorholte. Flink befreite sie die darin gesammelten Blätter.

„Was gefunden?", stellte ich mich ahnungslos.

„Ja, zuerst die beiden Ältesten", und sie übergab mir einen vergilbten, immer noch sauber gefalteten Bogen.

Sicherheitshalber setzte ich mich endlich. Bereits nach den ersten Sätzen bestätigte sich meine Befürchtung.

„Der dürfte Dich interessieren!"

„Wenn er zu dem hier gehört, dann auf jeden Fall!", aufgeregte rote Wangen zeigten mir, dass auch darin etwas über den Tod ihrer Eltern stand.

„Meine geliebte Schwester, endlich kann ich Dir von meinem Unglück berichten. Mit knapper Not bin ich mit dem Leben davongekommen, doch davon ein andermal. Diese üblen Schurken, die sich meine Freunde schimpften, haben mich krank und hilflos in der Wildnis zurückgelassen! Doch ich fand Hilfe bei einem kleinen Stamm der Wilden. So konnte ich wieder gesunden und in die Zivilisation zurückkehren. Zu meinem Leidwesen waren dieser verfluchte Gahlfoldt und der erbärmliche Abschaum einer Satansdirne von Sochwitz längst mit dem Gold über alle Berge. Du kennst mich, ich hätte sie ansonsten zur Hölle geschickt! Nächste Woche werde ich zu den Wilden reisen, muss mir vorher im Presidio das Land auf mich eintragen lassen. Ein paar Goldstücke hab ich gerettet, damit dürfte es einfach sein. Sobald ich die dort oben im Norden auf mich wartenden Reste des Schatzes geborgen habe, werde ich Dir genug für Deine Ausgaben senden. Doch der Großteil soll nur einer Sache dienen, meiner Rache an diesen Verrätern!"

„Das muss er vor diesem hier geschrieben haben, der ist fast zwei Jahre später verfasst worden", und Mecht las ihren Brief vor.

„Liebe Schwester, ich kann nur über Boten Nachricht geben. Der Schatz ist viel unermesslicher als wir damals ahnten! Es gibt hier zwar gerade eine Revolte gegen die Dagos, doch ich bin schnell mit dem Anführer der Wilden handelseins geworden. Er bekommt von mir Pulver, natürlich nur sehr wenig, und ich darf dafür meinen Besitz nutzen. Der Bote wird Dir das versprochene Gold persönlich überbringen. Entlohne ihn gut und behalte ihn vorerst bei Dir. Mit einem Teil habe ich bereits eine vertrauenswürdige Person mit ersten

Nachforschungen betraut. Er wird seine Erkenntnisse an Dich weiterleiten und Du übergibst sie dem Boten. Von Sochwitz scheint ein falscher Name gewesen zu sein, daher werden wir uns auf diesen verfluchten Dänenhund konzentrieren. Gahlfoldt heißt er, sollte Dir jemals dieser Name begegnen, teile mir mit, wo er sich nun aufhält."

Hastig riss Mecht den folgenden Brief aus dem Stapel. Zu ihrer und meiner Enttäuschung enthielt er nur die Ankündigung einer weiteren Goldlieferung an Lady Kerswood. Erst im letzten Absatz erwähnte Erkins, dass der Bote mit den Ergebnissen der Nachforschungen wohlbehalten bei ihm angekommen sei.

„Über vier Jahre für drei Briefe! Rechne je Überfahrt vier bis sechs Monate ab, dann muss Erkins weit ins Landesinnere von Neuspanien vorgedrungen sein. Hm, der dürfte das nächste Schreiben sein! Ein Jahr nach meiner Geburt!", Mecht öffnete ihn und las stumm die ersten Sätze, „Ja, Erkins steckt hinter dem Tod meiner Eltern und meiner Entführung! Hier, lies selbst", kreidebleich und vor Erregung zitternd reichte sie mir das Blatt.

„Heureka! Ich danke Dir, liebste Schwester. Ist dieser Dänenhund in seines Königs Dienste getreten, als ob der ihn vor meiner Rache schützen könnte! Wenn ich nur selbst die Hand an sein verräterisches Herz legen könnte! Doch ich muss im Hintergrund bleiben. Dank meines Reichtums wusste ich jedoch, mir die Treue der richtigen Männer zu sichern. Ein Holländer soll mein Werkzeug sein. Er wird dem feigen Schuft drei Dinge nehmen, die der feine Freiherr liebt: Das Leben seines Kebsweibes, sein längst verfluchtes eigenes Irdendasein und mir sein Kind ausliefern! Sie soll mir Weib und Hure sein. Oh, wenn nur dieser von Sochwitz mir bald in die Hände fallen würde. Ach, Schwester, hat er in seiner Falschheit seinen wahren Namen verborgen! Auch wenn es das letzte auf dieser Welt ist, ich werde auch ihn finden und meiner Rache zuführen."

„Dann lass uns die letzten Briefe lesen. Ich vermute, dass er am Ende Grameggs Identität herausbekam und auch an ihm und seiner Familie Rache nahm. Wenn, dann muss Grameggs Tochter in den dreckigen Händen Erkins sein. Mein Gott, welche Armee von Engel Dich einst vor diesem Schicksal bewahrt haben!", stieß ich hervor.

„Nein, ich muss das hier erst verdauen. Komm, leg Dich her und halte mich die ganze Nacht fest", ungewohnt leise und erschöpft klang Mecht bei diesen Worten.

Sofort hob ich sie vorsichtig hoch und legte sie in die Koje, zog ihr nur Stiefel und Wams aus, ehe ich mich ebenfalls dieser Kleidungsstücke entledigte. Mehrmals erwachte ich in dieser Nacht, immer, wenn Mecht sich unruhig hin und her wälzte oder gar im Schlaf sprach. Es waren zwar meist unverständliche Wortfetzen, nur gelegentlich kamen ihre Traumworte klar. Deutlich genug, um zu wissen, dass sie ihre eigene Geschichte verarbeitete. Noch vor dem Ende der Nacht erhob ich mich vorsichtig und nahm mir den letzten Brief, datiert im April 1705, Erkins vor. Die Zeilen verhalfen nicht gerade zur endgültigen Klärung unserer Fragen, es ging vorwiegend um die Zahlungen an seine Schwester. Bis zum letzten Satz:

„Heute kam die lang und heiß ersehnte Lieferung an. Morgen werde ich mich an ihr erfreuen."

Mit der Lieferung konnte eigentlich nur Auguste von Gramegg gemeint sein. Die abschließende zweideutige Andeutung und das Datum sprachen zweifellos dafür. Hinter mir tapsten nackte Füße heran. Derart in Gedanken versunken hatte ich nicht bemerkt, dass Mecht längst erwacht war.

Mit „Willst Du nicht vorher etwas essen? Oder hast Du neue Hinweise gefunden?" griff sie sich das Schreiben.

„Mh, soll ich Dir was holen? Tee oder ist noch etwas von den Kaffeebohnen übrig?", wohl wissend, dass unsere Vorräte inzwischen fast aufgebraucht waren.

„Tee", murmelte Mecht geistesabwesend, „Ich lese gerade Erkins Geschreibe davor. Wenn Du Deinen Befehl wirklich bis zum Ende befolgen willst, kommen wir nicht um eine Fahrt nach Neuspanien herum."

Statt mich selbst um das Frühstück zu kümmern, rief ich lauthals nach Olea. Sollte die ihre neue Aufgabe als herrschaftliche Zofe mal auch erfüllen.

Es kam keine Olea, dafür ein schlaftrunkener Nepomuk: „Zu

Diensten!"

„Gut, dann darfst Du heute wieder mal was für Deine Verpflegung tu", schließlich aß der Kerl nicht, er fraß, „Bring uns Tee! Danach treib Hinnark auf. Wir segeln heute wie besprochen noch nach Sunderland. Er soll sein Zeug bereit halten."

„Segeln? Willst Du vielleicht den Hinnark mitnehmen? Wie willst Du unbemerkt mit uns allen auf den Engländer kommen?", stellte Mecht viele Fragen.

„Olea und Hinnark kann ich mir schwerlich zu Pferde vorstellen, daher hab ich dem Kapitän vor drei Tagen einen Boten gesandt, dass wir uns ein paar Meilen vor dem Hafen treffen werden. Und ja, glaub mir, wir werden jeden Kämpfer brauchen können und Hinnark kann kämpfen. Dabei kannst Du mir ruhig vertrauen."

„Wenn der Herr Leutnant meint. Aber komm her, ich denke, das wird Dich interessieren!", beinahe achtlos zeigte sie auf einen weiteren, noch ungelesenen Brief in ihrer Hand.

„Dann lass hören!"

„*Meine Schwester, heute ist der elende Wurm gestorben. Du weißt schon, der Holländer, der mich um meine Rache an dem Dänenhund betrog! Starb wie er lebte, als Wurm. Doch genug vom Vergangenen. Ich weiß inzwischen, wer von Sochwitz in Wahrheit ist! Ein Graf, ein verfluchter fränkischer Graf! Von Gramegg, ein Regiment des bayrischen Kurfürsten kommandiert er. Ha, seine ganzen Soldaten können ihn vor meinen Häschern nicht bewahren! Hat ein Weib und eine Tochter, das kommt mir sehr zustatten. Vor einer Woche ist ein Schiff aus Vera Cruz abgesegelt, das meine Leute in die alte Welt bringt. Binnen Jahresfrist wird er bei dem Dänen in der Hölle schmoren und seine Brut mit ihm! Ha, welch Freude! Diesmal wird mir der Triumph meiner Rache nicht durch Versagen meiner Leute entrissen werden, bald wird mir das Töchterchen dieses Schweins zu Willen sein müssen, mir, nur mir! Zu meinem Leidwesen hat die Ausrüstung dieser letzten Expedition meine Schatulle bis zum Boden geleert, so kann ich Dir frühestens in ein, zwei Jahren wieder Dein Salär überbringen lassen. Ich muss nach einer neuen Goldader suchen oder die dritte Stadt finden! Sei also sparsam, auch mit*

Deinen Galanen!"

„Irgendwann werde ich Blaan streng befragen müssen! Wie wusste er nur, wo er nach einem Thomas Erkins suchen soll?", es beängstigte mich tatsächlich, dass einer unserer engsten Gefährten ein vielleicht auch uns gefährdendes Geheimnis haben dürfte, „Ach was, wir haben die ganze Überfahrt Zeit dafür. Also steht es fest, wir fahren nach den spanischen Kolonien?"

Zweifelnd sah Mecht mich an: „Äh, Du fragst noch? Lieber heute als morgen! Du befrei das Fräulein Deines Oberst, ich muss meine Eltern rächen!"

Ich rief unsere Gefährten und Hinnark hinzu. Bis auf Olea machten sie einen beinahe begeisterten Eindruck.

„Ins Land der Menschenfresser? Nein, nein! Ich will nicht!", heulte die Norwegerin los.

„Halts Maul", böse funkelte Mecht die Frau an, „Du hast keine Wahl."

Eine stürmische Überfahrt

Drei Tage später legte unser kleines Schiff neben dem Pinasschiff an. Unsere Habseligkeiten waren rasch verstaut, hoffentlich hatte der Kapitän besorgen können, was ich ihm aufgetragen hatte. Zu meiner Zufriedenheit entdeckte ich die bestellten Waren in der Mecht und mir bereitgestellten, winzigen Kajüte. Neue Gewehre für uns Männer und zwei leichte französische Musketen für Mecht und Nepomuk. Bandeliers, ein guter Säbel für Emerald, Dillenbajonette, ausreichend Schießvorrat und auch an die Ersatzladestöcke hatte man gedacht! Ein umfangreicher Pack war für Mecht bestimmt, ein Geschenk von mir. Hoffentlich gefiel ihr der Inhalt. Das Fräulein von Gahlfoldt hatte es nicht eilig, sich unser Zuhause für die nächsten Wochen, wenn nicht Monate, anzusehen. Gut, so blieb mir Zeit, mein Paket zu prüfen. Ein kurzer Schnitt mit dem Messer und die Pracht lag vor mir. Eine wollene Weste gegen die Kälte lag obenauf, darunter endlich wieder ansehnliche Hosen und zwei Leinenhemden. Alles ohne Flicken und Schmutzkrusten, dafür alle Knöpfe dran! Bei den neuen Stiefeln kamen mir erste Zweifel, ob meine Idee eine gute Idee gewesen war, doch sie saßen einwandfrei. Endlich hatten meine brüchigen Armeestiefel würdige Nachfolger bekommen. Sogar ein Paar Woll- und ein Paar Lederhandschuhe waren in den Schäften verwahrt. Nun noch in den Rock, passt. Hut? Ja, ein Dreispitz mit samtenem Hutband, dessen drei hochgenähten Ränder keine Sekunde meinem Bedürfnis standhielten, schon war er in einen mir würdigen Schlapphut verwandelt. Nur die in meinen Augen alberne Modetorheit eines mit Rüschen verziertem Halstuch steckte ich in eine Tasche meines alten Rocks.

„Oh, ich hätte Dich in der Maskerade beinahe nicht erkannt", rief Mecht überrascht aus, „Vornehm, unzweckmäßig, sehr adrett!"

„Danke, man muss sich doch seiner Gesellschaft anpassen", dabei knickste ich gekonnt.

„Woher kommt denn das?", neugierig griff sie nach dem noch verschnürten Paket, „Meines?"

„Sieh halt rein", längst im Zweifel, ob ich die richtigen Stücke bestellt hatte, hielt ich fluchtbereit die Tür in der Hand.

„Oh, ein Kleid! Noch eines!", anscheinend hatte ich ihren Geschmack getroffen, denn Mecht tanzte mit dem Kleid vor sich freudig herum, so die Enge überhaupt einen Tanz zuließ, „Schuhe! Unterkleider! Ha, ein richtiges Mieder! Oh, ein Reitgewand, mit Hosen! Da hat jemand Glück gehabt, ich reite nur in Hos…", sie errötete in ungewohnter Weise, „Ah, selbst das werden wir noch ausprobieren müssen!"

„Dann zieh Dich schon um! Ich hab noch eine Kleinigkeit", diese Kleinigkeit in Gestalt einer Halskette hatte das größte Loch in die Reisekasse von Hauptmann Braulein gerissen, wie sich herausstellte, das Ergebnis war das Loch wert.

„Du bist verrückt!", wie sie das genau meinte, erläuterte Mecht anfangs mit einem heftigen Kuss und anschließend mit einer Prüfung hinsichtlich der Stoffqualität im Nahkampf.

Wenigstens hatte uns der englische Kapitän vorerst Ruhe gelassen, so konnten wir wieder zu Atem kommen, ehe er uns rief. Der Mann war mir auf anhieb sympathisch, ein rauer, großgewachsener Bursche mit einem ehrlichen Blick.

Kräftig umschlossen seine Hand die meine: „Willkommen an Bord der HMS Surprise. Netter Name, findet Ihr nicht auch? - Mylady", formvollendet machte er seinen Diener, „Wie ich hörte, seid Ihr meiner Geschäfte nicht fremd."

Mecht lächelte zustimmend: „Nein, doch mir wurde nie der Schutz der englischen Fahne zuteilt, Sir."

Dröhnend lachte der Kapitän: „Auf See gelten andere Regeln. Ich soll Euch an der Küste Neuspaniens an Land bringen? Nun, Ihr bezahlt bedeutend besser als die Krone, wo?"

Damit war ich wieder an der Reihe: „Die Mündung des Rio Bravo del Norte ist Euch ein Begriff?"

„In Ungefähr. Die Spanier haben dort eine kleine Siedlung, Rio des las Palma oder nach so einem alten Don auch Matamor genannt. Es sind schon ein paar Meilen in den Fluss hinein, mein Kahn dürfte es jedoch ohne Schwierigkeiten bewältigen. Doch was will eine edle Dame und ein", sein Blick ruhte prüfend auf mir, „enrollierter Soldat in dieser Gott verlorenen Gegend?"

„Wir sind auf der Suche nach einem alten Freund", gab Mecht zur Antwort, „Der nicht wissen muss, dass wir kommen. Ihr versteht?"

Wieder ein aus den Tiefen seiner mächtigen Brust kommendes Lachen: „Oh, versteh Euch. Ich muss Euch jedoch warnen, es treibt sich allerlei Gesindel dort herum. Blutrünstige Wilde, Lipans genannt, und weiter im Landesinneren, nördlich von Santa Fe, ein der ersten Grenzsiedlungen der Dagos im Landesinneren, soll es einen Irren geben. Angeblich an abtrünniger Earl oder Lord aus merry old England. Der hat angeblich selbst den großen Aufstand heil überstanden. Trägt scheints gerne auf beiden Schultern."

„Hm, Ihr kennt die Gegend ausgesprochen gut, Kapitän. Was für Schrecken erwarten uns dort noch?", mit einem unsagbar verlogenen unschuldigen Augenaufschlag fühlte Mecht dem Seebär auf den Zahn.

„Aha, ich ahne Schlimmes! Ihr meint diesen Irren! Ich hab ihnen zu meinem Glück nie kennengelernt, aber einer meiner Männer war einst in seinen Diensten. Wenn Ihr wollt, lass ich den Mann holen", schlug der Kapitän vor.

„Seid Ihr sicher, dass er uns die Wahrheit sagen wird?"

„Er wird, Herr Hauptmann. Lasst Euch seinen Rücken zeigen und Ihr werdet ihm vertrauen."

„Dann ruft ihn. Doch eines noch, Sir, wie lange werden wir brauchen?", schließlich war ich mir meines Magens und seiner Seetüchtigkeit nicht ganz sicher.

„Zuerst müssen wir unter Land bis zur Südspitze Cornwalls, wegen der Froschfresser. Von da an drohen die Winterstürme, meist aus Nord, doch man kann nie wissen. In zwei, drei Monaten dürften wir die Bahamas erreichen. Die Hurrikansaison ist drunten im Süden dann mit Glück und Gottes Hilfe zu Ende, Nordstürme bedrohen uns auch nicht mehr. Also wenn sonst niemand unsere Fahrt behindert, dann sind wir in fünf, mit Glück in gut vier, mit Pech in mehr als sechs Monaten am Ziel."

„Wer sollte uns behindern?", wollte Mecht beiläufig erfahren, wobei sie sich selbst die Antwort gab: „Spanische Kriegsschiffe,

französische Kaper, englische Fregatten und dänische Piraten."
„Ihr habt alle genannt, mein Fräulein, außer den Holländern und diesen muselmanischen Lumpen aus Tanger und Algier. Doch unser Schiff ist schnell, wendig und gut armiert, die können uns alle am Arsche lecken", fast schien sich der Kapitän auf die genannten Hindernisse zu freuen!
Der Kapitän machte sich auf, den erwähnten Matrosen zu holen und ich verließ ebenfalls unser 'Heim', um nach Emerald und den anderen drei zu sehen. Sie hatten gleich nebenan, in der Kajüte des Steuermanns Quartier bekommen. Ein beengtes Quartier, denn im Unterschied zum eigentlichen Bewohner unseres Heim, dem Ersten und einzigen Offiziers neben dem Kapitän, konnte der Steuermann der Suprise nicht umziehen. So mussten sie sich zu fünft den knappen Raum teilen.
„Ah, hab ja schon besser gelegen", grinste Emerald aus seiner quer durch den Raum gespannten Hängematte, „Doch schlechter wohl auch. Na, alles wie gewünscht?"
„Mhm, ich geb Euch später die neue Ausrüstung. Und wie sind die Stiefel?", schließlich musste ich auch für meine Truppe sorgen!
„Fein, sehr fein. Neue Ausrüstung? Hab vorhin gelauscht. Schau nicht so, die Wände sind dünn wie Papier, schreit also beim nächsten Mal leiser! Ah, Blaan hat sich abgesetzt, der hat mit Olea eine bessere Bleibe gefunden. Weiß der Teufel, wie er das gemacht hat. Klang nach Gefahren, schön", damit schloss Emerald die Augen und widmete sich seiner für die nächsten Wochen liebsten Tätigkeit, schlafen.

Mit mir kam auch der Kapitän und der Matrose an. Ein Mann, um die Mitte der dreißig, mit eingefallenen Wangen und einer grässlichen Narbe auf dem Kopf.
„Das ist Frederik, er wird Euch von diesem Irren berichten, Ich muss wieder an Deck, doch er hat Order, Euch bedingungslos zu erzählen."
„Danke, Kapitän! – Dann komm", lud ich den Seemann ein.
„Aye, Euer Gnaden!"
Drinnen erwartete uns Mecht bereits. Zuerst reichte sie uns Tee. Wo

sie den so schnell her hatte, ich wollte es nicht wissen. Danach durfte dieser Frederik loslegen.

„Ganz zu Diensten, Mylady, Sir! Ihr wollt von Sir Thomas erfahren? Nun denn. Ich fuhr als Schiffsjunge auf der Zeeland Rose, einem holländischen Kaper. Eines schönen Tages verkaufte uns der Eigner an einen Engländer, einen gewissen Sir Thomas. Von da an begann mein Leiden. Bereits unsere erste Fahrt unter dem neuen Kapitän ging ins Norwegische. Ich musste an Bord bleiben, so weiß ich nicht, was geschah, doch ein großes Haus muss in Flammen aufgegangen sein! Ah, der Kapitän und die Jungs schienen darüber mehr als erfreut zu sein. Die Mannschaft musste geplündert haben, so schwer bepackt kamen sie zurück. Unser Kapitän brachte sogar ein kleines Kind, ein Mädchen war es wohl, an Bord. Was ging es mich an, dachte ich einst. Doch das war kein Kaperkampf, das war Räuberei! Nun, wir kamen bis in die Nähe der Kanaren, als uns drei englische Piratensegler angriffen. Wir haten keine Chance und so strich der Kapitän alsbald die Flagge. Es war wohl unser Glück, denn die Engländer plünderten uns zwar aus, nahmen selbst das Kind mit, doch man ließ uns das Leben und die Freiheit. Hätten uns ja auch an die Heiden verkaufen können, nicht wahr?", aus großen, fragenden Augen bat er uns um Verständnis.

„Stimmt, hätten sie. Weißt Du, was mit dem Kind geschah?", presste Mecht zwischen ihren Lippen heraus.

„Nein, tut mir leid, Mylady! Ich weiß nur, dass wir wie von allen bösen Geistern gejagt nach Neuspanien fuhren. Unser Kapitän hatte Angst, das merkten wir alle, schreckliche Angst! Hätten wir geahnt warum, wir hätten ihn über Bord gehen lassen und wären bis ans Ende der Welt geflohen!", die Angst ergriff von dem Mann Besitz, so dauerte es eine zweite Tasse Tee mit einem kräftigen Schluck Branntwein, bis er fortfuhr: „Wir kamen in Neuspanien an, Tejas nennen sie die Gegend."

„Wie ging es dann weiter?", gebannt hing Mecht an seinen Lippen.

„Aye, wir mussten über Wochen weiter ins Land hinein. In El Paso erwartete uns Sir Thomas, unser Eigner. Mit ihm ein paar Dutzend Wilder und selbst für uns furchtbar erscheinende Weiße. Kaum angekommen, wurde der Kapitän in Eisen gelegt. Wir mussten sofort die Stadt verlassen und uns geschah dasselbe! Wir wurden zu zweien auf Maultiere gesetzt und nach mehr als zwanzig Tagen unter Durst und Hunger erreichten wir ein Tal, das niemand von uns mehr verlassen hat, außer mir", daraufhin stand er auf, zog das Hemd hoch und zeigte uns seinen Rücken.

„Das ist nicht nur von einer Auspeitschung!", selbst mich entsetzten die tiefen Narben auf seinem Rücken.

„Nein, nicht die Peitsche, Dornenzweige! Ich lag schon dem Tode näher als dem Leben auf dem Boden, da", er zeigte auf die narbige Kopfhaut, „schnitt man mir die Haare mitsamt der Kopfhaut ab. Sie hielten mich für tot und warfen mich in den Fluss. Nur mit Gottes Hilfe, zu dem ich so inbrünstig wie nie betete, schaffte ich es bis zu einer Mission. Die Padres kannten Sir Thomas und waren nicht gut auf ihn zu sprechen, deshalb pflegten sie mich und halfen mir bis zur Küste. So landete ich am Ende hier."

„Eine schlimme Sache! Wie lange warst Du in Händen dieses Sir Thomas?", bat ich um Ergänzung.

Er nahm die Finger zur Hilfe und zeigte uns damit sechzehn Jahre an.

Für uns stellte sich daraus eine weitere, nein, zwei Fragen: Würde er uns helfen oder zumindest den Weg in dieses Tal beschreiben?

„Mein meiner Seele, nie mehr will ich diesem Ungeheuer gegenüber treten, Mylady! Den Weg kann ich Euch kaum beschreiben. Doch es gibt einige Landmarken, die sind in mein Gedächtnis gebrannt! Habt Ihr Stift und Papier?"

„Du kannst schreiben?", wunderte ich mich.

„Nein, Sir, aber ich kann Karten zeichnen!"

Karte war seine Skizze nicht zu nennen, doch zumindest die seiner Meinung nach wichtigsten Wegmarken waren erkennbar. Wir dankten ihm, eine erneute Einladung zur Mitreise an den Ort seiner Qualen schlug er kategorisch aus.

Der Matrose war längst fort, meine Gedanken über ihn und seine Geschichte drehten sich dafür unaufhörlich. Mir kam es vor, dass weder seine Anwesenheit genau auf diesem Schiff, Blaans Wissen um die Herkunft Erkins', ja selbst das Auftauchen von Mecht und den beiden Schotten damals kein Zufall sein konnten. Wenn das so weiterging, würde in den nächsten Tagen Thomas Erkins und Auguste von Gramegg in einem Ruderboot unseren Weg kreuzen!

„Das sind doch keine Zufälle mehr", stieß Mecht nach geraumer Zeit hervor, „Mir ist das langsam unheimlich! Hm, ob dieser verfluchte Satan Erkins uns in eine Falle locken will?"

Der Gedanke war mir noch gar nicht gekommen, umso heftiger erschütterte er mich: „Mal den Teufel nicht an die Wand! Mhm, es ist zu schön, um wahr zu sein. Seit ich mit Emerald aufbrach, reihen sich die glücklichen Zufälle ein wenig arg aneinander. Doch einen Aspekt hätte Erkins kaum vorhersehen und in seine Pläne einbeziehen können: Unser Zusammentreffen!"

Sie fuhr sich aufgeregt mit den Fingern durchs Haar, während sie über meinen Einwand nachdachte. Am Ende ihrer Überlegungen stimmte sie mir hierzu bei. Wir waren nur durch Zufall genau an diesem Abend auf das alte Gehöft gestoßen, sie und die beiden Schotten waren damals ursprünglich auf dem Weg nach Süden, es war nicht geplant, nach ihren Vorräten zu schauen.

„Trotzdem, entweder ist der Teufel oder Gott dabei im Spiel", ratlos sah sie mich an.

„Wir sind auf der Fährte eines Schurken, damit ist der Gehörnte schon aus dem Rennen", versuchte ich einen Scherz.

„Ha, ha, Du alter Jesuit!", statt nun aber ehrfurchtsvoll vor mir Jesuitenzögling zu verharren, verhinderte ihr Mund jede Antwort meinerseits.

Eine Woche segelten wir dicht unter Land um England herum. Unser Kapitän hatte das Recht, die Flaggen der Navy zu zeigen, allein deshalb wurden wir von allzu neugierigen Küstenschutzschiffen in Ruhe gelassen. Nur einmal feuerten wir eine Salve ab, als ein Verband unter dem Admiralswimpel unseren Weg kreuzte.

„Morgen passieren wir Land's End, von dort an werden wir bis zu den Bahamas kein Land mehr sehen", erwähnte der Kapitän beim

Abendessen. Außer ihm und seinem Steuermann saßen an diesem Abend nur Mecht, Emerald und ich am Tisch. Blaan war tatsächlich seekrank, wenn nicht schlimmeres in seinem Körper tobte. Aus leidiger Erfahrung konnte ich sein heftiges Fieber nämlich nicht allein auf dieses Elend zurückführen. Gut, der Wind aus Nordost wurde Tag für Tag stärker und kälter, die Wellen höher und unser relativ kleines Schiff immer mehr zum Spielball des Meeres.

„Euer Schotte ist hoffentlich nicht ernsthaft krank", die Frage des Steuermannes hatte ihre Berechtigung, es gab an Bord neben Feuer nur ein Ereignis, das seemännischer Kunst trotzen konnte: Eine Seuche.

„Nein, nein", abwehrend hob Mecht eine Hand, „Er ist nur etwas erkältet. Die dauernde Reiterei bei jedem Wetter hat ihn wohl ein klein wenig erschöpft."

„Hm, sieht mir sowieso mehr nach einem Stubenhocker aus, Euer Schotte, Mylady", knurrte der Engländer und wandte sich wieder dem letzten frischen Braten bis zu den Westindies zu.

„Ich seh nachher nach ihm", fügte ich an.

Daraus wurde nichts mehr, schließlich bot der Kapitän aus seinen eigenen Vorräten vorzüglichen Tabak und Wein an. Blaan geriet so in Vergessenheit. Erst als sich die Runde auflöste, fiel mir mein Vorhaben wieder ein. Mecht war entschlossen, mich zu begleiten, selbst wenn es sich um Pocken oder Cholera handeln sollte. Hingegen fand Emerald, dass die vielleicht bald Witwe werdende Olea des Trostes bedürfe.

„Trost? Deine Ausreden waren auch schon besser", bekam er als Abschiedsgruß von mir nachgeworfen.

„Sagte der einschichtige Pietist, als er Vater wurde", zumindest hörte es sich so an, ehe mein alter Konstabler in Oleas winzigem Verschlag verschwand.

„Du glühst ja!", rief Mecht entsetzt aus.

„Mir ist aber eiskalt", antwortete Blaan mit matter Stimme.

„Seit wann hast Du das Fieber?", schnell zog ich Mecht von seinem Lager weg.

„Ach, es zog seit Lincoln herauf. Zuerst dachte ich mir nichts dabei, doch jetzt!", seufzte der Schotte.

„Was bemerkst Du sonst noch? Flecken? Bauchkrämpfe, Atemnot? Wie sind Deine Scheiße und Pisse? Blut?", war ich auch kein Medicus oder Bader, selbst hierbei war meine Militärzeit nützlich.

„Nein, nichts dergleichen! Mir ist nur furchtbar kalt und ich zittere in einem fort. Herr Leutnant, Ihr seid doch Jesuit gewesen! Könnt Ihr mir die Beichte abnehmen, wenn es denn zu Ende geht?"

„Hä? Du wirst uns nicht verlassen, ehe wir unser Ziel erreicht haben!", herrschte ihn Mecht an, dabei bemühte sie sich nur um einen groben Ton, um ihre Sorge zu überspielen.

„Ich kann Dir doch nicht die Beichte abnehmen! Ich war und bin kein Pfaffe!", verwehrte ich mich gegen diese Unterstellung.

„Nein, aber es bedrückt mich so viel, bitte, Herr!"

Der arme Kerl musste wirklich mit seinem baldigen Tod rechnen, wenn er sich derart vehement auf seinen Wunsch versteifte.

„Gut, wenn es Dir in drei Tagen nicht besser geht", versprach ich ihm.

Wir verließen ihn, riefen nach Nepomuk und der bekam von Mecht ein kleines Säckchen übergeben: „Mach davon Tee. Nimm jedes Mal nur so viel für einen Becher, wie Du mit Daumen und Zeigefinger greifen kannst. Alle zwei Stunden heute, morgen alle vier Stunden. Hast Du verstanden?"

„Ja, gnädiges Fräulein! Und das macht Blaan wieder gesund?", ängstlich hoffte der Bub auf eine gute Nachricht.

„Ja, entweder das oder er ist in drei Tagen tot. Nun mach und denk an das, was ich Dir aufgetragen habe!", damit schob Mecht den Bub in Richtung der Schiffskombüse.

„Ich will nicht wissen, was für Kräuter das sind, aber helfen die denn wirklich?"

„Mein lieber Herr ehemaliger Leutnant, ja, wenn es das ist, das ich vermute", verschwörerisch machte Mecht ein Zeichen, dass ich über ihre nächsten Worte schweigen solle, „Seit Lincoln, seither ist er auffällig stumm und in sich gekehrt. Ich glaube, dort hat ihm etwas ein schlechtes Gewissen gemacht. Du solltest ihm bald die Beichte abnehmen, vielleicht wirkt das wie eine Wunderheilung!"

„Auffällig stumm? Meine Herzallerliebste, war er je gesprächig?"

Die nächsten Tage erholte sich Blaan ein wenig, dafür ging es mir miserabel. Seit wir England hinter uns gelassen hatten, tobten sich alle Winterstürme aus dem Norden an uns aus. Erneut lag ich darnieder, gab regelmäßig Neptun mein Opfer und bedauerte den Tag, an dem ich in die Nähe dieses vermaledeiten Wassers gelangt war.

„Hier, trink", ehe ich auch nur an Gegenwehr denken konnte, hatte Mecht meine Kiefer mit brachialer Gewalt geöffnet und flößte mir eine Flüssigkeit ein.

„Wenn das hilft, warum hab ich das nicht auf diesem Seelenverkäufer vom seligen Kuhhorn bekommen?"

„Ah, der Herr kann sich beschweren, dann wird er bald wieder genesen sein", ihre Finger drückten meinen Mund noch weiter auf und ein zweiter Schwall dieses Gesöffs landete in meiner Gurgel, „Weil ich dazu bestimmte Kräuter brauche, die ich damals nicht zur Verfügung hatte. So, jetzt leg Dich hin und schlaf."

Ehe ich mich versah, wurde mir warm, gefolgt von einem wohligen Müdigkeitsgefühl. Den Rest der nächsten vierundzwanzig Stunden war ich weggetreten, die Zeit danach erlebte ich wie in Trance. Dadurch entging mir der erste richtige Sturm. Es war sicher besser so.

„Mann, der Herr schläft und draußen geht die Welt unter", mit diesen aufmunternden Worten weckte mich Emerald.

„Hä?", langsam kehrten meine Lebensgeister zurück, „Ist doch ruhig!"

„Ja, jetzt. Hättest vor ein paar Stunden dabei sein müssen! So einen Sturm hab ich noch nie erlebt! Eines der Segel ist sogar zerrissen! Hm, hat Dir die Hex was gegeben? Und hilfts?"

Es ging mir so gut wie lange nicht mehr, doch warum konnte er Mecht nicht einfach einmal als normale Frau ansehen?

„Ah, darf man denn keine Scherze machen!", entrüstete sich mein Kamerad.

„Ach, hat Meister Emerald endlich beschlossen, mich nicht auf dem

Scheiterhaufen enden zu lassen?", ertönte es hinter mir.

Anscheinend stand Mecht schon länger am Kopfende der Koje. Kaum von mir bemerkt, beugte sie sich herein und küsste mich: „Kein Fieber, kein kalter Schweiß, hat also geholfen!"

„Auf alle Fälle besser als bei Blaan! Deswegen bin ich hier. Dem geht es immer schlechter, auch wenn Dein Zaubertrank das Fieber ausgetrieben hat", sein nächster Satz ging direkt an mich: „Du solltest Dich wirklich um sein Seelenheil kümmern, sobald Du kannst. Wollt Ihr meine ehrliche Meinung hören?", die Emerald auch ohne unser Einverständnis gleich im Anschluss kundtat: „Ihn bedrückt was. Der ist, seit wir in dieser Kathedrale waren, nicht mehr der Alte. Hab Euch doch von diesem Holmes erzählt. Irgendwas hat Blaan damals bis tief ins Mark getroffen!"

„Hm, er hat doch bei Eurer Rückkehr gesagt, dass wir nicht fragen sollen, wie und wo er sein Wissen her hat", erinnerte uns Mecht an Blaans seltsames Verschweigen.

„Gut, sobald ich etwas gegessen habe und es in mir bleibt, seh ich mir Blaan an. Nein, ich kann doch keine Beichte abnehmen! Hört auf damit!", unterband ich vorsorglich weiters Drängen in dieser Richtung.

Eine akzeptiere es jedoch nicht: „Du bist der einzige Katholik an Bord! Bei Emerald bin ich mir nicht sicher, ob der nicht ein Muselmann oder gar Heide ist", dazu warf Mecht ein zähnefletschendes Lächeln zu dem Konstabler, „Andererseits wusste ich nicht, dass Blaan auch ein Päpstlicher ist. Egal, versuch es wenigstens!"

„Ein Theaterstück? Nein, das kann ich noch weniger!", erschrak ich über diesen Gedanken.

„Nein, kein Schauspiel, lass Blaan einfach sein Gewissen erleichtern, das kannst Du doch!", beschwichtigend legte sie ihre Hand auf meine, „Einverstanden?"

Mein leichtsinniges Zugeständnis bereitete mir die nächsten beiden Tage Magendrücken. An diesem Morgen wollte ich es hinter mich bringen, doch die See durchkreuzte mein Vorhaben. Gerade noch hatte die Wintersonne ihre dürftigen Strahlen auf uns gerichtet, zogen schwarze Wolken am Horizont auf. Die Stimme des Kapitäns donnerte über das Deck. Matrosen rannten für uns ziellos hin und her. Mecht, der Bub und ich verdrückten uns eilig unter Deck in unsere Kabinen, oben standen wir nur im Weg.

Von uns allen war nur Hinnark frohgemut: „Ich frag mal, ob die mich gebrauchen können", rief er uns zu, an uns vorbei die Treppe emporstürmend.

„Dem scheint das Spaß zu machen", brummte Nepomuk.

„Das ist sein Leben. Hoffentlich geht er nicht über Bord", sorgte ich mich.

„Oder er heuert auf diesem Kahn an", ergänzte Mecht.

Erste Anzeichen des Sturmes erschienen.

„Was ist denn das? He, sinken wir?", schrie Nepomuk, als sich das Schiff plötzlich vorne anhob.

„Verschrei es nicht! Sieh zu, dass bei Euch alles sicher verstaut wird", rief Mecht gegen das sich immer mehr steigernde Getöse dem Bub zu.

„Und wir sehen besser zu, dass bei uns auch alles irgendwie festgemacht ist", auch ich musste meine Stimme stärker anheben.

Erneut wurde unser Schiff durchgeschaukelt. Wie von Zauberhand flogen Mecht und ich zu Boden, wobei der in diesem Augenblick die Wand und diese der Boden war. Kullernd und nicht aufrecht gehend gelangten wir in unseren Kajüte genannten Verschlag. Unsere aktuelle Fortbewegungsart wurde dort auch gleich belohnt, denn die beiden Becher auf dem Tisch fielen uns sogleich schier um den Hals.

„Autsch!", hörte ich Mecht kurz aufschreien, „Blute ich?"

Zuerst musste ich mich dafür in eine irgendwie aufrechte Position bringen, was mir sogar gelang. Lang genug auf jeden Fall, um einen Blick auf die von ihr mittels Finger angezeigte Stelle zu werfen. Wenigstens konnte ich ihr versichern, dass der Becher keine sichtbaren Spuren auf ihrer Stirn hinterlassen hatte. Kaum ausgesprochen, zog es mir erneut die Beine weg. Im letzten Moment konnte ich der Tischkante ausweichen. Längst hob und senkte sich unser Schiff nicht mehr nur von vorn nach hinten, nein, auch der Neigewinkel zur Seite ließ mich erschauern. Dabei mussten die Masten brechen, wenn nicht gleich alles mit Mann, Maus und uns

Landratten vom Meer verschlungen würde!

„Die Truhe!", warnte Mecht entsetzt.

„Hab ich!", keuchte ich atemlos, nachdem ich quer durch den sich drehenden Raum auf den Truhendeckel gehechtet war und so eine ungewünschte Öffnung der Kiste verhinderte, ehe unsere ganzen Papiere ihren sicheren Platz gegen einen Flug durch die Kajüte tauschen konnten.

Mit vereinten Kräften brachten wir letzte Teile unseres Hab und Gut an sichere Orte oder banden sie kurzerhand fest. Ganz am Ende fanden wir den Weg in unsere Koje. Mochte es darin auch eng sein, jede unverhoffte, heftige Bewegung des Kahns für neue blaue Flecken sorgen, sie war für die nächsten Tage unsere Burg. An Schlaf war kaum zu denken, Durst und Hunger stillten drei Flaschen Wein und ein Häufchen Schiffszwieback. Viel Hunger hatten wir eh nicht, besonders Appetit hemmend war am zweiten Tag des Orkans ein furchtbares Knirschen, gefolgt von einem Knall und tosendem Krachen über uns. Bedrohlich vibrierten Außenwand und Decke unseres Refugiums.

„Glaub, das war ein Mast", kommentierte Mecht.

„Macht nichts, noch haben wir zwei", scherzte ich, besser, versuchte ich einen Scherz.

„Nicht sehr erheiternd! Hör mal hier", sie zeigte auf die Bretter der Kabinenwand.

Gehorsam legte ich mein Ohr daran, tatsächlich, das musste bei Emerald, Blaan und dem Bub sein! Eine schrille Stimme schrie vor Angst, eine tiefere Stimme brüllte die andere Stimme wütend an und eine weitere Stimme, zweifellos dem Bub zuzuordnen, wimmerte kläglich. Für einen Augenblick dachte ich daran, drüben nach dem Rechten zu sehen. Genau jetzt legte sich jedoch das Schiff wieder bedrohlich auf die Seite. Davon völlig überrascht kullerte ich aus der schützenden Koje. Nachdem sich Schiff und Ex-Leutnant wieder halbwegs aufgerichtet hatten, war mir mein Besuch bei unseren Gefährten gründlich verleidet.

Vier Tage hatte uns das Unwetter im Griff gehabt, die nun

herrschende Stile war Mecht und mir nicht ganz geheuer. Am Ende waren wir auf ein Riff aufgelaufen oder der Sturm hatte die gesamte Besatzung längst vom Deck gefegt!

„Es scheint nachgelassen zu haben, ich seh mal nach", beschloss Mecht.

„Bleib hier, lass mich das machen!"

„Ha, mein Held! Schmier Dir das in den Bart, seit wann hältst Du mich für eines dieser schwachen Weiber?"

Mir blieb nur, ihr die Tür aufzuhalten: „Dann los, meine Drachentöterin!"

„Bleib ruhig hier, am Ende verletzt es noch Deinen männlichen Stolz", aha, das Fräulein war angepisst!

„Ja, ist ja gut! Ich sorge mich halt um Dich", eine schwache Erwiderung, die sie zumindest als Entschuldigung annahm.

Von der Decke tropfte es, der Aufgang war glitschig, doch oben empfing uns ein strahlend blauer Himmel. Die Sonne brannte förmlich auf uns. Wie in einem Alptraum sah es hingegen auf dem Deck aus. Ein Teil der Reling war zerstört, der Fockmast auf halber Höhe geborsten. Daher wohl auch die zerstörte Reling. Ein einziges Segal am Haupt- und das Lateinersegel am Besanmast gaben dem Schiff Antrieb, die übrigen Leinwände hingen entweder zerfetzt herunter, wurden gerade geborgen oder fehlten mitsamt ihrer Rahen.

„Ah! Gott zum Gruße, Mylady, Leutnant", begrüßte uns der Kapitän zwischen zwei gebrüllten Befehlen, „Ein ganz schöner Brocken gewesen. Hatte aber auch sein Gutes, wir kamen doppelt so schnell wie sonst voran"; lachte er dröhnend.

„Kann das Schiff überhaupt noch schwimmen?", mein Blick ging über das verunstalte Deck.

„Ha, ha", anscheinend fand unser Kapitän meinen Witz köstlich, „Natürlich, das ist bald über Bord oder ersetzt. Hm, die beiden Männer ersetzt mir leider keiner. Möge ihnen der Herr sein Paradies öffnen!"

Er sah dabei wirklich bedrückt aus, wechselte jedoch schnell wieder ins Jetzt. Neue Befehle, mit allen Kräften arbeitende Matrosen und ein gelegentlicher derber Fluch beherrschten die Szenerie. Wir störten hier mehr als dass wir Hilfe wären, so verschwanden Mecht und ich wieder unter Deck.

„Puh, da haben wir nochmal Glück gehabt", rief uns Emerald entgegen, „Das war wirklich knapp."

„Ach, ein kleiner Sturm, der kann uns doch nichts anhaben! Na, wie erging es Euch?", fröhlich packte Mecht den Konstabler und hüpfte wie ein kleines Mädchen.

Ein ungläubiger Blick meines Kameraden suchte mich: „Hat unser gnädiges Fräulein sich ihr hartes Köpfchen gestoßen?"

„Nein, aber Du gleich!", drohte Mecht.

„Mhm, ehrenwerter Konstabler, das macht sie wirklich! Nun berichte schon, lebt Ihr noch?", schließlich wollte ich wissen, wie es unseren Gefährten ging.

„Och, es war nicht schlimm, bloß die Hölle auf Erden! So etwas will ich nimmer erleben! Mir geht es gut, bis auf ein paar blaue Flecken. Dem Bub fehlt seither ein Zahn und ein paar Tropfen Blut, der wird bald wieder. Olea", in dem Moment fiel ihm ein, dass wir die in ihrem eigenen Verschlag vermuteten, „Ja, sollten wir das arme Ding allein in dieser Gefahr lassen? Jetzt, da sie erneut Witwe wird?"

„Witwe? Was soll das heißen?", Mecht dachte sofort an Blaan, „Ist er tot?"

„Nein, redet nur immer irrer. Ich will ja nicht drängen, aber!", sah er mich strafend an.

„Gut, gib mir eine Pfeifenlänge. Doch berichte endlich weiter!"

Emeralds Bericht war schnell zu Ende gebracht. Sie hatten eine schlimme Zeit gehabt, nun wolle er Essen und Trinken besorgen, ansonsten sei eben bis auf den Schotten alles wohlauf.

Der abtrünnige Mönch

In Gedanken versunken betrat ich unsere Kabine und kramte meine Rauchutensilien aus dem ganzen Wirrwarr hervor.
„Willst Du allein mit ihm reden?", schwungvoll setzte sich Mecht neben mich.
Ich auf dem Stuhl am Tisch, die Pfeife stopfend, sie auf der Tischplatte, ein Bein aufreizend angewinkelt, so dass ich freie Sicht unter ihre Unterröcke hatte.
„Meinst Du, bei diesem Anblick schaffe ich eine ernsthafte Beichte?"
Statt darauf einzugehen, schlang sie das andere Bein um meine Schultern: „Erst hier sprechen!"
Im letzten Moment konnte ich die Pfeife ablegen, schon zog mich ihr Bein unter ihre Röcke zu dem von ihr geforderten Gespräch.
„Ah, wurde Zeit!", schläfrig sank sie ganz auf den Tisch, „Jetzt nimm mich richtig, schnell!"
So schläfrig war sie nicht, um mich nicht freudig in sich aufzunehmen. Am Ende fanden wir beide nicht die Kraft für das anstehende Geständnis des Schotten, sondern fanden nur noch den Weg in unsere Koje. Es mochte eine gute Stunde, vielleicht auch zwei, vergangen sein, erwachten wir wieder.
„Jetzt muss es sein!", mit einem Satz sprang Mecht aus den Federn.
„Zuvor eine Pfeife! Wurde vorhin gestört", meine Zunge hatte heute keinen Bedarf an Worten, sondern glitt über ihren Nacken.
„Nichts da! Eine Pfeife, eine Tabakspfeife! Dann aber zu Blaan", wehrte Mecht mich halbherzig ab, „Du bist so unersättlich, Du solltest Dir lieber selbst einen Beichtvater suchen!"
Meine Hände griffen ihr ans Gesäß: „Ich hab doch bereits einen Beichtstuhl!"
„Du bist mir ein feiner Jesuitenzögling! Hat der Herr das bei den scheinheiligen Betbrüdern gelernt?"
„Nein, bei deren Waschmagd", sicherheitshalber suchte ich noch während meines Geständnisses das Weite.
„Hattest in ihr eine gute Lehrmeisterin", fing Mecht mich ein, „Halt, hier geblieben! Eine Pfeife und ich bin bei der Beichte dabei!"

Mit einmal wollte ich nicht mehr rauchen, lieber wäre mir ein kräftiger Schluck Branntwein gewesen. Wie würde das aber aussehen, ein betrunkener Beichtvater konnte nicht sehr vertrauend erweckend sein. Ich ließ daher auch das bleiben. Im letzten Moment fiel mir eine neue Ausrede ein: Ich war seit Tagen nicht rasiert!

„Du kannst es nicht länger hinauszögern, Feigling!", meine Dame hatte mich bei meiner Ehre getroffen, so blieb mir nur ein Ausweg, schnurstracks zu Blaan und dessen Gewissen erleichtern.

Es hätte nur weniger Schritte bedurft, doch anscheinend wollte nicht nur ich dieses leidige Gespräch weit wegschieben.
„Ah, habt Ihr eine Minute für mich?", fing uns der Kapitän ab, kaum, dass wir unsere Kajüte verlassen hatten.
„Natürlich" erwiderte ich schnell.
„Gut. Euer Maat, dieser Hinnark, ein guter Mann. Steht er schon lange in Euren Diensten, Mylady?", wandte er sich direkt an Mecht.
„Äh, nicht direkt. Er stieß erst vor einigen Monaten zu uns", unschlüssig sah sie zu mir.
„Ja, erst kurz, warum?", ich war mindestens so gespannt auf den Grund wie Mecht.
„Hat sich gut gehalten, einen zweiten Steuermann könnte ich gut gebrauchen. Bevor ich ihn selbst frage, wollt Ihr ihn in meine Dienste treten lassen?"
Dieses Anliegen kam nicht ganz überraschend. Mecht wiegte trotzdem nachdenklich ihr Haupt, schließlich musste es gut überlegt sein, insbesondere, was uns dafür geboten wurde. Für Mecht war klar, dass wir hier mit einer Stimme sprechen mussten, daher wollte sie von mir die Bestätigung, wie ich die Sache sah.
„Hm, auf so einem Schiff, an Hinnarks Stelle würde ich das Angebot annehmen. Auf der anderen Seite könnten wir ihn auf unserer weiteren Reise sicherlich gut gebrauchen. Der Mann ist ein Kämpfer, solche Leute können wir gar nicht genug haben", aber war Hinnark auch an Land von Wert?
„Er ist Seemann, wer weiß, wie er sich fernab von einem Schiff verhält. Ich würde es ihm freistellen", womit Mecht die Sache

entschieden hatte.

„Danke, Mylady. Und Ihr, Herr Leutnant?"

„Fragt ihn, soll er frei entscheiden", ich tat so, als ob ich gerade erst eine Idee hatte, „Im Gegenzug bekommen wir immer freie Fahrt auf Eurem Schiff."

„Das ist ein akzeptables Geschäft, hier, meine Hand drauf!", schnell drückte er Mechts Hand und danach meine, „Habt dank. Wünsche Euch noch einen schönen Tag, ich kann Euch die nächsten Tage kaum Gesellschaft leiten, zu viel muss geordnet werden. Ah, in wenigen Tagen haben wir wärmere Gewässer erreicht, hoffentlich trifft uns kein Hurrikan, ehe die alte Surprise den Kampf mit ihm aufnehmen kann!"

Durch die Ablenkung war ich mit einmal absolut bereit zu dem Bühnenstück, genannt 'Blaans Beichte'. Entschlossen öffnete ich die Tür zu der Kajüte unserer Gefährten. Bis auf dem immer noch nach Nahrung suchenden und daher abwesenden Emerald erhoben sich zwei der drei Anwesenden wie bei einem üblen Streich erwischt.

„Geht raus, könnt auf Deck frische Luft in Eure Lungen pumpen", verwies ich Nepomuk und Olea aus dem Raum.

Ein gespenstisches Stöhnen drang aus Blaans Mund. Die Augen hatte er bis auf einen winzigen Spalt geschlossen und seine Finger trommelten eine unregelmäßige Melodie an der Außenwand. Leise sprach ihn Mecht in seiner Muttersprache an. Sein linkes Auge zuckte ein paar Mal, das Trommeln wurde rhythmischer, wenigstens hörte sein erbärmliches Gestöhne auf.

„Blaan, hörst Du mich?", versuchte ich mein Glück.

Seine Lippen begannen zu zucken, mühsam schaffte er es zu antworten: „Ja, Herr! Ihr seid meine einzige Rettung! Bitte, bitte hört meine Schuld und bittet für mich beim Herrn um Vergebung, ich darf es nicht!"

Zum Rückzug war es zu spät. Schnell durchgeatmet, dann kniete ich mich neben Blaans Koje, mein Ohr nah an seinem Mund.

„Herr Jesu, ich bin unwürdig Deiner Gnade, doch ich will Reue zeigen!", stammelte der Schotte.

Seine Rechte irrte hilflos auf der Suche nach seinem Gesicht durch die Luft. Mir wurde bald klar, was er wollte und so führte ich seine eiskalte Hand zum Kreuzzeichen.

„Danke, Herr", diesmal meinte er nicht Gott, sondern mich.

„Schon in Ordnung. Nun, gestehe vor Gott und seinen Zeugen Deine Verfehlungen, damit Dir seine Gnade gewährt wird"; mochte es auch nicht der Beichttext sein, soweit wollte ich wirklich nicht gehen!

„Ich bereue meine Sünden, Herr Jesu! Doch meine allergrößte Sünde kann mir niemals vergeben werden!", schrie Blaan auf, kalter Schweiß trat aus allen Poren und das Zittern wurde schlimmer.

„Wenn Du ehrlich bereust und Buße tust, wird er Dir vergeben!", obwohl, so ganz sicher war ich mir dabei nicht.

„Ja, Herr, Mecht, bittet für mich! Ah, es brennt so! Ja, ja, ich bereue! Ihr müsst wissen, dass mir George Holmes und die Kathedrale in Lincoln das Gewissen erweckt haben. George kennt mich schon viele Jahre. Doch hätte ich es Euch bereits zu Anfang berichtet, wäre auch die Frage gekommen, woher. Ja, ja", Blaan zitterte am ganzen Körper, er riss die Augen entsetzt auf, „Ja, ich bereue! Hört mein Vergehen! Ich war einst ein Mönch in einem abgelegene Kloster nahe Lincoln. Bis die Dragoner des Königs kamen! Wir Mönche sollten unserem Irrglauben abschwören und uns der Gnade des Königs unterwerfen! Oh, wie unser Abt den Zorn Gottes den Dienern des Bösen entgegenwarf!", er schluckte schwer, bat um Wein.

„Hier, trink", Mecht hob seinen Kopf sanft an und hielt ihm den Becher an die blutig gebissenen Lippen.

„Ah, danke!", Blaans Blick wurde klarer, auch das Zittern schwächte sich ab, „Der Captain forderte den Abt drei Mal auf, sich von seinem Irrglauben abzuwenden. Unser Abt blieb standhaft und kniete sich nieder zum Gebet. Der Captain wurde wütend und griff zum Säbel, der Soldaten schlug unserem betenden Abt kurzerhand den Kopf ab und drohte jedem, der sich weiterhin den Befehlen des Königs verweigere, dasselbe Schicksal an. Wir waren nur wenige Mönche. Ihr wisst vielleicht, dass seit König Jakob nicht mehr herrsche, herrschten die Reformierten. Die beiden Väter beugten sich nicht, sie starben lieber den Märtyrertot, gefolgt von allen Brüdern. Sie knieten einer nach dem anderen nieder und empfingen im Gebet den Hieb. Nur einer nicht, ich! Ich bettelte um Gnade, schwor meinem Glauben ab, warf meine Kutte zum Gaudium der Dragoner ins Feuer! Sie gaben mir Brandy, hiesen mich um die Leichen meiner Brüder tanzen und den aufgespießten Kopf des Abtes bespucken. Oh, ich tat alles, was sie verlangten, denn ich wollte leben, versteht Ihr? Leben!"

Ein heftiger Krampf befiel Blaan, während Mecht versuchte, ihn zu beruhigen, benutzte ich nun doch einen Teil der echten Beichte und vergab ihm in bruchstückhaftem Latein seine Sünden, dazu zur Sühne fünfzig Ave-Maria.

Doch Blaan schien sich nichtmehr beruhigen zu lassen, so griff ich zu meiner letzten Möglichkeit: „Du wirst am Ende unserer gemeinsamen Reise nach Rom pilgern. Nimm dort erneut das Kreuz, zeige so Deine aufrichtige Reue!"

Es machte fast den Eindruck, als ob der Schotte nur darauf wartete, mit einmal lag er ruhig da, sein Blick suchte mich: „Ja, so soll es sein! Danke, Herr Leutnant! Auch Dir meinen Dank, Fürstin vom Galgenstrick, es war eine schöne Zeit mit Euch. Lasst uns nur noch diesen Teufel Thomas of Kerwood finden und ihn seiner gerechten Strafe zukommen, danach werde ich mich meiner Buße stellen."

So wurde es beschlossen. Mecht holte die anderen, einschließlich des mit Fresalien reich beladenen Emeralds, herein und erklärte ihnen knapp und ohne Details, dass Blaan uns am Ende unseres Abenteuer verlassen werde.

Der Schotte bat Olea zu sich: „Verzeih mir, aber ich darf Dir nicht mehr beiliegen. Wirst schnell", dabei blinzelte er Emerald zu, „einen neuen Beischläfer finden! Und Du, mein Freund Emerald, hast genug Frauenzimmer zurückgelassen, mach es diesmal besser!"

Sah ich wirklich eine kleine Träne im Auge meines Konstablers? Musste wohl so sein, denn der grinste verlegen und schlug in die dargereichte Hand Blaans ein.

Fester Boden

Unser Glück hatte uns nicht verlassen! Nach all den Wochen kein Hurrikan, keine Piraten, dafür der langersehnte Ruf aus dem Krähennest: „Land!"

Wir stürzten aufgeregt an Deck. Enttäuscht konnten wir nirgendwo das angekündigte Land sehen.

Der Kapitän bemerkte unser ratloses Blinzeln zum Horizont: „Steuerbord voraus. In einer Stunde kann man es von Deck aus sehen! Beobachtet doch die Vögel, dann wisst Ihr, dass wir bald auf Land stoßen!"

Unsere Augen gingen ausnahmslos nach oben. Es war mir tatsächlich, dass über uns keine Seevögel flogen. Das eine musste ein Falke sein!

Meine Gefährten suchten immer noch den Himmel ab, als der Bub rief, er habe eine Krähe entdeckt! Alle versuchten den schwarzen Vogel, auf den er wies, zu entdecken. Der war jedoch längst wieder verschwunden. Aufgeregt blieb unsere Gruppe an Deck, die warmen Sonnenstrahlen und die Aussicht auf festen Boden ließ uns ausharren. Aus der angekündigten Stunde wurden am Ende zwei, als endlich ein dunkler Streifen das Meer gegen den Himmel trennte, die Küste!

Ein bärtiges Gesicht, das mir bekannt vorkam, lehnte neben mir an der Reling: „In zwei Tagen sind wir in Porto Matamor. Ich fand bisher leider keine Zeit, um mit Euch zu sprechen. Der Kapitän hat Euch aber bereits darauf angesprochen?"

Mecht beugte sich an mir vorbei: „Ja, und?"

„Mh, hat er", brummte ich zur Bestätigung, „Und?"

Mit unserem einvernehmlichen 'und' überforderten wir Hinnark zweifellos. In der Tiefe der Runzeln seiner kraus gezogenen Stirn wäre das Wasser der Donau vermutlich verschwunden. Mecht lächelte schelmisch aufs Meer hinaus, so blieb es mir überlassen, unseren Steuermann aus dem Dienst freizugeben.

„Wenn das Angebot für Dich in Ordnung ist, dann nimm es an!"
Die Falten auf seiner Stirn glätteten sich und ein erleichtertes Lächeln zog seine Mundwinkel nach oben. Überschwänglich dankte er Mecht und mir, versprach, uns auf der Rückreise die schnellste und angenehmste Fahrt unseres Lebens.
„Mal langsam, wer weiß, ob wir überhaupt zurückreisen. Das Angebot behalte ich aber im Kopf! Und nun hau ab, Du Pirat!", ich drückte ihm ein letztes Mal die Hand und wies ihm den Weg auf die Brücke.
„Einer wenigstens, der sein Glück auf dieser Reise gemacht hat", seufzte Mecht leise.
„Ich hab mein Glück bereits gefunden, auch wenn es nur wenige Monate dauern sollte."
Sie küsste mich auf die Wange: „Das haben wir uns verdient! Und was heißt 'wenige Monate'? Wir werden am Ende unsere Suche erfolgreich beenden, den Schatz der Sieben Städte heben und bis ins Alter des alten Methusalems glücklich sein. Wage bloß keine Widerrede!"
Ihre Worte hörten sich zuversichtlich an, dabei wusste Mecht genauso wie ich, dass uns noch allerhand Gefahren bevorstanden.

Hinnarks zwei Tagen verkürzten sich auf anderthalb, bis wir vor dem winzigen Fischerdorf vor Anker gingen. Ehe uns gestattet wurde, an Land zu gehen, ließ sich der Kapitän hinüberrudern. Selbst in diesem Nest gab es einen Hafenmeister oder einen Beamten in ähnlicher Position. Dem wollte, nein, musste der Kapitän zuerst seine Aufwartung machen. Waren wir bisher der veranschlagten Fahrtdauer immer voraus gewesen, zogen sich diese letzten Stunden zäh wie Teer. Es dämmerte bereits, als das Beiboot den Kapitän zurückbrachte. Prüfend sah ich ihn an. Seinem Gesicht nach zu urteilen, war alles in seinem Sinne gelaufen. Ob auch in unserem Sinne?
„Mylady, Leutnant. Die Dagos hier sind echt nette Menschen, muss man ihnen lassen. Ihr dürft morgen an Land, der Alkalde will Euch kurz sprechen, der macht keine Schwierigkeiten. Wie sollte er auch,

mit einem Gefreiten und vier Mann. Lasst Euch einen Pass geben und kauft ausreichend Reit- und Lasttiere. Es soll bis zu Eurem Ziel, diesem El Paso del Norte, kaum Orte geben. Nur ein paar Ranchos, was immer das sein soll. Er hat mir angeboten, Euch einen erfahrenen Jäger als Führer mitzugeben. An sich kein schlechter Vorschlag, glaub aber, der wird ein spanischer Spitzel sein", mit dieser Warnung beendete der Kapitän seinen Bericht an uns, jetzt musste er sich seinen Pflichten und seinen Offizieren zuwenden.

„Habt Ihr unseren Hinnark angeheuert?", wollte sich Mecht noch schnell versichern.

„Wäre eine Dummheit das nicht zu tun", dazu zwinkerte der Kapitän zum Zeichen seiner Freude, einen erfahrenen Seemann mehr in seinen Reihen zu haben.

Die Zeit bis zur Anlandung verbrachten wir mit einer Auflistung unserer Vorräte und deren Verteilung auf mögliche Lasttiere.

„Für das ganze Zeug brauchen wir zwei wenigstens Wagen", stöhnte Emerald nach geraumer Zeit, „Allein die Vorräte!"

„Wagen? Und wer führt die? Ich seh hier nur einen, der das kann", versuchte ich ihn in die Falle zu locken.

Natürlich tappte Emerald nicht hinein: „Wenn wir zwei Wagen bekommen, dann werben wir einfach die Fuhrleute gleich mit an! Ihr glaubt doch nicht ernsthaft, diese Menge mit Packtieren auch nur hundert Kilometer weit zu bekommen!"

Mecht hob einen unserer Getreidesäcke prüfend hoch: „Nein, wenn wir unterwegs nicht hungern wollen, muss das alles mit. Ich stimme Emerald zu, das geht nur mit Wagen."

Blaan und Olea schienen keine Meinung zu haben. Auffallend erschien mir jedoch eine auftretende Nervosität Nepomuks. Zuallererst interessierte mich jedoch die Ansichten des Schotten. Auf meine eindringliche Nachfrage sagte er ein Wort, 'Wagen'.

Wodurch sich Nepomuk zu einem hastigen Zwischenruf veranlasst sah: „Einen fahr ich!"

„Wenn es denn so sein soll. Emerald und Nepomuk besorgen zwei Wagen, während Mecht, Blaan und ich den Alkalde aufsuchen", mir kam dabei ein Gedanke, „Hm, wir sollten ihm ein kleines Geschenk machen. Fällt Euch ein passendes Präsent ein?"

Die Frage überforderte meine Kameraden, es kam nur Gebrumme und zuckende Schultern. Gut, dass wir eine richtige Adlige in unseren Reihen besaßen. Mecht griff sich eines der kleineren Säckchen und eine Flasche Branntwein.

„Nicht unseren Tabak!", reif Emerald entsetzt.

„Nicht den Gin", folgte ein panischer Ausruf Blaans.

„Wir haben genug davon. Was wir nicht genug haben, sind uns wohlgesonnene spanische Beamte", womit Mecht jeden weiteren Protest entschieden abschnitt.

Während die drei über die drohende Katastrophe auf Grund fehlender Rauschmittel debattierten, griff ich mir meine Geldbörse. Deren Inhalt war zwar geschrumpft, reichte jedoch immer noch zum Erwerb eines Rittergutes. Braulein hatte entweder sehr viel Vertrauen in meine Person gehabt oder das Geld gehörte ihm gar nicht. Während der Überfahrt hatte ich Muse gehabt, es zu zählen und nach Herkunft sortiert in kleinere Unterbeutel zu füllen. Nach kurzer Suche hielt ich den Beutel mit spanischen Münzen in Händen. Ein, nein, drei Golddublonen entnommen und zu Tabak und Gin gelegt.

„So viel Gold!", staunte Nepomuk beim Anblick der glänzenden kleinen Scheiben.

„Wenn ich mir vorstelle, dass wir uns die ganze Angelegenheit sparen und davon bis ans Lebensende wir die Grafen leben hätten können", brummte Emerald.

„Hätten wir. Soll ich Dich entlöhnen?", fast böse stellte ich meinen alten Kameraden vor die Wahl.

„He! Bin ich nicht bis hierher gefolgt? Man wird wohl träumen dürfen", lehnte Emerald das Angebot ab.

„Wusste ich doch. Sind wir fertig?"

„Mhm, lasst uns schlafen gehen. Wer weiß, wie oft wir in den nächsten Wochen keine Ruhe finden werden", meinte Mecht hellseherisch.

Knirschend lief das Beiboot am Strand auf. Emerald und der Bub

verschwanden zwischen den Hütten, in der Hoffnung, zwei Wagen mit Gespannen und dazu einen Fuhrknecht aufzutreiben. Mecht sah in ihrem Kleid und den hochhakigen Seidenschuhen wirklich wie eine Baronin aus, dagegen wirkte Blaan in seinen abgewetzten Kleidern wie ihr niedrigster Lakai. Doch der Schotte weigerte sich seit seiner Lebensbeichte, die von mir in England besorgten, neuen Sachen zu benützen. Anscheinend war das ein Teil seiner Buße. Mein Rock durfte heute zum allerersten Mal in die Öffentlichkeit, ebenso die Hosen. Auf dem Schiff hatte ich meine alten Militärhosen aufgetragen, bis sie endgültig gestern von Mecht dem Ozean übergeben wurden. Die Strümpfe war nicht ganz mein Geschmack, dazu die gezierten Schnallenschuhe! Mir fehlte der Halt meiner neuen Kavalleriestiefel, deren Vorgänger ebenfalls seit gestern aus Schaft und Sohle bestanden, durch Mecht voneinander endgültig getrennt. Selbst mein ebenfalls in England gekaufter Hut musste sich in einen modischen Dreispitz zurückverwandeln. Ich war fest entschlossen, ihm sofort nach Verlassen dieser spanischen Metropole erneut in eine nützliche Form zu bringen.
„Wo ist eigentlich das Anwesen des Alkalden?", fragte ich einen der Matrosen, schließlich waren die mit dem Kapitän bereits hier gewesen.
„Oh, Simon war mit dem Kapitän. – Simon, wo?"
Der angesprochene Seemann spuckte aus und erbot sich, uns hinzubringen. Wofür ihm Mecht gleich vorab eine Belohnung in Gestalt einiger Pennies in die schwielige Hand drückte.

Einen eindrucksvollen Palast konnten wir nicht erwarten. Wenigstens war der spanische Verwaltungssitz in diesem verlorenen Nest am Rande der Wildnis zweistöckig. Ein Soldat hielt uns auf. Dank meiner, wenn auch ungeübten Spanischkenntnisse konnte ich ihm unser Anliegen vortragen. Worauf der Mann einen Pfiff ins Innere des Gebäudes schickte. Eine Stimme rief zurück und der Mann nahm Hab Acht ein und ließ uns passieren. Drinnen war es angenehm kühl, sogar ein kleiner Springbrunnen plätscherte leise.
„Ah, liebe Freunde! Darf ich Sie in den Salon bitten?", begrüßte uns

der Alkalde überschwänglich.

Innerhalb eines Augenblickes hatte ich den Mann taxiert: Reinblütiger Spanier war er nicht, sein Gesicht wies auf einen Anteil schwarzen Blutes hin. Dafür schien er sich wenig aus modischem Schnickschnack zu machen. Seine Kleider spiegelten die Mode von vor zehn Jahren wider, waren aber ansonsten von einer gewissen lässigen Eleganz. Seine schwarzen, von ersten grauen Strähnen durchzogenen Haare hingen offen über den Kragen, seine Augen gaben ihm aber den Eindruck eines viel jüngeren Mannes mit viel Tatkraft. Zumindest so viel davon, wie er hier an der Grenze brauchte.

„Gott zum Gruße, Herr Alkalde", flötete Mecht formvollendet.

„Ah, Sie müssen die Baronesse von Gahlfoldt sein", schwungvoll riss der Spanier seinen Hut vom Haupt und machte einen artigen Kratzfuß.

„Ihr sagt es. Darf ich vorstellen? Leutnant Schwaiger vom kurbayrischen Regiment Gramegg und Pater Blaan von den Franziskanern. Leider musste unser lieber Freund sich der Kutte entledigen. Ihr habt sicher gehört, dass unser Heiliger Vater den Überlebenden der englischen Barbarei gewisse Geheimaufträge übergab?", sprach Mecht huldvoll lächelnd halbe und ganze Unwahrheiten aus.

„Ah, ich vernahm Gerüchte. Willkommen, meine Herren!

Einladend wies er auf die Anrichte, wo bereits Wein und Gebäck standen. Wider Erwarten war der Wein gut, das bräunliche Gebäck hatte jedoch einen eigenartigen Beigeschmack. Den sollten wir auf unserer Reise näher kennenlernen. Der Spanier nannte die Kekse Chocolados. Er meinte vermutlich Schokolade. Davon hatte ich zwar gehört, jedoch erlaubte mir mein spärlicher Sold nie ein Kennenlernen dieser Delikatesse. Wobei, wenn das Zeug wirklich in diesem Gebäck steckte, war mir nichts von kulinarischer Bedeutung entgangen. Blaan verzog in einem unbeobachteten Augenblick das Gesicht. Ihm war selbst der Begriff fremd, vom Geschmack ganz zu schweigen. Über Mecht wunderte ich mich längst nicht mehr, sogar dieses Gewürz schien ihr bekannt!

„Herr Alkalde, wir haben Euch ein Gastgeschenk mitgebracht", artig überreichte Mecht unseren Bestechungsversuch.

So schnell sah ich selten jemanden ein Geschenk annehmen, dabei hatte der Don Mechts Worte auf Englisch garantiert nicht verstanden. Der Spanier öffnete zuerst den Tabaksbeutel, schnüffelte anerkennend und ließ die Münzen blitzschnell in den Ärmelaufschlägen seines Rockes verschwinden. Danach hob er die Flasche mit dem Gin prüfend gegen das Licht. Ein paar erklärende Worte Blaans, auf Latein! Das der Alkalde zu verstehen schien, denn sein Lächeln wurde euphorisch.

„Ich danke Ihnen von tiefstem Herzen! Nun, Sie wollen ins Landesinnere unserer Provinz?"

„Ja, wir wollen nach El Paso del Norte. Es gibt dort für uns wichtige Angelegenheiten", übernahm ich ab jetzt das Gespräch.

„Nach El Paso? Eine gefährliche Reise, besonders für eine Dame! Es müssen sehr, sehr wichtige Angelegenheiten sein. Sie wollen doch keine Geschäfte machen?", sofort zeigte der Spanier sein Misstrauen, waren doch Geschäfte an der Krone vorbei streng verboten.

„Nein, Euer Gnaden! Keine Geschäfte, wir wissen um die Gesetze Spaniens in dieser Beziehung!"

„Gut, sehr gut. Leider kann ich keinen meiner Soldaten entbehren. Wenn Ihr einen Führer benötigt, ein erfahrener Jäger ist letzte Woche aus den Gebirgen gekommen. Soll ich ihn bitten, Euch zu geleiten?"

Der Jäger hatte entweder eine königliche Lizenz oder gute Verbindungen zum Alkalden. Womit klar sein dürfte, dass der Mann uns im Auge behalten sollte. Wir hatten nichts zu verbergen, zumindest vor den spanischen Behörden, daher zeigte ich mich hocherfreut über das Angebot.

„Wir werden ihn natürlich für seine Mühen belohnen. Euer Gnaden, ich danke Ihnen für dieses überaus edle Angebot", schmeichelte ich dem Alkalden.

Drei Minuten später brachte ein Diener den Jäger. Fremdländische, mit Fransen verzierte Lederhosen, eine kurze, blaue Jacke, eine breite, bunte Schärpe und ein flacher Hut umhüllten eine hagere und doch stark und zäh wirkende Gestalt. Der Mann dürfte gut in den

Vierzigern sein, vielleicht auch älter. Von Sonne und Kälte erzählten seine Gesichtsfarbe und unzählige kleine Falten. Der Jäger war auf alle Fälle mehr Spanier als der Alkalde selbst.

„Willkommen. Ich hörte, Sie könnten uns nach El Paso führen?", und ich streckte ihm meine Rechte entgegen.

Ohne große Worte schlug der Waldläufer ein: „Wenn Euer Gnaden diese Reise antreten wollen, so ist es meine Christenpflicht eine so hochgestellte Dame sicher hinauf zu bringen!"

Kurze Zeit später waren wir uns über seinen Lohn einig, eine Prämie bei Erreichen des Grenzortes inbegriffen, und dazu Ratschläge des Jägers, womit unser Besuch beim Alkalden beendet war.

Vor dem Palast wartete Nepomuk ganz aufgeregt auf unser Erscheinen: „Wir haben zwei Wagen mit Gespannen gefunden! Sogar mit zwei Fuhrwerksleuten! Emerald bittet darum, dass Ihr schnell kommt und den Preis übernehmt!"

Zu unser aller Verblüffung mischte sich der Jäger ein, auf Deutsch! Er würde gerne die Preisverhandlungen für uns übernehmen.

„Ihr kennt den Wagenbesitzer", stellte Mecht fest, „Hier, nehmt das Geld. Was bleibt ist eine Anzahlung auf Euren Lohn. Doch verratet mir, wo Ihr unsere Sprache erlernt habt?"

"Ich war in jungen Jahren auf Wanderschaft durch Europa. Mein Vater hatte mich zu Studien und zur Brautschau hinüber geschickt. Leider enttäuschte ich den alten Herrn in beiden Dingen", zwinkerte der Jäger fröhlich Mecht zu.

Ohne nachzuzählen verbeugte sich der Jäger und ließ sich vom Bub hinführen.

Mecht und ich machten uns auf an den Strand, unsere Vorräte dürften inzwischen an Land sein. Tatsächlich lagerte unser Zeug, weit genug von der Brandung entfernt, auf trockenem Boden. Der Kapitän hatte es sich nicht nehmen lassen und war persönlich zu unserer Verabschiedung gekommen.

„Scheint zu Eurer Zufriedenheit verlaufen zu sein! Ich wünsche Euch, Mylady, und Ihnen, Herr Leutnant, eine erfolgreiche Reise. Wenn Ihr eine Heimpassage antreten wollt, der Alkalde weiß, wie man mich findet", er küsste Mecht galant die Hand und schüttelte mir die Hand, ehe er einen weiteren Abschiedsgast herbeirief.

„Ich will Euch danken", verlegen scharrte Hinnark mit den Füßen in Sand und Kies, „Ich hätte Euch gern weiterhin begleitet, aber so eine Möglichkeit gibt es kein zweites Mal in meinem Leben", entschuldigte er sich, wie so oft in den letzten Tagen.

„Ist schon recht, nutz die Chance! Und bleib ehrlich!", mahnend erhob Mecht ihren Zeigefinger, „Auch Freibeuter können ehrlich bleiben!"

„Wir haben einen regelrechten Kaperbrief des spanischen Königs! Ehrlicher geht kaum", grinste der Steuermann uns zu.

„Fragt sich nur, ob euer König nach dem Krieg auch noch König ist", erinnerte ich ihn an die diffusen Herrschaftsansprüche, wegen denen halb Europa sich bekriegte.

Der Seemann lächelte verschmitzt: „Als gute Engländer ist es natürlich der Habsburger, als guter Kenner der Fallstricke solcher Herrn hat unser Kapitän auch einen Brief vom Bourbonen besorgt."

Hell auflachend wünschte ihm Mecht alles Gute, bei solchen Halunken dürfte ihm sicher kein Leid geschehen. Auch ich wünschte ihm Glück und als Abschiedsgabe übergab ich ihm aus unseren Waffen ein Paar neue Pistolen, die ein Kaperfahrer gewiss gebrauchen konnte.

„Aber denk dran, ehrlich und christlich bleiben. Sink nicht zu sehr in die Tiefen des Piratendaseins!", ermahnte ich ein letztes Mal.

Den Rio Bravo del Norte hinauf

Erst am nächsten Tag konnten wir abreisen. Die Wagen richtig zu beladen schien den Fuhrleuten eine Hexenkunst zu sein, Wie oft sie abluden und dann wieder neu verstauten, eine Abteilung Geschütze wäre auf die Art zu jeder Schlacht um Wochen zu spät gekommen! De Spilador, unser Führer hatte also herrschaftliche Vorfahren, hatte uns angeraten, für jeden zwei Reitpferde zu kaufen. Die es in dem kleinen Ort nicht gab, so dass wir eine Hazienda in der Nähe aufsuchen mussten. Der Weg lohnte sich auf alle Fälle, hervorragende Pferde zu einem akzeptablen Preis wechselten in unseren Besitz. Die Tiere dürften spanische Wurzeln haben, mit Beimischung einer sehr zähen Rasse. Emerald und ich trieben die reiterlosen Tiere zurück, von unserem freifraulichen Quälgeist mit vielen guten Ratschlägen unterstützt. Vor den ersten Häusern erwartete uns Nepomuk und ein provisorischer Pferch.

„Schöne Tiere!", freudestrahlend half uns der Bub auf den letzten Metern.

„Mhm, wirst sie gut versorgen", nutzte ich seine Begeisterung, „Hast Du Hafer besorgt?"

„Ja, Herr, und geschrotetes Indianerkorn. Luis meinte, dass es die Pferde besonders gerne mögen!"

„Dann mach Dich ans Werk. Von nun an bist Du unser Stallmeister! Morgen mit Sonnenaufgang geht es los, dann müssen die Tiere bereit sein", bestimmte Mecht.

Den Bub war seine Freude über die neue Aufgabe anzusehen. Den konnten wir getrost allein mit den Pferden zurücklassen. Hier bestand angeblich auch keine Gefahr durch indianische Pferdediebe, dem zum Trotz ließ ich mir von Nepomuk sein Gewehr zeigen. Natürlich, das Zündpulver fehlte! Ein paar geharnischte Worte und ich war sicher, das würde ihm nie mehr passieren.

„Warum hast Du die Gerte dabei?", ihr entging wirklich nichts!

„Die?", ich bemühte mich um Unschuld im Blick, „Wird noch gebraucht."

Wozu wollte Mecht auf einmal nicht mehr wissen. Es verwunderte mich deshalb beim Zubettgehen nicht die Bohne, dass dieses so wichtige Utensil nicht mehr auffindbar war. Mein düsterer Racheplan stieß an seine Grenzen. Sollte meine Räuberprinzessen deshalb einfach so davonkommen? Nein, ich bedachte dabei nicht, dass sie sich nicht ohne Gegenwehr übers Knie legen ließ. Meine blauen Flecken und mehrere deutliche Kratzspuren sprachen eine eindeutige Sprache.

Der erste Hahn hatte noch nicht gekräht, schon trieben wir unsere Fuhrleute an. Unser Führer erklärte uns die heutige Etappe. Sie würde uns bis Mittag durch flaches Land führen, am späten Nachmittag kämen weitere vier, höchstens fünf Kilometer dazu, ehe wir unser Nachtlager aufschlagen würden.
„Wieso ziehen wir nicht bis zum Nachmittag?", erkundigte sich Blaan.
„Weil die Tiere sich an die Lasten gewöhnen müssen, wir immer eine Wasserstelle zur Rast benötigen und das ist nicht Eure kalte Heimat", belehrte ihn der Spanier.
Die Zugtiere mühten sich, Nepomuk umkreiste die Ersatztiere wie ein Schäferhund, Blaan hatte sein Pferd in den Schatten eines der Wagen gelenkt und hielt unentwegt ein Buch vor seine Augen. Für Emerald gab es eine heikle Aufgabe. Denn Mechts norwegische Zofe konnte nicht reiten! Ungewohnt geduldig übte der Konstabler mit ihr. Meist blieben sie weit zurück und so machten wir längst Rast, als die beiden uns einholten. Dem finsteren Gesicht meines Kameraden nach zu schließen, war es kein Vergnügen gewesen. Zumindest zeigte sein Unterricht so viel Wirkung, dass sie auf der nachmittäglichen Fahrt in unserer Nähe bleiben konnten.
„Mir tut der Hintern weh", klagte Mecht, „Das bekommst Du zurück, mit Zins! – He, Blaan, was liest Du denn da?"
Der Schotte erschrak und stotterte anfangs um den heißen Brei herum, ehe er gestand, dass er die Bibel studiere.
„Du nimmst Dein Gelübde also ernst", lobte ich.
„Ja, sehr ernst! Ich denke die ganze Zeit darüber nach, hier in einer Mission mein Werk der Buße zu tun. Was meint Ihr?"
Obwohl Mecht ihn seit Jahren kannte, überraschte er sie damit: „Hier?

Du in dieser Wildnis? Fern der Fleischtöpfe und Branntweindestillerien? Du meinst es wirklich sehr ernst. Ich rate Dir, übertreib es nicht. Am Ende wird es Dir zu viel der Buße und Du kehrst auf alte Pfade zurück. Und das wollen wir wohl alle nicht."

„Hm, kein übler Ratschlag. Du solltest nicht zu hart gegenüber Dir selbst sein", unterstützte ich ihre Empfehlung.

„Ich hab es ja noch nicht entschieden, nur so ein Gedanke", wiegelte Blaan ab.

De Spilador kam heran: „Dort vorne ist ein guter Zugang zum Fluss, dort werden wir unser Nachtlager aufschlagen. Sollen die Knechte ein Zelt für die Dame aufschlagen?", fragte er Mecht.

„Nein, danke, ich liebe den Sternenhimmel als Zelt, zumindest wenn es nicht regnet oder gar schneit!"

„Herr de Spinola, ist es den ganzen Weg über so flach?", wollte ich von ihm wissen.

„Nein, Herr Leutnant, es wird erst in zwei Wochen hügelig. Doch bereits ab morgen werden wir aufpassen müssen, dann sind wir im Gebiet der Lipan. Hier sind sie zwar meist friedlich, aber Pferdediebe sind sie ausnahmslos!"

„Würdet Ihr mir eine Frage gestatten?", wandte sich Mecht an den Spanier.

„Ich kann mir denken, wie sie lautet: 'Warum lebt Ihr als Hidalgo dieses unstete Leben' Nicht wahr, Señora von Gahlfoldt?"

Gut, dass Mecht nicht auf seine Anrede einging. Inzwischen hatte sie diesen Namen so etwas wie akzeptiert. Statt langer Worte nickte sie einfach.

„Eine kurze und für manche traurige Geschichte. Ich bin der Drittgeborene, mein Vater hat unser Erbe verspielt, meine Brüder tot und so blieb mir nur der Name. Ein Name, der einst mit Cortez ruhmreich in dieses Land kam, von dem nach meinem Tod nichts bleiben wird. Wobei, das stimmt nicht ganz, doch um einem Bastard meinen Namen geben zu können, fehlen mir Mittel wie auch Verbindungen. Ah, seht, wir haben unseren Rastplatz gleich erreicht, Seht Ihr die Weiden? Dort lagern wir."

Den Fluss im Rücken, je ein Wagen an den Flanken und die Pferde nach dem Füttern und Tränken angeseilt in einer langen Doppelreihe zwischen den Wagen bot uns der Platz halbwegs Schutz vor möglichen Angreifern. Trotzdem stellte ich einen Posten auf. Jeder Mann hatte zwei Stunden Wache zu halten.

„Hier?", entrüstete sich einer der beiden Fuhrleute.

„Ja, hier. Ab morgen Nacht sollten wir Doppelposten aufstellen", riet De Spilador.

„Was! Das ist nicht üblich!", beschwerte sich der Fuhrmann erneut.

„Du hast einen Vertrag, Señor De Spilador ist unser Führer und ich der Capitaine. Noch kannst Du zurücklaufen. Natürlich ohne Lohn, überleg es Dir gut!", war es die Aussicht auf den Lohn zu verzichten oder mein drohender Blick, der Kerl wurde still.

„Schade", brummte Emerald und ballte die Faust nachdrücklich, „Ich wollte ihm schon gut zureden."

In dieser Nacht war ein Wachtposten zum Glück überflüssig gewesen. Das sollte sich bald ändern. Doch vorerst zogen wir weiter, oft keine zwanzig Kilometer pro Tag. An guten Tagen schafften wir ein paar Kilometer mehr, meistens jedoch gerade so um die zwanzig. Die ersten beiden Wochen waren geschafft. Heute schlugen wir unser Lager in einer Flussschleife auf. Hier begann der Rio Bravo erstmal seinem Name wirklich Ehre zu machen. Wild umströmten seine Wasser die Halbinsel. Sein Bett erwies sich nach einer ersten Prüfung als tief, zwei gute Gründe, die Flussseite unbewacht zu lassen. Die Wagen riegelten die in den Fluss ragende Halbinsel zu den Ebenen hin ab. Es gab innerhalb dieser Fläche genug Gras und Schwemmholz zum Bau eines Pferches. Des ungeachtet machte sich der Spanier auf einen Erkundungsritt. Bei seiner Rückkehr wirkte er besorgt.

„Schwierigkeiten?"

„Ich bin mir nicht sicher, Herr Leutnant. Es wimmelt von Spuren der Lipan, doch man bekommt sie nicht zu Gesicht. Denken Sie daran, wenn man die Kerle nicht riecht oder sieht, dann führen sie meist Übles im Schilde."

In dieser Nacht entkam niemand dem Wachdienst. De Spilador,

Emerald und meine Wenigkeit übernahmen je eine dreistündige Schicht. Emerald bekam den Bub und Mecht. Die beiden Fuhrleute wurden auf den Spanier und mich aufgeteilt, am Ende würden die noch desertieren! Blaan erklärte sich bereit, gemeinsam mit unserem Führer auf den einen Fuhrknecht zu achten. So blieb mir Olea, womit ich die am wenigsten kampfstarke Mannschaft zur Seite gestellt bekam.

Wir wurden um Mitternacht von De Spilador geweckt: „Bisher ist es ruhig. Die Lipan könnten höchstens versuchen, uns ein paar Pferde zu stehlen. Sie scheuen Verluste. Sollten Sie jedoch gehört haben, dass die Wilden nie in der Nacht angreifen, glauben Sie es bloß nicht! Na, dann eine ruhige Wache."

Den Fuhrknecht am rechten Wagen zum Fluss hin, Olea links und ich in der Mitte. Wobei ich immer wieder zwischen meinen Nachtwächter hin und her streifte. Unsere Norwegerin zitterte bei meinem ersten Erscheinen wie Espenlaub.

„Oh, Herr Leutnant! Bin ich froh!"

„Hab ich Dir nicht befohlen, bei jedem Geräusch die Parole zu fordern? Wenn ich jetzt ein Indianer gewesen wäre, wärst Du die Zöpfe los gewesen. Also, erst Parole und wenn keine Antwort Schuss. Hast Du das jetzt verstanden?", ich lobte mich selbst dafür, sie nicht grob angeschissen zu haben.

„Ich wird es mir merken", versprach sie hoch und heilig.

Meine Streife ging nun zu dem Fuhrmann. Der rief mich tatsächlich an, drohend knackte sein Gewehrschloss.

„Cortez! Ich bin's!"

„Ah, melde keine Vorkommnisse!"

„Du warst Soldat?"

„Nein, Señor Teniente, nur in der Miliz", fast entschuldigend gestand es der Mann ein.

„Besser als nichts. Pass gut auf!"

Jetzt präsentierte der Mann sogar das Gewehr, zumindest sah es danach aus. Meine Wanderung führte mich vor die beiden Wagen. Eine dünne Mondsichel warf spärliches Licht über das Vorfeld. Auf gut fünfzig Schritt war von uns jeder Busch abgeschnitten worden, doch was war diese kaum sichtbare Erhebung im Gras dann? Leise vor mich hin summend ging ich zurück.

„Pass auf!", flüsterte ich dem stolzen Milizionär zu, „Wir sind nicht mehr allein! Sobald sich was tut, schieß einfach."

Sollte ich Olea warnen oder lieber meine Gefährten alarmieren? Keine Frage, ich schlenderte zu Emerald und stieß ihn leicht an.

„Pst! Weck die anderen, aber leise und unauffällig. Wir bekommen Besuch", instruierte ich ihn.

Bei einem erfahrenen Soldaten wie ihn brauchte man keine unnützen Erläuterungen. Gewand glitt er von seinem Schlafplatz zu dem neben ihm liegenden Spanier. Damit wusste ich, dass binnen weniger Minuten jeder auf seinem Posten sein würde. Etwas beruhigter machte ich mich auf den Weg zu Olea. Diesmal rief sie mich tatsächlich an.

„Cortez! Und jetzt absolute Ruhe! Ist Deine Flinte auch wirklich geladen? Hahn gespannt?"

Verlegen fummelte sie an dem Gewehr herum. Sie hatte es tatsächlich ungeladen mit auf Wache genommen. Ein Umstand, den ich eigentlich bei meiner ersten Runde geprüft haben sollte. Trotzdem, warum musste ich mit einem derartigen Rekruten so gestraft werden? Doch für eine deftige Belehrung war es mit einmal zu spät!

Auf der Seite des Fuhrmanns donnerte ein Schuss, im Lager ertönte ein, hoffentlich überflüssiger, Alarmruf. Vor dem Wagen waren leise Geräusche sich schnell nähernder Menschen zu hören. Ohne weiter auf die Norwegerin einzugehen sprang ich auf den Wagenbock. Da, zwei Schatten! Ohne wirklich zu zielen gab ich Feuer. Es musste ein Glückstreffer gewesen sein, denn einer der Schatten überschlug sich im vollen Lauf und rührte sich nicht mehr. Der andere Schatten sprang direkt auf mich zu. Eine Lanze stieß an mir vorbei, mein Hieb mit dem Gewehrkolben ging ebenfalls ins Leere. Schnell den Säbel heraus und drauf! Sich die Schulter umklammernd rannte dieser Gegner zurück in die Finsternis. Rechts von mir ertönten weitere Schüsse, mehrere undeutliche Gestalten stürmten aus dem Gras auf unsere Linie zu. Lautes Gebrüll hinter den Fuhrwerken, dämonisch sich anhörendes Geschrei von vorne. Zum Nachladen blieb mir keine Zeit, schnell die erste Pistole in einen Haufen anstürmender, halbnackter Wilder abgefeuert. Ob ich damit Wirkung erzielt hatte, konnte ich in dem Durcheinander nicht feststellen. Ein Arm mit einer Keule hob sich vor mir. Wieder rettete mich mein alter Säbel. Links von mir ein schriller Schrei, gefolgt von einer Ansammlung keuchend hervorgestoßener Worte, es klang wie eine Kaskade norwegischer Flüche. Eine zweite Frauenstimme gesellte sich dazu. Etwas mehr Alt, dafür verstand ich die Schimpfwörter Mechts. Worte, die einem dänischen Freifräulein nicht gerade vertraut sein sollten. Ein Aufblitzen erhellte für einen Moment das sich in Blut auflösende Gesicht eines Indianers. Der Degen Mechts blitze gleichzeitig kurz auf, ehe er in einen Körper stieß. Jemand packte mich am Rockaufschlag, im letzten Augenblick drehte ich mich und entging so knapp einer Messerklinge. Es blieb nicht genug Raum für den Säbel oder meine zweite Pistole, dafür für mein Knie. Aufstöhnend griff sich mein Angreifer an den Unterleib. Damit gab er mir Raum, ein Schlag mit dem Pistolengriff schickte ihn ins Land der Träume. Doch die Angreifer erlaubten mir nicht, mich seiner zu versichern. Wieder drang ein einzelner Krieger auf mich ein. Wieder eine Stoßlanze. Darauf kannte ich die einzig richtige Antwort, außer mein Gewehr wäre geladen gewesen. Bajonett vor, das typische Geräusch und das Gewicht des Körpers meines Opfers die Waffe nach unten drückend zeigten von einem erfolgreichen Stoß. Plötzlich herrschte gespenstische Stille. Die Lipan waren ebenso schnell verschwunden, wie sie gekommen waren. De Spilador kam mit einer Fackel heran.

„War es das?", keuchte ich erschöpft.

„Die haben hohe Verluste erlitten, das mögen die Wilden überhaupt nicht. Ja, vor denen haben wir ein paar Tage Ruhe. – Holt mehr Fackeln!", rief er.

Blaan hatte dem schnell Folge geleistet und entzündete einige vorbereitete Pechspäne an unserem ziemlich heruntergebrannten Lagerfeuer. Damit ausgerüstet versammelten der Spanier und ich unsere Mannschaft. Niemand ohne Blut auf Rock oder Weste, zum

Glück schien keiner unserer Leute ernsthaft verwundet zu sein.

„Wo sind denn die? Ich habe zwei sicher erwischt", verwundert sah sich Emerald nach toten oder verwundeten Lipanindianern um.

„Sie nehmen immer ihre Gefallenen und Verwundeten mit. Ich habe im Leben erst zweimal einen Wilden nach einem Kampf gefangen nehmen können. Ah, hier!", De Spilador ging mit seiner Fackel von einem Fleck blutgetränkter Erde zum nächsten, „Ich zähle fast zehn solcher Blutlachen. Die kommen nicht so schnell wieder. Aber wehe, wir fallen ihnen einmal in die Hände! Ich will niemand Angst machen, aber ich hatte einen Gefährten, der von Lipan gefangen genommen wurde. Als wir seine Überreste fanden, lebte er noch, ich erschoss ihn. Drei Tage hatten sie ihn gefoltert. Wie gesagt, ich will Euch ja keine Angst machen."

„Macht das Feuer groß! Wascht Euch und Nepomuk! Mach Kaffee!"

Der Bub zögerte keinen Augenblick, er war heilfroh, diesem Schlachthaus entkommen zu dürfen. Dem Blut auf seiner Weste und dem dunklen Fleck an seiner Hose nach hatte er heute seine echte Feuertaufe erhalten. Da half eine friedliche Aufgabe auf alle Fälle beim Drüber wegkommen. Unter Emeralds Aufsicht wurden unsere Waffen wieder bereit gemacht. Mecht, ich und unser Führer sattelten unsere Pferde. Beim ersten Dämmerlicht wollte De Spilador die nähere Umgebung absuchen. Wir beide mussten ihn länger überreden, dass wir ihn dabei begleiten durften. Letztlich war Mechts Argument, dass wir Erfahrungen sammeln mussten, ausschlaggebend.

Rechter Hand kündigte der neue Tag sein Kommen an, als wir drei hinausritten. Die Gewehre schussbereit in der rechten, die Zügel fest in der linken Hand ging es im Schritt durch das hohe Gras. Nicht die Spur eines Indianers, genau das war es, was unseren Señor De Spilador umso misstrauischer machte.

„Ich sagte Ihnen, wenn man sie nicht sieht, dann sind sie in der Nähe! Hm, sehen Sie die dunkle Linie dort vorne? Wenn wir Glück haben, ist das die Fährte dieser Pferdediebe! Sie beide bleiben hinter mir. Manchmal verstecken sich junge Krieger und lauern Verfolgern auf.

Ich bin persönlich lieber vorsichtig!"

So ließen wir uns zurückfallen. Weniger als hundert Schritt vor der Linie hielten Mecht und ich an, die Gewehre an den Schultern. Langsam näherte sich der Spanier der vermuteten Spur. Nachdem er sie erreicht hatte, trieb er darauf zuerst sein Pferd in Richtung Süden zurück. Einige Mal verhielt er, griff ins Gras und sah sich das Ergebnis seiner für uns nicht nachvollziehbaren Proben an. Manchmal schnüffelte er sogar an dem, was er mit den Händen aufhob. Plötzlich riss er sein Pferd herum und jagte die Spur nach Norden entlang. Wir glaubten schon, dass er auf Feinde gestoßen war, doch er winkte uns nur mit dem Hut zu, heranzukommen und nach Norden zu folgen.

„Was meinst Du, ob er was entdeckt hat?", fragte Mecht mich nach meiner gerade nicht anwesenden Meinung.

„Schien fast so. Wir werden es hoffentlich bald erfahren."

Unsere Pferde freuten sich richtig, endlich über die Ebene zu jagen. Nicht nur für sie, sondern auch für Mecht und mich ein kurzes Vergnügen. Der Jäger war stehengeblieben und starrte der Linie nach, bis sie mit dem Horizont verschmolz.

„Etwas entdeckt, Señor?", erkundigte sich Mecht.

„Ja und nein. Das ist die Fährte unserer Besucher von letzter Nacht. Die müssen viele Verwundete dabei haben, immer wieder Blutspritzer auf Gras und Erde. Wir sollten bei Gelegenheit eine große Kerze stiften, das waren mindestens dreißig Krieger. Mich stört eine Sache an dieser Spur. Sie ist verdammt zu deutlich. Wir sollten schnell weiterziehen! In drei Tagen sind wir Gäste Don Joaquins. Dessen Rancho können selbst hundert Wilde nicht stürmen. Treibt die Gäule ruhig an, wir müssen uns eilen!"

Ohne auf uns zu warten galoppierte er nach Süden. Was mir jedoch sofort auffiel, nicht direkt auf unseren Biwakplatz zu, sondern ein wenig mehr in westlicher Richtung. Eine halbe Stunde wechselten wir mehrmals das Tempo, bis die beiden Wagen zu sehen waren. Entweder hatte De Spilador Emerald als amtierenden Treckführer richtig eingeschätzt oder die beiden mussten sich abgesprochen haben. Anders war mir das exakte Zusammentreffen trotz des

Richtungswechsel des Jägers nicht zu erklären.

„Hallo! Und?", empfing uns Emerald.

„Nicht viel, die Indios scheinen vorerst abgezogen zu sein. Aber mal eine Frage, hast Du Dich mit De Spilador besprochen oder warum seid Ihr schon hier?", stellte Mecht die Frage, die mir auf der Zunge lag.

„Ich hab ihn gefragt, ob wir weiterziehen sollen und er meinte, wir müssten nur Augen, Nasen und Ohren aufhalten, ansonsten sei das sehr vernünftig."

Die nächsten beiden Tage geschah nichts. Die Landschaft änderte sich langsam von flach in wellig. Ein paar Skelette von sehr großen Rindern sorgten bei uns Europäern für Staunen.

„Ah, das sind Büffelknochen, nicht von Rindern. Die Lipan leben fast ausschließlich von ihnen. Doch seit sie auch Pferde und sogar Gewehre haben, sind die kleinen Herden im Winter nicht mehr bis hierhergekommen. Weiter im Norden oben sind die Herden unendlich, manchmal bedecken sie das Grasland vom Sonnenauf- bis zum Sonnenuntergang! Das Frühjahr hat begonnen, die großen Herden ziehen längst wieder nach Norden. Seht Ihr die Schlammgruben dort am Fluss? Darin wälzen sie sich seit Jahrtausenden. Wegen der mehr und mehr ausweichenden Herden gibt es in den letzten Jahren immer mehr Zusammenstöße unserer wenigen Siedler und Soldaten mit den Lipan. Wenn die Nahrung knapper wird, wird die Konkurrenz größer. Es kommen immer öfter neue, unbekannte Stämme aus den Bergen im Nordwesten und andere Fremde drücken nach Süden. Noch sind ihnen die Lipan überlegen, doch erste Gruppen wichen bereits nach Westen in die Wüsten südwestlich von Santa Fe aus. In El Paso könnt Ihr mehr darüber erfahren, die Dragoner kennen sich damit besser aus. Ich jage nur und versuche dabei den Indios möglichst aus dem Weg zu gehen." Fasziniert betrachtete Mecht einen der gewaltigen Schädel dieser Büffel. Sie schaffte es nur mit Mühe, das Monstrum anzuheben. Blaan, der hilfsbereit herbei gesprungen kam, half ihr kurz.

„Oha, der ist so schwer wie ein Kalb", stieß er hervor.

„Lasst mich mal ran", großspurig wollte Emerald ihnen den Schädel abnehmen.

Auch er musste ziemlich viel Kraft aufwenden, bis er die wuchtige Knochenmasse mit ihren gekrümmten Hörner über seinen Kopf heben konnte. Aufatmend warf er seine Last rasch wieder von sich.

„Ach, reichen Deine Kräfte doch nicht?", dabei lächelte Mecht wieder einmal mehr ihr Unschuldslächeln.

„Doch, aber warum soll ich die sinnlos für einen Haufen alter Knochen verplempern?", fauchte Emerald grob.

Wie üblich rasteten wir während der Mittagshitze. Irgendwo in den inzwischen sichtbaren Bergketten im Westen donnerte es. Dunkle Wolken verbargen die Gipfel. Unser Führer trieb uns, kaum dass er der Wolken gewahr wurde, an. Wir sollten jedes trockene Bachbett meiden und uns möglichst weit vom Fluss fernhalten.

„Wenn es in den Bergen regnet dauert es doch Tage, bis das Wasser uns erreicht", wandte ich ein.

„Bei Euch sicherlich. Doch hier ist der Boden hart wie Stein, dazu die Schneeschmelze, hier in der Steppe kommt das Wasser schneller und höher als uns lieb sein dürfte", erklärte De Spilador.

Wir gaben uns damit zufrieden und befolgten artig seine Anweisung. In der Ferne erschien ein weißes Gemäuer. Das Rancho des Don Joaquin. Erst mit den letzten Sonnenstrahlen erreichten wir die Ansiedlung. Ja, daran würden sich die Lipan ihre Zähne ausbeißen. Waren die getünchten Mauern auch nur aus luftgetrockneten Lehmziegeln, hier Adobe genannt, gefügt, ihre Höhe war beachtlich. Mehr als zwei große Männer hoch und, wie wir beim Passieren des starken Torbaus sahen, beinahe genauso dick. An den Innenseiten verliefen Stallungen und Unterkünfte, selbst ein Pferch für die edelsten Reittiere und ein zweiter versteckter Korral für einige Rinder fanden Schutz hinter den Mauern. Gegenüber dem Tor lehnte sich das Palazzo des Eigentümers an die Mauern. Kein Prachtbau, rein zweckmäßig, trotzdem an diesem Ort beeindruckend. Das Tor wurde von Bewaffneten bewacht, auch dem Wehrgang patrouillierten Männer.

„Dieser Don muss ein ziemlich reicher Mann sein, allein an Wachposten zähle ich ein Dutzend Männer", stellte ich fest.

„Der Don ist nur der Verwalter, das Gut gehört dem Grafen von Urqemosa. Aber Ihr habt recht, Herr Leutnant, neben der Familie Don Joaquins leben hier an die zweihundert Menschen. Vierzig Viehhirten und ebenso viele Knechte mit ihren Weibern und Bälgern. Nun kommt, ich stelle Euch Don Joaquin vor", einladenden wies unser spanischer Adeliger, wenn auch hoffnungslos verarmt, auf das Palazzo. Dort versammelten sich bereits ein halbes Dutzend Leute.

„Don Joaquin, Dona Maria, darf ich Ihnen Freifrau von Gahlfoldt, Leutnant Schwaiger und Vater Blaan vorstellen?"

Der Ranchero, oder besser Verwalter kam uns entgegen. Bei seinem Bäuchlein kein leichtes Unterfangen. Zu allem Überfluss drohte seine Perücke abzurutschen. Mit Mühe bewahrte er Fassung und konnte uns nicht nur halbwegs gesittet begrüßen und seine Gastfreundschaft anbieten, sondern uns auch seine Familie vorstellen. Seine Frau übertrumpfte ihn um einige Pfund an Leibesfülle, sein Sohn machte nicht gerade den hellsten Eindruck. Das Mädchen, dass er als seinen Augenstern vorstellte, übertraf sie alle. Verhungern konnte man hier sichtbar kaum und bei der Ähnlichkeit des Don mit seiner Dona dürfte dies ausreichend den geistigen Zustand der beiden Zöglinge erklären. Dankbar nahmen wir seine Einladung an, dankten der Señora und erwiderten die unbeholfenen Willkommensgrüße seiner beiden Kinder. Die anschließend aufgetragenen Speisen entsprachen den üppigen Rubensfiguren unserer Gastgeber. Fettiges Hammelfleisch, vor Öl triefende Bohnen und gebratene Kürbisstücke, zum Nachtisch Honiggebäck und uns zu Ehren warme Schokolade. Langsam gewöhnte ich mich an das Zeug, hier in der Variation mit Milch gebraut und mit gehackten Nüssen serviert. Anscheinend ging man hier zeitig zu Bett, denn kaum war der letzte Schluck getrunken, ließ der Ranchverwalter einen Diener kommen, der uns unsere Quartiere zeigen sollte. Die Betten entsprachen dem Grenzcharakter des abgelegen Rancho, ein stabiler Holzrahmen mit Lederbespannung, dazu einige bunte Wolldecken. Entgegen unserer meist sehr bodenständiges Nachtlager der letzten Wochen immerhin ein Hauch von Luxus. Der mit dem ersten Sonnenstrahl endete. Bereits die Tage nach unserem Gefecht mit den Lipan bemerkte ich bei Mecht eine sich steigernde Ungeduld. So verwunderte es mich nicht, dass sie auf die Abreise drängte. Der Abschied von unseren Gastgebern war kurz, dafür umso herzlicher. Wussten man, wann wieder Fremde vorbeikämen? Don Joaquin gab uns sogar noch mehrere Speckseiten und ein Fass mit Maiskörnern mit. Im Gegenzug überreichte Mecht ihm Tabak und eine Flasche Parfum für die Señora. Woher sie das Duftwasser haben mochte, das blieb mir für immer ein Geheimnis.

Die Tage zogen sich endlos, seit dem Aufenthalt auf dem Rancho sahen wir keine Menschenseele mehr. Halt! Zwei abgerissene Franziskaner begegneten uns. Sie waren lange im Norden zu Missionszwecken gewesen, jetzt auf dem Rückweg nach Mexiko. Ein Mitglied unserer Gruppe war sehr erleichtert, als die beiden Mönche rasch weiterzogen.
„Puh, wenigstens hat Spilador keine Gelegenheit gefunden, mich denen vorzustellen!", vorsichtig lugte der Kopf Blaans unter der Plane des Wagens hervor.
„Soll ich die Brüder zurückrufen?", flachste Emerald.
„Gott bewahre!", entrüstet verschwand der Schotte erneut im inneren des Wagens.
„Feigling", rief ihm Emerald hinterher.
Von dieser Episode abgesehen gab es die letzten Wochen unserer Reise nur noch unsere Kolonne, die durch inzwischen hügeliges, bisweilen sogar bewaldetes Gebiet zog. Langsam hielten wir El Paso für die Fata Morgana eines kranken Geistes, als unsere Vorhut, De Spilador und Emerald, wild schreiend und ihre Hüte schwenkend auf uns zu jagten.
„Heute Abend sind wir im Presidio", versprach der Spanier, kaum dass er sein Pferd neben mir und Mecht in einer Staubwolke stoppte.

El Paso del Norte

Wir hätten uns keinen besseren Führer wünschen können, denn fast auf die Minute genau trafen wir in dem kleinen Grenzort ein. Das Presidio ragte unübersehbar aus der Ansammlung von Lehmhütten hervor. Natürlich ebenfalls aus dem Baumaterial der Region, Adobeziegeln, errichtet. Allenfalls machte es auf Leute, die vorher nie eine europäische oder türkische Festung gesehen hatten, Eindruck. Unsere Wagenführer erhielten den Auftrag, sich am Fluss einen geeigneten Platz zu suchen und dann die Zugtiere gut zu versorgen. Nepomuk schloss sich ihnen mit unseren Reitpferden an. Nur der Spanier band sein Tier an einem Pfosten neben dem Tor an. Ein Mann in einer fremdartigen Uniform trat zwischen den Torflügeln heraus und begrüßte De Spilador herzlich, ehe er sich uns zuwandte.
„Dona von Gahlfoldt, Leutnant Schwaiger von der bayrischen Armee und ihre Begleiter", stellte uns der Spanier auch hier vor.
„Willkommen! Dona von Gahlfoldt!", verbeugte sich der Soldat zuerst vor Mecht, sichtlich von ihr beeindruckt, soll bloß aufpassen, der spanische Gockel!
„Dona, Herr Leutnant, das ist Capitano del la Porques, Kommandant des Presidio El Paso", gab De Spilador dem Mann Namen und Rang.
„Señor Capitano, es ist uns eine Ehre", übernahm ich, schließlich schmachtete mir der Kerl Mecht ein wenig zu arg an und ich sprach als einziger ausreichend spanisch.
Nachdem alle Höflichkeiten ausgetauscht waren, lud er uns zu einer kleinen Erfrischung ein. Hier verabschiedete sich unser Führer. Wichtige Geschäfte riefen ihn nach Durango.
„Wir danken Ihnen von Herzen für Ihre Hilfe", unauffällig zog Mecht einen Beutel aus ihrem Rock und drückte den ebenso unauffällig dem Spanier in die Hand, „Ich wünsche Ihnen viel Erfolg bei Ihren Geschäften und hoffe, dass wir uns einst wiedertreffen."
Er verbeugte sich tief: „Habt Dank, Dona. Es war mir eine Ehre, Ihnen und Ihren Gefährten ein klein wenig helfen zu können. Habt Dank und bis irgendwann!"
„Bis irgendwann, aber wenn es geht, dann ohne Lipans", war mein

Abschiedsgruß, ehe er aufsaß und in einer Staubwolke davonritt.

„Sie hatten Ärger?", besorgt erkundigte sich der Offizier.

„Ach, nicht der Rede wert. Ein paar Lipanindios wollten unsere Pferde, sie bekamen Stahl und Blei", wiegelte ich ab.

„Es wird wieder schlimmer. Ein paar Jahre gab es Frieden, doch seit neue Stämme aus dem Norden kommen, stehen die Apachen unter Druck", bestätigte der Hauptmann, was De Spilador bereits erwähnte, „Comantschi nennen die sich. Räuber nenne ich sie."

Damit war das Thema vorerst beendet und er führte uns zu seinem Empfangsraum. Ein bis auf ein paar Korbstühle und einer Anrichte kahler Raum, dessen einzige Zierde eine spanische Armeefahne an der Wand war. Ein junger Mann, kaum an die zwanzig, erwartete uns bereits.

„Dona von Gahlfoldt, meine Herren, darf ich Ihnen meinen derzeitigen Stellvertreter vorstellen? Fähnrich Villasur. Er wird uns leider bald wieder verlassen und Verwaltungsaufgaben in Mexiko übernehmen. Sie als Soldat, werden es vermutlich seltsam finden, doch in unserem Vizekönigreich sind wir Offiziere oft mehr Verwaltungsbeamte. Nicht immer einfach, das dürfen Sie mir glauben!"

Der junge Mann reichte Weingläser, auch er schien von Mecht mächtig beeindruckt zu sein, er wagte es kaum, sie direkt anzusehen.

„Capitano, verzeihen Sie meine Frage. Aber ich habe vorhin einen riesigen Pferch voller Pferde gesehen, dabei erscheint mir Ihr Presidio doch etwas klein als Kaserne für so eine starke Truppe", meine fachliche Neugierde wollte gestillt werden.

„Ah, nein, Señor Teniente Schwaiger, ich verstehe schon. Unsere Kompanie besteht aus mehr Pferden als Männer, viel mehr Pferden! Sie kennen unser Land noch nicht gut, so können Sie ja nicht wissen, welchen Strapazen unsere Truppe ausgesetzt ist. Stellen Sie sich vor, eine Abteilung rückt aus. Sie besteht, sagen wir aus einem Offizier, einem Korporal und sechs Dragonern, und ist räuberischen Wilden auf der Spur. Das erste Pferd tötet eine Schlange, das zweite ein Indio und das dritte Tier bricht vor Erschöpfung zusammen. Meine Männer kämen zu Fuß kaum lebend zurück. Deshalb besitzt jeder

Mann vier Pferde in der Garnison und führt so mindestens zwei als Ersatz auf Streifzüge mit sich", geduldig beschrieb der Capitano die militärisch schwierige Lage am Ende der spanischen Welt.

„Oh, ich verstehe! Ein für einen an europäische Kriege gewohnten Soldaten eine vollkommen neue Erfahrung", ehrlich beeindruckt kam ich mir mit meinen Kriegserfahrungen gerade recht klein vor.

Unsere Unterhaltung drehte sich um den Krieg in Europa. Für die beiden Spanier war der Bourbone der Wunschkandidat, doch sah es nach unseren letzten Informationen eher nach dem Habsburger aus. Auf Mechts Geständnis, dass unser Wissen einige Monate alt war und noch dazu aus englischen Quellen stammte, lächelte Del la Porques verstehend. Die Engländer waren in seinen Augen keine verlässlichen Informanten, denen wäre Spanien vollkommen egal, der Handel im britischen Sinne war ihr einziges Trachten.

„Wie es bei unserer Abreise aussah, wird sich England auf jeden Fall seine Pfründe und Vormacht zur See sichern. Die französische Flotte hat sich zum Teil selbst versenkt, Holland ist wohl als Macht aus dem Rennen und Spanien? Ohne einen anerkannten Monarchen und Reformen wird es immer weiter hinter Frankreich und England zurückfallen", unumwunden gab ich meine Sicht zu.

„Für Reformen bedarf es eines sehr starken Königs, darin stimme ich Ihnen zu. Wobei der Habsburger in meinen Augen zu schwach ist. Ein Herrscher aus dem Haus Bourbon hätte kürzere, ungefährdete Wege, sich Beistand zu holen", spielte der Capitano auf ein geeintes franko-iberisches Imperium an?

„Hm, ist das für Ihr Land wirklich gut?", gab Mecht zu bedenken.

„Man wird sehen. Lassen Sie uns über angenehmere Dinge sprechen", beendete der Offizier dieses Thema, „Dona von Gahlfoldt, eine Dame wie Ihr auf einer derartig gefährlichen Reise, es müssen gewichtige Gründe sein!"

„Ach, Señor del la Porques, eine Familienangelegenheit. Leider kann ich diese Aufgabe niemand delegieren, es ist etwas pikant", mehr gab sie vorläufig nicht preis, wussten wir denn, wie der Capitano zu Erkins stand?

„Ist es nicht furchtbar einsam, ohne Ihre Liebsten, Capitano?"

„Es ist für eine Dame hier am Rande der Zivilisation nicht leicht. Daher ist meine Frau mit unserem Sohn den Winter über immer bei ihrer Familie in Vera Cruz. Vielleicht wird es bald besser. Unser Ort wächst und zwei standesgemäße Familien sollen in den nächsten Monaten kommen. Zwar werden sie sich meist auf ihren Haziendas aufhalten, doch was sind in Neuspanien schon ein paar Kilometer mehr oder weniger."

Bedauernd wünschte Mecht dem Offizier eine glückliche Rückkehr der seinen. Die nächste Zeit drehte sich unser Gespräch mehr um die hier lebenden Eingeborenen.

„Die letzten Jahre war es einigermaßen ruhig. Nach dem großen Aufstand haben die Pueblos jede Lust auf Revolte verloren. Die Apachen machen uns dafür immer mehr Sorgen. Nun, bis Santa Fe sind Sie auf jeden Fall sicher!", versprach der Capitano.

Ein Blick auf Emerald, dem der schwere Wein langsam zu Kopfe stieg und Blaan, dessen Gähnen nicht mehr lange versteckt werden konnte, machte mir klar, dass wir nach unserer langen Reise der Ruhe bedurften. Ganz gemäß der Etikette gab ich den spanischen Offizieren zu verstehen, dass wir uns zurückziehen wollten. Den müden Augen des Fähnrichs nach zu urteilen, war auch unseren Gastgeber an einem Ende des Abends gelegen. Letzte Komplimente gegenüber Mecht, die Zusage, uns bei unserem Vorhaben nach Kräften zu unterstützen und man entließ uns vorerst.

Erst in unserer Schlafkammer wagte Mecht ihren Verdacht zu äußern: „Der weiß, warum wir hier sind. Dauernd diese angedeuteten Nachfragen zu meinen Angelegenheiten, wir müssen vorsichtig sein!"

Ein Hornist blies zum Wecken. Auch wenn es ein fremdes Signal war, die Wirkung auf mich dürfte der auf die spanischen Dragoner entsprechen. Mit einem Satz sprang ich aus dem Bett, gleich Mechts Decke mit wegreißend und schlüpfte in Hosen und Stiefel.

„So ist es recht! Gib mir sofort meine Decke zurück!", schimpfte Mecht.

„Nichts da! Raus aus den Federn", wenn ich schon aufstand, konnte sie nicht einfach liegen bleiben!

„Nein", entschlossen griff sie sich ihre Decke und vergrub sich darin.

Der Wein des letzten Abend verlangte Ausgang, dabei kam mir gerade eine viel bessere Idee. Die musste warten und ich suchte nach einem Nachttopf. Den es nicht zu geben schien. Es blieb mir nichts anders, als mich auf die Suche nach einer Möglichkeit zur Entlastung des stärker werdenden Druck zu machen.

„Guten Morgen!", brüllte mir, kaum die Kammer verlassen, ein fröhlicher Emerald entgegen.

„Schrei nicht so! Wo?"

„Die haben ein Häuschen dafür! Ganz vornehm! Geh durch die Tür neben dem Tor, dann ums Eck, stehst praktisch davor", wies Emerald den Weg.

Ohne weiter zu fragen machte ich mich auf. Bereits die Suche nach der Tür neben dem Tor brachte eine neue Frage auf: Wie kam ich dort hin? Durchs Tor? Das war noch verriegelt, nicht einmal eine Wache stand davor. Rechts oder links? Ich entschloss mich zum Eingang rechts. Meine Intuition trog mich nicht. Dahinter lag der Wachraum, ein einsamer Dragoner polierte seine Lanzenspitze und sah mich fragend an. Eine Geste und er deutete mit dem Daumen über die Schulter zu einer schmalen Tür in seinem Rücken. Der Rest war ein Kinderspiel. Während ich so auf dem Balken meine Geschäfte in eine dunkle, übel stinkende Grube fließen und fallen ließ, stellte sich mir ein Umstand als unsinnig dar. Wieso ein verrammeltes Tor, wenn das Presidiofort auf jeder mindestens eine Tür nach draußen hatte, die jedermann einfach benutzen könnte? Selbst als ich den Capitano beim Frühstück darauf ansprach, bekam ich keine wirkliche Antwort.

„So ein Presidio ist keine rein militärische Anlage. Die Leute kommen mit jeder Art von Anliegen, da ist es manchmal sinnvoll, Streithähne getrennt einzulassen. Und sehen Sie, Señor Teniente Schwaiger, wir sind Kavalleristen, wir kämpfen ungern hinter Mauern."

Kaum meine Frage zu seiner Zufriedenheit beantwortet, erschien Mecht. Zum ersten Mal sah ich sie in dem zweiten Kleid aus England. Was ich sah, erinnerte mich an meine nicht vollzogene Idee vom Morgen. Der Capitano benahm sich wie jeder Mann beim Anblick einer hinreißenden Frau, der Fähnrich wurde dagegen knallrot und senkte seinen Blick verlegen auf die Tischplatte. Emerald hatte sich längst zu der nichtstandesgemäßen Olea geflüchtet. Auch Blaan fehlte, der schien verschlafen zu haben. Ich wollte Mecht mit diesen beiden spanischen Stieren nicht gern allein zurücklassen, am Ende würde es den Stiere wie denen in der Arena ergehen.

„Ah, Euer Padre! Der ist bereits zum Morgengebet in die Kirche", entschuldigte Del la Porques den Schotten.

„Padre?", fragte ich verblüfft nach.

„Ja, er sagte, dass sein Auftrag erledigt sei und er von nun an wieder die Kutte tragen dürfe", antwortete der Capitano.

In mir keimte daraufhin der Verdacht auf, dass Blaan sein Versprechen nicht einlösen könnte. Selbst Mecht verschluckte sich nach dieser Eröffnung. Diese überraschende Wendung musste uns entscheidend schwächen, Blaans Kampfwert war schließlich Gold wert.

„Ich konnte bei unserer Ankunft gar kein Gotteshaus entdecken, Señor Capitano", gab Mecht zu, „Wie komme ich denn dahin? Nach all den Wochenunterwegs würde ich gerne eine Kerze stiften."

Jetzt verschluckte ich mich fast! Seit wann interessierte meine Räuberfürstin denn kirchliche Gepflogenheiten? Bis mir klar wurde, dass dieser Wunsch einen Vorwand darstellte, um dem Schottenpater unauffällig auf den Zahn zu fühlen.

Zuvorkommend beschrieb ihr Del la Porques den Weg: „Sollten Sie, Dona von Gahlfoldt, die Beichte ablegen wollen, fragen Sie nach Pater Vinzenzo."

„Oh, herzlichen Dank! Dann will ich mich gleich auf den Weg machen. Meine Herren", sie erhob sich nickte den Spaniern zu und wandte sich an mich: „Du wolltest den Herrn Capitano nach einem Führer fragen."

Wollte ich nicht, nun war ich dazu gezwungen. Glücklicherweise ging der Capitano sofort darauf ein. Mechts Unterröcke rauschten noch hinaus, als er eindringlich auf die Gefahren so einer Reise hinwies.

„Wollen Sie immer noch nach Santa Fe? Auch wenn die Strecke derzeit sicher ist, rate ich Ihnen, mit einer Gruppe Händlern zu reisen.

So könnten Sie in drei Wochen aufbrechen und bekämen sogar Schutz durch meine Soldaten. Wollen Sie jedoch in das Indianergebiet und nach Norden, so werden Sie kaum einen Führer finden. Señor Spilador ist einer der wenigen, die sich dorthin wagen. Wie ich ihn verstand, wird er jedoch erst im Herbst zurück sein."

„Nun, wenn Sie mir den Weg auf einer Karte zeigen könnten, finde ich schon allein hin. Wir können Ihr Anerbieten leider nicht annehmen, es mangelt uns einfach an der Zeit, drei Wochen zu warten", wobei mein Hintergedanke bei der Erwähnung einer Karte war, darauf eventuell eine Einzeichnung des Besitzes Erkins zu finden.

„Fähnrich! Zeigen Sie dem Herrn Schwaiger den Weg. Ich muss mich leider erst noch um einige Verwaltungsaufgaben kümmern. In einer Stunde stehe ich Ihnen wieder zur Verfügung!"

War ich zu deutlich geworden? Es dürfte kaum viele Ansiedlungen in dem so gefährlichen Norden geben. Wenn der Capitano Erkins kannte oder gar einer seiner Helfer war, ihn am Ende vielleicht warnte? Es hieß vorsichtiger zu agieren. Meine Überlegungen wurden durch den Fähnrich unterbrochen, der die große Landkarte auf dem Tisch ausbreitete.

„Hier sind wir", sein Finger zeigte auf einen einsamen Punkt, außer dem Fluss und angedeuteten Hügeln war nicht viel zu erkennen, „Hier entlang ginge es nach Santa Fe. Hier ungefähr entsteht eine neue Siedlung, Albuquerque. Der eigentliche Weg ist zwar lang und nicht ganz sicher", widersprach er den Ausführungen seines Vorgesetzten, warum auch immer, „doch so", er fuhr mit der Hand von El Paso in gerader Linie zu dem Punkt Santa Fe, einzig ein paar gestrichelte Flussläufe und angedeutete Bergketten überquerend, „müssen Sie durch Apachengebiet. Es gibt nur wenige bekannte Wasserstellen, keine einzige Ansiedlung. Ebenso jenseits von Santa Fe. Oh, nicht ganz, zwei Wagemutige wohnen dort. Ein gewisser Sir Thomas, ein Engländer, besitzt im Nichts eine Mine. Dann noch Padre Andrea und ein, zwei Familien getaufter Hopi-Indios. Hier und hier!"

„Hm", die beiden Ansiedlungen lagen auf der Karte keine zwei Fingerbreit auseinander, was mir gelegen kam, „Beide über Santa Fe anscheinend leichter zu erreichen. Doch welche Stelle ist die Mission?"

Der junge Offizier schluckte meinen Köder: „Hier, in diesem Seitental im äußersten Osten der San Juan-Bergen. Eine kaum erforschte und nicht kartographierte Gegend. Ihr kennt den Padre? Ich hab ja gehört, dass er ursprünglich aus Italien kommt. Ein Verwandter?"

So was nenne ich ‚Leute aushorchen', kam mir jedoch sehr gelegen: „Nein, ein alter Freund der Familie Von Gahlfoldt. Die Dona muss ihm eine wichtige Nachricht irgendeines Onkels überbringen. Tja, und da in der ganzen Familie Gahlfoldt alle lebenden männlichen Vertreter viel zu jung oder alt sind, übernahm sie diese Aufgabe. Ist schließlich mehr auf den Schlachtfeldern denn im Konvent aufgewachsen", schwindelte ich ein wenig, nicht der Beichte wert.

Meine Frage, ob ich mir ein paar Skizzen machen dürfe, lehnte der Spanier vehement ab, die Karte sei Staatsgeheimnis!

„Für was auch, in Santa Fe wird sich sicher einen Führer zur Mission auftreiben lassen", dabei jede Sekunde nutzend, mir die wichtigsten Angaben der Karte einzuprägen.

In der kleinen Kirche des Ortes zwang inzwischen Mecht unseren verkappten Schmugglerpriester Farbe zu bekennen.

„Du hast versprochen, uns bis ans Ende zu begleiten. Danach wolltest Du die Kutte nehmen. Was soll das?"

„Du weißt ja nicht, wie mir meine Sünde in der Seele brennt!", schluchzte Blaan, „Ich darf keinen Tag länger zögern, Buße zu tun."

„Ist es wirklich so schlimm?", sie kniff die Lider zusammen, die Erkenntnis traf sie wie ein Blitz: „Du warst der Abt! Du hast damals Deinen Glauben und Deine Brüder im Stich verraten!", schlussfolgerte Mecht entsetzt.

Bleich, von Weinkrämpfen geschüttelt nickte Blaan hilflos. Wie Mecht auf seine Schuld gekommen war, interessierte ihn nicht. Wie man dem von Schuldgefühlen geplagten Schotten helfen konnte, wusste selbst Mecht nicht. Sanft zog sie das Häufchen Elend an sich und strich ihm wie einem kranken Kind über das Haar. Sie hielt ihn, bis er langsam aus eigener Kraft aus seinem dunklen Tal kam.

„Danke, dass Du mich nicht fallen lässt", krächzend kamen die Worte aus dem sich kaum öffnenden Mund.

„Das ist selbstverständlich! Weißt Du noch, wer mir Halt gab, als sie mir mitteilten, dass Zacharias tot sei? Du. Ich bitte Dich nur um eine Entscheidung. Gehst Du noch mit uns oder endet unser rauer gemeinsamer Weg hier und heute?"

Seine Seelenqualen beherrschten Blaans Blick, dennoch gab er eine klare Antwort: „Ich kann nicht mit Euch gehen. Ich will, kann und darf nie mehr einem anderen Wesen Böses tun! Du weißt es, Du willst Rache und Georg will seinen Befehl ausführen. Ihr werdet kämpfen müssen, doch ich kann nicht mehr kämpfen. Nicht mehr mit der Waffe, nur noch mit dem Wort Gottes!"

Für einen Moment blieb Mecht stumm, ihre Augen suchten den Altar. Mit einmal war ihr, als ob das einsame Kruzifix darauf aufleuchtete. Hokuspokus! Ihr Glaube war nicht der der Betschwestern, so huschte ein verächtliches Lächeln über ihr Gesicht. Sie brauchte keine Eingebung, sie wusste, dass sie Blaan aus ihren Diensten entlassen musste, hier und heute.

„Ich wünsche Dir Gottes Segen für Deine Zukunft. Es ist besser so. Äh, Du weißt, ich hab es ja nicht sonderlich mit dem Getue, aber würdest Du jeden Tag bis zu unserer Rückkehr für uns beten?"

„Ja, Du bist halt doch keine Heidin", jetzt grinste sogar Blaan breit, „Versprich mir, dass Deine Rache nicht neue Rache nach sich zieht!", er umarmte Mecht zum Abschied und flüsterte ihr noch etwas ins Ohr.

Der erste Faden des Spinnennetzes

Uns drängte es aufzubrechen. Der Capitano versuchte zwar noch mehrmals, die Reise mit der eskortierten Karawane schmackhaft zu machen, vergeblich. Wenigstens überredete er einen Indio, uns zu führen. Ob er den armen Kerl mit Worten, die Aussicht auf eine schöne Entlohnung oder mit Androhung von Gewalt überredete, erfuhren wir nie. Der Indio sprach wenig, erwies sich aber ansonsten als zuverlässig. Anders unsere Fuhrleute. Der eine erzählte was von einer kranken Frau, der andere von blutrünstigen Wilden. Wobei mir Nepomuk längst erzählt hatte, dass beide ledig und Vollblutindianer waren. Doch selbst eine Erhöhung ihres Lohnes änderte nichts an ihrem Widerwillen.

„Hier, Euer Geld und jetzt seht zu, dass Ihr Feiglinge mir aus den Augen kommt", verächtlich warf Mecht ihnen ein paar Münzen zu.

Sich tausendfach verbeugend und rückwärts gehend entschuldigten sich die beide Knechte unentwegt, doch sie müssten dringend nach El Paso zurück.

„Und jetzt?", ratlos wollte Mecht unsere Meinung hören.

Von Nepomuk kam ganz klar, dass er die Wagen übernehmen würde. Emerald unterstützte uns vorerst durch eisernes Schweigen und Kopf nachdenklich neigend. Ich?

Ich sah in die beiden Wagen, prüfte grob und fand dann meine Antwort sehr gut: „Wir haben nicht mehr viel, da reicht ein Wagen. Wir könnten zwei der Zugtiere als Ersatz mitnehmen und die beiden anderen und den Wagen verkaufen. Unsere Reisekasse wird ja auch nicht voller!"

Zu meinem Erstaunen kam kein Widerspruch. Der Bub, obwohl er das längst nicht mehr war, jubelte regelrecht.

Ein Einwand Mechts brachte jedoch meine Pläne schnell auf den Boden der Tatsachen zurück: „So weit, so gut. Hast Du aber auch daran gedacht, dass wir kaum mehr Heu und anderes Pferdefutter haben? Hier können wir zwar genug kaufen, es muss aber auch transportiert werden!"

„Die beiden Ersatzmaultiere können es doch tragen!", durch diesen

Einspruch bewies Nepomuk, dass er wirklich kein Kind mehr war.

„Dann kauf das Zeug", womit sich Mecht geschlagen gab, natürlich mit einer kleinen Spitze, „Im Notfall schleppt Ihr das Zeug aber alleine!"

So verbrachten Emerald und ich die letzten Stunden in El Paso damit, unsere Vorräte zu ergänzen. Am Abend nahmen wir Abschied von den spanischen Offizieren. Gerne ließ uns der Kommandant des Presidio nicht ziehen. War es Sorge um unsere Sicherheit oder steckte er doch mit Thomas Erkins, Baronet of Kerswood unter einer Decke? Egal, morgen ging es nach Santa Fe. Hoffentlich auch zu einem guten Ende.

Träge zog Tag um Tag dahin. Die Berge wurden höher, heftige Frühlingsregen brachte die uns umgebende Steppe zum Blühen. Dem Fluss näherten wir uns inzwischen mit äußerster Vorsicht. In den Bergen mussten Unmengen an Schnee und Eis getaut sein, bedrohlich war der Rio Bravo del Norte zu einem breiten tosenden Strom angeschwollen. Stetig ging es vorwärts. Die Natur zeigte sich auf diesem Weg vielfältig. Wüstenabschnitte wechselten mit sattem Grasland, in den Bergen wuchsen Wälder, meist Pinien und im Vergleich zu unserer Heimat lichter. Waren wir auf der Reise von der Küste bis El Paso kaum auf Menschen gestoßen, führte uns diese Route mehrmals an kleinen Siedlungen vorbei. Meist von Indios bewohnt, Weiße schienen auch hier selten zu sein. Am Ende der zweiten Woche stießen wir auf eine befestigte Straße.

„Die Straße kommt angeblich bis aus Mexiko!", teilte uns der Führer mit, „Auf ihr kommen wir bald nach Albuquerque! Sie werden staunen, das ist bald eine große Stadt, fast wie Santa Fe!"

Wenn die Städte in dieser Ecke der Welt bei unserem Indianer solche Lorbeeren ernteten, was war dann El Paso für ihn? Damit wir einen Vergleich anstellen könnten brauchte ich einen Anhalt.

„Und El Paso? Ist das keine Stadt?"

„Oh, Señor, natürlich, nur klein. Santa Fe ist viel größer! So stelle ich mir manchmal Madrid oder Mexiko vor."

„Dann sieh zu, dass wir schnell in dieses Wunder kommen", lachte

Mecht, „Madrid, wer hat Dir den Floh ins Ohr gesetzt?"
„Oh, Dona, ich hab bei Padre Leonardo ein Bild von Madrid gesehen! Sie werden staunen, wenn Sie Santa Fe erreicht haben, welch herrliche Stadt das ist!"

Das mit Albuquerque und Stadt erwies sich nach vielen Kilometern schon mal als Märchen. Ein Klotz aus Lehmziegeln, darum ein paar Lehm- und Strohhütten in der strengen Regel der spanischen Kolonialstadtplanung gruppiert. Der Postenkommandant war mit dem Gros der Cuera-Dragoner irgendwo in den Bergen, einzig der Schmied stand uns anfangs als Ansprechpartner zur Verfügung.
„Guten Tag, Dona, meine Herren!", verlegen wischte er seine schwarzen Hände an einem nassen Tuch ab, „Wie kann ich Euer Hochwohlgeboren behilflich sein?"
„Guten Tag, Señor. Wir sind auf dem Weg nach Santa Fe, wenn Ihr die Hufeisen unserer Tiere bis übermorgen austauschen könntet?", schwungvoll stieg ich ab, dabei zugleich den Hut elegant ziehend, „Wir sind keine Hochwohlgeborenen, außer Dona von Gahlfoldt hier. Wo können wir Quartier nehmen?"
Die Nennung des Ranges von Mecht machte den armen Mann noch unsicherer. Stotternd nannte er uns das Rasthaus, das auch für eine Dame von Adel passende Unterkunft hätte. Das Neubeschlagen unserer Pferde sicherte er uns zum gewünschten Termin zu, ehe er seinem Gehilfen befahl, uns zum Rasthof zu bringen.
„Musst Du jedem auf die Nase binden, dass ich diesen unsinnigen Titel trage? Ist dem Herrn Leutnant klar, dass Erkins davon hören könnte?"
Sie war böse! Leider zu Recht, zerknirscht gelobte ich Besserung. Nur hatte sie den Namen dieses englischen Lumpen bereits selbst zu laut ausgesprochen, denn der Schmiedegehilfe drehte sich rasch um und besah sich Mecht genauer.
„He, Du, was ist?", machte ich ihm klar, dass ich sein Verhalten beobachtet hatte.
„Nichts, Señor, ich glaubte nur, dass ich gerufen wurde", eine mir zu flink gekommene Ausrede.

„Ich höre nichts. Das da?", denn inzwischen waren wir vor einem flachen Bau angelangt.

„Ja, Ihr könnt mir Eure Pferde gleich überlassen", dienstfertig griff der Kerl bereits nach den Zügeln meines Tieres.

„Langsam, langsam! Melde uns an, wir satteln inzwischen ab", es wäre mehr als leichtsinnig gewesen, ihm die Pferde und die Satteltaschen zu vertrauensselig zu überlassen.

„Nepomuk!", hatte Mecht also auch das kleine Vorkommnis erkannt, „Abschirren, Du bringst nachher die Maultiere zur Schmiede und lass Dich nicht aushorchen."

Emerald und ich warfen uns die vier Sättel über, während Mecht unseren Indio vorließ, die Eingangstür zu öffnen. Olea hatte einen anderen Auftrag bekommen, denn die Norwegerin schleppte schwer an den beiden Reisetaschen Mechts aus unserer Kutsche. Das Innere des Rasthofes überrascht uns ein klein wenig, im positiven Sinne. Ein großer, zum Innenhof nur durch gemauerte Bögen abgetrennter Raum empfing uns. Sogar ein Springbrunnen spendete Frische. Das war seit unserer Ankunft auf dem amerikanischen Kontinent der mit Abstand nobelste Bau! Ein sich ununterbrochen verbeugender Kreole kam hinter einem Wandteppich hervor und begrüßte uns. Ohne viel Worte bat Mecht um Unterkunft.

„Ah, Euer Hochwohlgeboren, ich darf Ihnen meine bescheidene Enfilade anbieten? – Jorge! Bring die Dona und ihre Begleitung zur Enfilade! Den da", er rümpfte seine Nase in Richtung unseres Führers, „Den bring in der Kammer davor unter! Wenn es den Herrschaften genehm ist!"

„Ist es", hochnäsig blickte Mecht auf den Rasthausbesitzer hinab, „Mein Kutscher soll, wenn er vom Schmied zurück ist, ein einem Europäer angemessenes Quartier bekommen. Kann er das?"

Eifrig bejahte der Kerl: „Sicher, sicher!"

Ein Indio in einem abgewetzten und ausgebleichtem Livree erschien inzwischen, verbeugte sich ebenfalls und beharrte allen Ernstes darauf, unsere Sättel allein zu tragen und uns dabei auch noch den Eingang zu dem als Enfilade bezeichneten Flügel zu öffnen.

„Was ist eine Enfilade eigentlich?", flüsterte mir Emerald zu.

Woher sollte ich das denn wissen! Doch Mecht gab uns Unterricht, nachdem der Hausdiener und unser Führer verschwunden waren.

„So ein richtiges Enfilade ist das ja auch nicht! Das ist einfach eine Suite mit drei Zimmern, die eben nicht gegenüber liegen."

„Danke, bisschen Bildung mehr im Kopf! Aber hast Du bemerkt, wie der Tagedieb vorhin auf die Erwähnung Erkins reagiert hat?"

Bevor Mecht antworten konnte, drängte sich Emerald dazwischen: „Hä? Hab ich gar nicht mitbekommen!"

„Natürlich, so auffällig wie der mich ansah! – Emerald, Du und Olea bekommen das linke Zimmer. Über diesen Kauz sprechen wir später, wenn hier im Haus alle schlafen!", dabei legte sie ihren Zeigefinger auf die Lippen.

Meinem Kameraden war anzusehen, dass ihn die Neugierde schier zerriss. Es half ihm nichts, er musste sich gedulden. Womit er die Zeit bis zur Erklärung tot schlug, war bald aus dem Nachbarzimmer zu hören.

„Olea quickt ja wie ein Schwein", entfuhr es Mecht bei den dabei entstehenden Lauten.

Darauf ersparte ich mir zu meiner Sicherheit lieber jeden Kommentar. Unsere Musik tönte vermutlich ähnlich.

„So, alle schlafen. Was war jetzt vorhin?", drängte Emerald nach einem spärlichen Abendmahl.

„Hast Du nicht gesehen, wie der Schmiedegeselle reagierte, als ich Erkins erwähnte?", versuchte Mecht das Erinnerungsvermögen Emeralds anzuregen.

„Hä? Nein, hab ich nicht."

„Wir aber! Wenigstens sind wir dadurch gewarnt. Eigentlich hätten wir es uns denken können, dass Erkins hier Bekannte und Zuträger hat. Allein seine Briefe, die müssen über Santa Fe nach England gegangen sein", warum war mir das nicht früher eingefallen!

„Genau! Wenn ich mich recht erinnere, blieb er immer im Hintergrund, schickte Vertraute vor."

„Erlaubt mir eine Frage: Das hier ist noch gar nicht Santa Fe. Dieses Kaff existiert gerade mal eben ein gutes Jahr. Ich weiß auch, dass dieses Santa Fe erst vor knapp 15 Jahren wieder von den Spaniern zurückgeholt wurde. Davor war die ganze Gegend über zehn Jahre für Weiße tödlich! Und dann soll unser Freund seine Leute postiert haben? Wann, wie und warum sollte er?"

„Mein Freund, weil wir es mit einem durchtrieben Aas zu tun haben. Der hat sich, zumindest schrieb er was davon, mit den Eingeborenen arrangiert. Der weiß, dass Mecht damals überlebt hat, vielleicht weiß er längst von unserem Kommen. Ich trau dem Teufel jede Hinterlist und jede Sauerei zu!", gab ich auf seine Frage Antwort.

„Womit unsere Schwierigkeiten nicht weniger geworden sind, richtig?", dazu schnitt Emerald eine unergründliche Fratze.

„Brauchst Deine Augen nicht zu verdrehen", rügte ihn Mecht, „Viel Feind, viel Ehr. Eines steht auf alle Fälle fest, wir sollten den Namen Erkins vermeiden. Keine Fragen, dafür umso besser hinhören."

„Mhm, ich will mir diesen Hilfsschmied trotzdem näher ansehen. – Emerald, hast Du Lust auf einen Abendspaziergang?"

„Mit Dir? Muss das sein? Oh, jetzt kapier ich! Dann schlaf gut, werte Freifrau, wir sind dann mal weg", verabschiedete sich der Konstabler.

„Ja, schlaf gut, aber nicht zu tief! Pistole unterm Kissen und Degen unterm Bett! Ich klopf dreimal kurz und danach ein Doppelklopfer", viel zu kurzer Kuss und ich folgte Emerald leise.

„Achtung", warnte Emerald.

Ohne hastige Bewegungen verzogen wir uns noch tiefer in den Schatten einer Lehmhütte. Zwei Soldaten auf Streife gingen keine drei Schritt weit an uns vorbei.

„Sind die nicht unterwegs?", wunderte sich Emerald.

„Das Gros, denk mal, eine Korporalschaft als Garnison wird der Kommandant schon zurückgelassen haben. Weiter!", ohne aus dem Schatten zu treten setzte ich unseren Weg fort.

Gegenüber der Schmiede stand ein rundum offener Stall, dessen hölzerne Stützsäulen breit genug waren, um uns dahinter zu verbergen.

Drüben warf das nie ganz erlöschende Essenfeuer schwache Lichtreflexe in die Nacht. Kaum hatten wir unseren Posten bezogen, wälzte sich ein Mensch neben der Esse aus seiner Decke. Wahrscheinlich der von uns gesuchte Geselle. Tatsächlich, die Gestalt warf mit einer Schaufel Brennmaterial in die Esse. Eine Flamme züngelte kurz hoch und beleuchtete extra für uns diesen Menschen. Es handelte sich wie vermutet um den Gesellen. Ich erwartete, dass er sich wieder in seine Decke hüllen würde. Doch nichts dergleichen geschah. Es schien, als erwartete er jemand. Um die Zeit verhieß das nichts Gutes.

Beinahe hätte ich den Ankömmling verpasst, doch Emerald stieß mich an: „Pst! Da kommt wer."

Erst jetzt sah ich ebenfalls eine weitere Person im wieder dürftigen Licht der Esse. Viel war nicht zu erkennen, außer dass unser schmiedender Freund katzbuckelte. Ob das Erkins selbst war? Egal, wer immer das war, er durfte nicht weg! Manchmal wurde uns unser Glück unheimlich, denn die beiden verließen die Schmiede und verschwanden in einem Verschlag daneben. Das war unsere Gelegenheit!

„Wir sollten uns den Fremden schnappen?", erriet Emerald meine Gedanken und deutete auf die Schmiede.

„Nein, nicht in der Stadt! Komm, wir umgehen die Schmiede weiträumig und fangen den Kerl hinter der Ortsgrenze ab. Aber aufpassen, vielleicht kam er nicht allein oder sein Pferd warnt ihn!", mit meinem letzten Hinweis schlichen wir los.

Endlos erscheinende Minuten später hatten wir die unbebaute Zone erreicht. Ein wenig Mondlicht wäre nicht zu verachten gewesen, so stolperten wir um Haaresbreite in zwei Pferde und einen dösenden Wächter. Bloß gut, dass wir mit einer Begegnung rechneten. Ehe der Unbekannte ganz erwacht war, hatte ich ihn unter mir begraben. Ein Hieb mit dem Messergriff und von ihm ging keine Gefahr mehr aus. Emerald nutzte mein Bemühen, um den Mann dazu die Zügel der beiden Tiere zu ergreifen und ihnen beruhigend zuzusprechen.

„Schau mal, ob an einem Sattel eine Fouragierleine ist", bat ich mit gedämpfter Stimme.

„Warte! – Ja, hier. Wo bist Du eigentlich?", bei dieser Finsternis sah mich Emerald erst, als ich ihn gefunden hatte, „Verflucht, heute ist es schwarz wie im Höllenschlund! Hier!"

Erneut mehr mit den Händen denn mit den Augen sehend nahm ich das dargebotene Seil. Einige Augenblicke später war der Fremde umwickelt und geknebelt. Im allerletzten Moment fiel mir ein, dass ich ihn besser nach Waffen, insbesondere einem Messer, durchsuchen sollte. Bald zog ich einen Dolch aus seinem Stiefelschaft. Ganz traute ich der Sache noch nicht und setzte meine Suche fort. Tatsächlich schienen wir einen Händler für Stahlwaren gefangen zu haben. Es fanden sich am Ende eine kleine, besonders scharf geschliffene Klinge im Ärmel seines Leinenhemdes und einen Hirschfänger am Gürtel.

„Waffen?"

Emerald hatte längst die Ausrüstung an den Sätteln daraufhin überprüft: „An jedem Sattel eine leichte Flinte, einer trägt auf einer Seite einen Pistolenholster. Der ist aber leer, ob der Dunkelmann in der Schmiede die mit sich trägt?"

„Mhm, vermutlich. Ah, pst! Es kommt jemand", es war nur ein Huschen zwischen den letzten beiden Hütten gewesen, doch wer außer dem Besucher des Gesellen könnte es sonst sein?

„He, Lorenzo!", es war mehr ein leiser Pfiff als ein Ruf, mit dem der Dunkle sich seinem Spießgesellen zu erkennen gab.

„Mh", brummte Emerald tonlos.

„Ah, mach Dich bereit, wir müssen schnell zurück!", war der Dunkle eine Spur lauter geworden, ehe er aufrecht hereineilte.

Er sah den Umriss Emeralds, den er für seinen Kompagnon hielt. Umso verwunderter grunzte er, als er nahe genug war, um seinen Fehler zu erkennen. Ein zweites Grunzen wurde ihm unmöglich, denn ich dachte nicht im Traum daran, ihn fair niederzuringen. Wieder erfüllte der Knauf meines Messers seine ungewohnte Pflicht und von einem leisen Stöhnen begleitet sank der Dunkle zu Boden.

„Wollen wir die Schleicher mitnehmen oder soll ich Mecht holen?", Emeralds Stöhnen beim Versuch, den Wächter hochzuheben, sollte anscheinend meine Antwort in seinem Sinne lenken.

„Hol sie. Aber leise!"

Prüfend sah ich mich in der Zwischenzeit um. Bei der Finsternis sinnlos, wäre mir nicht ein kleiner Unterschied im Schwarz der Umgebung aufgefallen. Ja, eine Bodenwelle! Kurzentschlossen band ich meine beiden neuen Begleiter an die Steigbügel eines ihrer Pferde und schleifte ihre Kadaver hinter die Welle. Treu gefolgt vom anderen Reittier. Ein paar trockene Büsche von der Last ihrer Zweige befreit, ein kleines Feuerchen daraus entfacht und im aufflackernden Lichtschein stellte sich die Bodenwelle als dicht bewachsener Hügel heraus. Auf alle Fälle genug Deckung zum Ort hin. Einer der beiden Männer begann hinter seinem Knebel zu stöhnen, sein Partner regte sich immer noch nicht. Umbringen wollte ich ihn ja wirklich nicht! Ein Griff an seine Halsschlagader zeigte das Vorhandensein schwacher Lebenszeichen an.

„Ich nimm Dir den Knebel ab, wenn Du jedoch mir zu laut wirst...", drohend senkte ich die Messerklinge zu seinem Kehlkopf hin.

Zuerst ein angstgeweiteter Blick, dann verzweifelte Versuche, mit dem Kopf zustimmend zu nicken. Ein tiefer Atemzug, mehr nicht. Dem Kerl war sein bisschen Leben lieb, ganz leise bat er um Wasser.

„Bei Euren Pferden?", nickend zeigten mir seine Augen den Weg zum Wassersack.

„Du arbeitest für Thomas Erkins?", begann ich mit dem Verhör.

„Erkins?", echt scheinende Unwissenheit sprach aus seinen Augen, „Ich kenne nur unseren Herrn, Sir Thomas of Kerwood. Erkins? Nie gehört."

„Hm, seit wann arbeitest Du für Sir Thomas?"

„Werden bald fünf Jahre sein. Seid Ihr ein Feind dieses Erkins? Dann könnt Ihr mich ja jetzt losbinden, da Ihr wisst, dass ich nicht für diesen Erkins arbeite."

„Noch nicht. Deinem Spießgesellen scheint meine Behandlung nicht so gut getan zu haben. Du hast einen harten Schädel", den Umstand anerkennen, um ihn abzulenken, „Dieser Sir Thomas, ein Engländer?"

„Ja, Señor, ein Baron! Doch warum habt Ihr uns überfallen? Ihr seht nicht aus wie ein Dieb."

„Wirst Du erfahren, wenn meine Gefährten hier sind."

Lange musste er nicht warten, bis Emerald mit Mecht zurückkehrte. Wir sprachen uns kurz ab, ehe Mecht die nächsten Fragen an den Mann richtete.

„Dein Sir Thomas soll ein Anwesen hinter Santa Fe besitzen, was macht Ihr hier?"

„Ich wollte meinen Schwager besuchen, er arbeitet in der Schmiede", behauptete der Kerl.

„Mitten in der Nacht? Heimlich? Erzähl die Wahrheit oder ich lasse Dir die Haut abziehen!", selbst mir machte Mechts finsterer Blick Angst!

Dem armen Hund noch viel mehr, bleich stotterte er, dass es die Wahrheit sei.

„Hältst Du uns für so dumm? Emerald, fang an!"

Mechts Befehl veranlasste meinen Kameraden wirklich dazu, sich mit dem Messer neben den Erkinsmann zu knien und langsam dessen Hemd am Bauch zu öffnen: „Zuerst die Bauchdecke, Dona?"

Beinahe wäre selbst ich darauf hereingefallen! Die hatten sich natürlich unterwegs abgesprochen, Emerald war doch kein Henkersknecht, und Mecht? Bei all dem aufgestauten Hass wäre es verständlich gewesen, doch im Innersten war sie eben nicht die kaltschnäuzige Räuberfürstin. Alles nur Bluff. Doch das konnte der Kerl da auf dem Boden ja nicht wissen.

Kaum berührte ihn die kalte Messerspitze haspelte er los: „Der Herr bekam vor drei Wochen Nachricht aus dem Süden! Nein, tut das Messer weg! Bei allen Heiligen, weg damit! Ja, ich gestehe alles, was Ihr wollt! Ich war seit der Gründung mehrmals in Albuquerque und wusste, dass Ramon für unseren Herrn hier manchmal die Augen und Ohren offen hielt. Ihr musstet hier vorbeikommen, wenn Ihr nach Santa Fe wollt, deshalb gab mir der Herr Befehl Ramon nach einer Gruppe Fremder zu befragen. Dabei wollte der morgen selbst Nachricht an den Herrn senden, das Fremde den Namen Erkins genannt haben. Ja, mein Herr nennt sich bisweilen auch Erkins! Ja, ich habe gelogen! Bitte, nicht!", Mecht gab Emerald ein Zeichen, dass er die Spitze nicht zu tief in die Haut dieses Schwächlings drücken solle.

Erleichtert stieß unser Gefangener die Luft aus seinen Lungen, den Angstschweiß blies er damit nicht fort. Einige Auskünfte brachte er noch hervor, deren Wahrheitsgehalt wir vermutlich erst im Laufe der nächsten Wochen erfahren würden. Leider auch Informationen, die unser Vorhaben fast aussichtslos erscheinen ließen. Unser 'Freund' Sir Thomas hatte sich im Lauf der Jahre eine ergebene Leibgarde aus zwei Dutzend Halsabschneidern und Galgenvögel zugelegt. Finanziert nicht durch den Schatz der Städte von Cibola, sondern aus einer kleinen Goldmine. Neben dieser Truppe gab es noch ein paar Indianer, die Sklaven für die Goldmine und Sklavinnen für seine Abschaumgarde zusammenraubten.

„Und was bist Du?", durchdringend sah Mecht ihn an.

„Ich? Ich bin nur einer seiner Bediensteten. So ein vornehmer Herr braucht ja auch Diener! Nebenbei kenn ich mich in der Provinz gut aus, da ich in El Paso geboren bin. Der da, Lorenzo", er wies mit dem Kinn zu seinem Kameraden, „der ist einer der Soldados."

„Aha", Emerald erhob sich und trat nach dem Bewusstlosen, sogleich von einem wütenden Ruf gefolgt, „Sauhund!"

Der Konstabler brüllte nicht ohne Grund, Der andere Gefangene hatte sich anscheinend die letzte Zeit über nur bewusstlos gestellt, währenddessen eine Hand aus den Fesseln bekommen und nun nach unserem Emerald geschlagen. Der hatte die Lage schnell wieder im Griff und der Lump war schneller und fester gebunden als der sich dachte.

„Sonst noch was? Ah, woher war Deinem Herrn unsere Ankunft bekannt?", ein Rätsel, dessen Lösung nicht nur Mecht interessierte.

„Der Herr hat bis El Paso treue Leute, seither kamen noch zwei Meldungen von unseren Indios über Euch. Die Dona und ihre Narbe, das scheint meinem Herrn nicht unbekannt zu sein."

Mir fiel in El Paso nur ein Mann ein, der uns ausspionieren konnte: Spilador!

Doch der Mann wies meine Vermutung mit echter Ehrfurcht zurück: „Señor de Spilador? Niemals! Er und mein Herr sind Feinde bis aufs Blut! Ich weiß es doch selbst nicht, ich kenne nur Ramon und Señora Philippa in Santa Fe, die teuerste Hure weit und breit!"

„Emerald, binde die beiden gut fest. Wir kommen später nochmal vorbei. Die werden uns eine Weile begleiten", entschloss sich Mecht.

„Die Pferde nicht vergessen! Dieser Ramon soll ruhig glauben, sein Verrat ist auf den Weg gebracht. Hm, ich werde den Schmied fragen, ob er uns das Bürschchen nicht überlassen will", dabei grinste ich so richtig diabolisch.

Noch vor der Dämmerung waren wir unbemerkt wieder in unser Quartier gelangt. Mochte uns auch der Schlaf fehlen, jetzt mussten wir immer einen Schritt schneller als Erkins Spione sein!

„Nepomuk! Sobald der Schmied fertig ist, reisen wir ab. Olea, pack schon mal", scheuchte Mecht unser 'Personal' auf.

„Und ich will den Schmied nach einem bestimmten Führer bis Santa Fe fragen. Glaubst Du, fünf Dublonen reichen?", klimperte ich vor Mecht mit den Münzen.

„Biete zuerst zwei! Ich würde mich sehr über diesen Führer freuen, besonders sein Gesicht, wenn wir seine Freunde treffen", jetzt grinste Mecht fast so teuflisch wie ich vorhin.

Der Schmiede druckste ein wenig herum, dieser Ramon konnte seine diebische Freude uns bald ganz nah zu sein kaum unterdrücken und für drei Dublonen und zwei für das Beschlagen durfte der Geselle uns begleiten. Kurz nach Mittag brachen wir nach Santa Fe auf. Eine ungewohnte Zeit, meinte der Schmied zwar, wünschte uns dennoch eine gute Reise.

Santa Fe

Ramons Gesicht spiegelte drei Dinge wider, als wir zufällig auf die beiden Bündel trafen. Erschrecken, Angst und der Gedanke an Flucht. Damit gab er uns genug Zeit, auf den letzten seiner Gesichtsausdrücke vorbereitet zu sein. Ehe er auch nur seinem Pferd die Sporen geben konnte, schlug ihn Emerald aus dem Sattel. Schnell verschnürt wie seine Genossen und dann alle drei quer über ihre Sättel geworfen.

„Ihr werdet uns begleiten. Eine falsche Bewegung und Ihr seid tot. Was später mit Euch geschieht, wer weiß. Ihr wisst hoffentlich, Spione und Verräter kommen selten mit dem Leben davon. Gebt uns einen Grund, es Euch zu schenken. Verstanden?", da ich nun wieder voll bewaffnet war, stocherte ich mit dem Säbel vor ihren zum Boden zeigenden Nasen herum.

Der Mann, der uns am Ende Auskunft gab, winselte seine Zustimmung. Sein Begleiter Lorenzo spuckte mir auf die Stiefel und Ramon beteuerte weinerlich seine Unschuld, es sei alles ein Missverständnis. Weitere Worte waren daher mehr als überflüssig, nur mein beflecktes Schuhwerk bedurfte noch der Säuberung. Ein Ruck und das Halstuch des Söldners stand mir dafür zur Verfügung.

„Soll ich es Dir wieder umbinden?", schließlich wollte ich mich nicht an dem Fetzen bereichern!

Wieder hielt der Lump Spucken für opportun, traf damit nur die arme, unschuldige Erde. Nepomuk lenkte den Wagen über holperige Wege, Emerald zerrte die Packtiere mit ihren lebenden Ladungen Meile um Meile, Mecht und ich bildeten Vor-, Nach- und Flankenhut gleichermaßen. Während der Strecke nach Santa Fe fehlte Blaan an allen Ecken und Kanten, wie würde der Schotte uns erst am Ende der Reise fehlen! Die Norwegerin erwies sich zwar inzwischen als brauchbar bei alltäglichen Verrichtungen, keinesfalls füllte sie die Lücke des Highlander.

Wie so oft in den vergangenen Monaten zogen wir dahin, bis aus der Ferne schwaches Glockengeläut zu hören war, Santa Fe! Gestern hatten wir uns beraten, was mit unseren Gefangenen geschehen sollte. Laufen lassen hielt selbst Nepomuk für die falsche Lösung. Den Vorschlag, wenn auch nicht ganz ernst gemeint, Emeralds schlossen wir ebenfalls aus. Wir waren schließlich keine Mörder. Unsere Besprechung hielten wir nicht geheim, auch die drei Sattellasten durften zuhören. Deren Reaktionen boten uns drei verschiedene Wege: Ramon bestand darauf, umgehend frei gelassen zu werden, er verstehe nicht, warum wir ihn gefangen hielten. Was er übrigens seit unserem Abmarsch aus Albuquerque ständig verlauten ließ. Dem Söldner war während der vielen Kilometern die Spucke im Hals stecken geblieben, dafür strafte er uns ausdauernd mit Missachtung und Schweigen. Einzig der einfache Diener Erkins zeigte sich erneut bereit, uns nicht zu behindern. Trotzdem glaubten wir ihm seine Läuterung nicht ganz. Jeder von uns hielt ihn für einen engeren Vertrauten unseres Feindes, wie weit durften wir ihm also trauen? Noch ein Stück einer Steigung mussten unsere Zugtiere sich quälen, dann sahen wir die Kirchtürme Santa Fes vor uns.

„Dürften noch knapp drei Kilometer sein", schätzte Emerald.

„Sollen wir nicht besser hier unser Nachtlager aufschlagen? Ich hab keine Lust, um die Zeit erst noch eine Unterkunft zu suchen", bemängelte Mecht.

„Lang halten die Maultiere das Tempo nicht durch! Eine letzte Rast wäre besser", riet Nepomuk.

Ramon stöhnte und beschwerte sich lauthals über uns. Olea sprang vom Kutschbock und fand die Stadt sei ein Dreckloch. Die beiden Erkinsmänner blieben stumm, dafür sprachen ihre Mienen Bände.

„Ja, lasst uns heute hier biwakieren. He, Ihr Lumpengesindel!", bat ich unsere unfreiwilligen Mitreisenden um Aufmerksamkeit, „Denkt nicht mal im Traum daran zu fliehen! Wir haben Euch so richtig ins Herz geschlossen. Der Boden ist hier eh ziemlich hart, Ihr wollt doch nicht, dass wir Euch nur verscharren können!"

Wir sahen eine Schafherde einem nahen Wasserloch zustreben. Strebten wir also auch daraufhin zu. Die beiden Schäfer zeigten wenig Begeisterung bei unserem Erscheinen. Ein paar freundliche Worte mit der Versicherung, uns abseits der Herde niederzulassen, ein kleines Silberstück für jeden und ihre Ablehnung verwandelte sich in eine großzügige Duldung unserer Anwesenheit. Das Blöken der Schafe bot uns ein Konzert, den Wölfen eine Einladung. Das Geheul der Räuber verstummte die ganze Nacht über nicht. Wodurch unser Schlaf letztendlich massiv litt.

Müde und gereizt nahmen wir am Morgen die letzte Etappe unter die Hufe unserer Tiere. El Paso und Albuquerque konnten sich wirklich mit dieser Stadt vergleichen! Mochten die Spanier nach dem großen Aufstand der Indios auch bald fünfzehn Jahren nach der Wiedereroberung am Wiederaufbau arbeiten, Santa Fe war ein hübsches Städtchen, nur eben unfertig. Geschäftiges Treiben ließ niemand uns beachten. So konnten wir ungestört bis zu einem großflächigen Rasthof gelangen. Die drei Galgenvögel lagen gut verstaut im Wagen, verborgen unter unseren inzwischen stark geschrumpften Vorräten. Heute bekam selbst Nepomuk früh frei, seine Aufgaben erledigten diesmal drei Pferdeknechte der Karawanserei. Natürlich erst, nachdem unsere auffälligen drei Mitreisenden durch den Hintereingang mit Hilfe nachhaltiger Argumente in einen unserer Räume gebracht und eng an ihr kurzfristiges Domizil gebunden waren. Olea musste derweil ihr Dasein als Zofe Mechts ausfüllen. Auf meine unbedachte Frage, für was dieser ganze Aufwand sei, musste ich mir einige Nettigkeiten anhören. Sie täte das schließlich auch für einen gewissen Herrn, der sich langsam aus seinen dreckigen Reisekleidern heraus- und in Standesgemäßes hinein begeben könnte. Es gäbe hier eine Neuheit aus Paris, ein Restaurant! Nur für vornehme Leute, nicht für abgehalfterte Leutnants in Sack und Asche! Ich musste mehr wissen! Daher bekam Emerald den Auftrag, über dieses Restaurant, was immer das sei, Erkundigungen einzuziehen. Sicherheitshalber befolgte ich trotzdem die Aufforderung Mechts. Ein Bad und einen Barbier gab es gleich drei Häuser weiter, dort wurde sogar mein Ausgehrock und die weißen Hosen aufgefrischt! Meine kaum benutzten Schnallenschuhe erhielten ihren letzten Glanz am Ende von mir selbst. So ausstaffiert kam ich mir zwar immer ein wenig idiotisch vor, doch was macht man nicht alles für seine Liebste. Einzig das Bad wäre auch ohne Mecht ganz oben auf meiner Liste gestanden, ich verstand einfach nicht, dass man sich heutzutage lieber parfümierte und mit Puder überschüttete, anstatt sich zu waschen. Lag vermutlich an meiner Herkunft und der Zeit an der Türkengrenze. Man konnte gegen die Muselmanen sagen, was man wollte, reinlich waren sie auf alle Fälle. Bei dem Barbier bot man mir eine Perücke an, mein Haar sei schon sehr unmodisch kurz. Was ging den Haarkünstler das denn an? Mir genügte es vollkommen, einen kurzen Zopf im Nacken zu tragen, der regelmäßig abgeschnitten wurde, sobald er die Schulterblätter erreichte. Puder, Locken? Lehnte ich ebenso ab.

Zurück empfing mich Emerald mit dem Ergebnis seiner Erkundung: „Mach Dich auf was gefasst! Das ist nicht mehr als ein Gasthaus, in dem sie Dir auch zu essen anbieten, nur viel vornehmer und teurer! Ah, ja, so lassen sie Dich hinein! Mich haben sie ja gleich weitergeschickt, als ob ein ehrlicher Konstabler nicht auch im staubigen Reisekostüm eine ehrenwerte Person sei!"

Sein Lamentieren ließ mich Böses ahnen. Der Anblick Mechts wischte meine Bedenken, ob ich und dieses vornehme Gasthaus zusammen passten, beiseite. Mit so einer Frau an der Seite würde sich selbst mir jede Tür öffnen! Tatsächlich öffnete uns ein Livrierter die Tür, verbeugte sich tief und nahm mir sogleich Hut und Säbel ab. Nach dem Messer im Hosenbein fragte der Kerl nicht. Anschließend führte er uns an einen der vier kleineren Tische. Besonders viele Paläste hatte ich noch nicht von innen gesehen, der hier war daher zumindest für mich ein solcher. An einem der Tischchen saßen drei Stutzer, vermutlich Kaufleute oder spanische Beamte. Mit dem Eintreten Mechts verstummte deren Gespräch und ihre Augen verfolgten uns, bis wir saßen. Ein Tisch an der Längsseite war größer, dort saß bereits eine ganze Familie, vom Kleinkind bis zur Großmutter, durch ihre Kleidung aus der oberen Schicht Santa Fes. Man kredenzte uns zuerst einen richtig guten Mokka. Eine Wohltat für unsere Seelen, waren doch die eigenen Kaffeevorräte lang vor

Albuquerque zu Ende gegangen. Kaum das schwarze Getränk geleert, Mecht mit übertrieben vornehmtuerisch abgespreiztem kleinen Finger, ich wie eben ein Soldat, brachte uns ein weiterer Bediensteter Käse.

„Die Herrschaften wünschen zu speisen?", warum sollten wir sonst hierhergekommen sein?

Es gab drei Gerichte zur Auswahl, ein Novum für einen Burschen vom Land! Mecht übernahm zum Erstaunen des Dieners die Bestellung. Rinderfilet mit Böhnchen, großzügig wurde mir erlaubt, den Wein zu wählen. Wein wählen? Sogar davon gab es fünferlei Sorten. Ich kannte keine davon, entschied mich gerade deshalb nach eingehender Prüfung für einen Roten Sizilianer.

„Du scheinst ja solche Etablissements gut zu kennen", ich wollte schon wissen, woher sie als frühere Räuberfürstin sich der Benimmregeln solcher Kreise kannte.

„Das liegt anscheinend an meiner hochadligen Herkunft", ihr Lächeln spottete selbst darüber, „Der Herr Leutnant scheint sich wohl auch des Öfteren in höheren Kreisen bewegt zu haben", ihr Blick ging zu meiner Linken, wo die von mir garantiert nicht absichtlich so geziert gehaltene Gabel ihr Werk verrichtete.

„Bin halt anpassungsfähig, meine liebste Freifrau", gerade noch schaffte ich es, kauen und sprechen zu trennen.

Immer wieder warf ich einen prüfenden, unauffälligen Blick in die Runde. Die drei Stutzer waren wieder zu ihrem Gespräch zurückgekehrt, was sie nicht davon abhielt, immer wieder verstohlene Blick auf Mecht zu werfen. Die Familie schien ein gutes Geschäft ihres Oberhauptes zu feiern, sie beachteten uns nicht weiter. Einer der Stutzer warf einen besonders geilen Blick auf meine Mecht. Sollte ich ihm ein paar aufs Maul geben? Mein Anstand hielt mich zurück, aber einen mörderischen Blick durfte ich hinübersenden. Die Botschaft schien anzukommen, von nun an wagten die drei keine anzüglichen Blicke mehr. Ansonsten war es ein höchst angenehmer Abend. So entspannt waren wir beide seit Wochen, wenn nicht Monaten gewesen. Selbst die gesalzene Rechnung konnte das nicht stören. An meinem Arm eingehakt, hinderte das Mecht nicht daran, sich nicht geradlinig vorwärts zu bewegen.

„Der Wein hatte es in sich", tastete ich mich ran.

„In sich? Der Herr belieben zu scherzen, der war das reinste Gift! Puh, schwanke ich oder kommt mir das nur so vor?", ein trunkenes Kichern begleitete ihre Frage, so dass ich mir lieber eine Antwort ersparte.

Statt der fünf Minuten für den Hinweg brauchten wir zurück mehr als die doppelte Zeit. Dafür mussten wir uns nicht mühsam darum bemühen den richtigen Schlüssel ins Loch zu kriegen. Es hätte wahrscheinlich länger gedauert. So empfing uns schon von weitem der helle Lichtschein und Olea.

„Ah, Du hast auf uns gewartet? Das ist aber sehr lieb von Dir", der Wein sorgte bei Mecht für einen Ausfall ihres Gehirns, denn; „Komm her, meine liebe Freundin!", beendet durch eine Umarmung der mich hilf- und ratlos anstarrenden Norwegerin.

„Bring Frau Mecht ins Bett! Und achte darauf, dass ein Bein raushängt! Ich bin gleich da", zuerst wollte ich ein paar Worte mit Emerald wechseln.

Der und Nepomuk saßen tief gebeugt um den kleinen Tisch in ihrem Zimmer, doch nicht allein! Den mir zugewandten Rücken kannte ich, nur woher? Der mit dem Schmutz einer langen Reise behafteten Kleidung nach nicht von hier. Dem roten, kurz geschorenen Haaren und der Leibesfülle nach konnte es sich nur um einen handeln, Blaan!

„Hallo! Haben sie Dich im Kloster nicht gewollt?", freudig schlug ich ihm auf die Schultern.

„Doch, aber ich kann Euch wirklich nicht allein in Euer Unheil rennen lassen!", erwiderte der Schotte meine Begrüßung, „Kaum wart Ihr weg, überkam mich das schlechte Gewissen. Dieses Mal wegen Euch und meinem Versprechen. Ich schnappte mir also ein Pferd und folge Euch. Wäre der Klepper schneller gewesen, hätte ich Euch längst eingeholt. So musste ich die letzten zwanzig Kilometer laufen und das Pferd den Geiern überlassen."

Wir unterhielten uns nicht gerade leise, so dass selbst die vom Wein umnachtete Mecht erschien: „Wer in drei Teufels Namen mac…? Oh,

Blaan! Ich wusste es von Anfang an, Du kommst ohne mich nicht durchs Leben! – Emerald, eine neue Flasche!"

„Nein, keine neue Flasche!", entschieden verwehrte der, ihren Zustand sofort richtig einordnend, ihr jeden weiteren Tropfen Alkohol.

„Wisst Ihr schon mehr?", kam Blaan auf den Grund unseres Hiersein.

„Nicht wirklich. Hab Dir ja von der Sache in Albuquerque erzählt. Oh, gut, dass ich darauf komme", hastig sprang Emerald auf, nahm einen der Brotfladen vom Tisch, „Muss die Säcke füttern!"

„Bisschen Hunger schadet denen nicht", brummte ich, mich dem Schotten zuwendend, „Du hast nicht zufällig mehr in Erfahrung gebracht?"

„Nicht viel, wir sollten aber vorsichtig sein. Emeralds Geschichte hat mich nur bestätigt: Dieser Verbrecher hat seine Augen überall! Weil Du wissen wolltest, ob ich was erfahren habe, ja. Ist nicht viel, was man halt so als Wandermönch am Wegesrand aufschnappt. Zweimal im Jahr lässt Sir Thomas, die Hölle möge ihm gnädig sein, Gold hierher bringen und Vorräte holen."

„Hm", diese Neuigkeit vertrieb bei Mecht den Rest Wein, „Wann?"

„Keine Ahnung, hat mir ein Eseltreiber erzählt, mit dem ich einen Teil der Reise machte. Ich könnte mich ja morgen mal umhören!", ehe Mecht und ich uns selbst dafür melden konnten, breitete der Schotte seinen Plan vor uns aus: „Ein Bettelmönch wird kaum mit uns in Verbindung gebracht werden. So kann ich mich unauffällig unters Volk mischen, die Ohren aufhalten und unverdächtige Fragen stellen. Na, was haltet Ihr davon?"

„Von was?", Emerald kam genau den Augenblick zu spät, um den Sinn der letzten Frage Blaans nicht zu verstehen.

Kurz erläuterte der Schotte seinen Plan ein zweites Mal. Für mich war bereits klar, dass es uns auf jeden Fall nützlich sein könnte. Was ich dachte, fasste Mecht schnell in Worte und gab dem Schotten unser Einverständnis.

„Äh, wenn ich auch etwas dazu sagen darf", beteiligte sich überraschend auch Nepomuk an unserem Gespräch.

„Tu Dir keinen Zwang an", ermunterte ihn Mecht.

„Du brauchst Rückendeckung! Euch drei kennen die Spione

vermutlich, doch wer hat bislang den Rossbub beachtet?"

Kurz dachte jeder über seinen Einwand nach. Doch was gab es da zu überlegen? Sein Vorschlag hatte Hand und Fuß, so bekam Nepomuk unsere Zustimmung. Blaan würde also am nächsten Tag als Kapuzinermönch versuchen, so viele Informationen wie möglich zu sammeln und Nepomuk ihn dabei im Hintergrund begleiten.

Ich lang noch lange wach. Es gab so viel zu bedenken, besonders unsere drei Gefangenen bereiteten mir Kopfzerbrechen. Es wäre vielleicht besser gewesen, sie irgendwo in der Einöde einfach liegen zu lassen. Dafür war es nun zu spät. Wie die Verkörperung drohenden Unheils lasteten die Lumpen mir auf dem Magen. Wir mussten sie baldmöglichst loswerden! Leider fiel mir kein einziger gangbarer Weg hierzu ein.

Blaan und Nepomuk waren bereits vor der Morgendämmerung losgezogen. Es hieß vorerst abwarten. Anscheinend hatten die drei Lumpenhunde in der letzten Nacht nicht nur bei mir für wirre Ideen gesorgt, denn Mecht erwähnte sie bereits beim ersten Schluck des Frühstücks. Dünner indischer Tee, den Olea für ein Vermögen gestern noch besorgt hatte.

„Sobald Blaan zurück ist, sollten wir nach Norden ziehen. Drei Tagesmärsche von der Stadt entfernt könnten wir die drei einfach gefesselt ablegen, ein Messer in ihrer Nähe verstecken und dann einen Schwenk nach Osten. Wenn wir schnell reiten, sind wir nach sechs, höchstens acht Tagen bei Erkins Versteck", schlug ich vor.

„Hm, ja, klingt vernünftig. Doch wenn die sich zu schnell befreien oder gar mit Erkins befreundete Indios in der Nähe sind? Ich würde ihnen die Beine, Hände und Kiefer brechen. Dann können sie niemand warnen", und Mecht sah nicht so drein, dass sie es spaßhaft meinte.

„Manchmal scheint mir, dass Emerald nicht ganz unrecht hat", zweifelnd an ihrer Idee sah ich sie an, „Du willst Erkins, nicht seine Handlanger!"

„Genau deshalb darf er keinesfalls gewarnt werden!"

Grundsätzlich musste ich ihr zustimmen, doch es musste einen weniger grausamen Weg geben.

Meine Ansicht veranlasste Mecht, sich lange mit einer einsamen Fliege an der Wand zu beschäftigen, bis sie eine Variante fand: „Wir müssen sie auf alle Fälle wieder im Wagen aus der Stadt transportieren. Den verstecken wir unterwegs an einem geeigneten Ort, statt Stricken nehmen wir stabile Eisenketten, ein kleines Fass Wasser und ein Dutzend Brotfladen reichen denen ein paar Tage. Wenn wir fertig sind, lassen wir einen von Erkins Leuten am Leben, der sie befreien kann."

Ich musste mir langsam über Mechts Gemütszustand Gedanken machen, denn auch dieser Vorschlag entsprach so gar nicht christlicher Nächstenliebe. Andererseits, so übel war die Idee auch wieder nicht. Ich hatte schon schlechtere Chancen fürs Überleben bei Spionen und Mordbuben erlebt.

„Gut, so machen wir es!", Mitleid hatte ich auch nicht mit den Lumpen.

Ein paar Bauern aus der näheren Umgebung boten Gemüse und Hühner an. Eifrige Dienstboten feilschten oder stritten um die Preise, ideale Gelegenheit für Blaan. Schnell musste er feststellen, dass ihn seine Kutte des Kapuziner genannten Zweiges des Orden nicht vor Rempeleien und schiefen Blicken schützte. Mit demutsvollem Leidensgesicht nahm er diese Widrigkeiten in Kauf. Eine junge, indianische Magd fiel ihm bald auf. Sie begutachtete besonders wählerisch die Waren und nahm immer nur noch nicht voll ausgereiften Früchte. Sie war inzwischen fast am Ende der Ständereihe angelangt und griff nach einer Frucht. Die eingeborene Bäuerin rief ihr etwas zu, worauf das Mädchen einen Blick in die Börse warf und dann mit einem bedauernden Blick die Frucht zurücklegte. Dabei schien es Blaan bisher, dass es ihr nicht sonderlich auf den Preis ankam. Die junge Frau schien zu überlegen, verließ nach einigen Minuten den Markt. Unauffällig folgte er ihr, als sie sich von den Bauern hin zum einzigen ansässigen Gerber hin bewegte. Hier konnte er ihr kaum folgen! Anscheinend hatte Nepomuk rasch begriffen, ohne den Mönch zu beachten, betrat er hinter der Indio ebenfalls die Gerberei. Zum Schein erwarb er ein paar Lederriemen für ein Zaumzeug und sah sich nach einem besonderen Stück Büffelleder um, das er auch nach längerer Suche nicht finden konnte. Die Dienerin hatte längst das Gesuchte gefunden und war wieder weg. Erneut von Blaan beschattet. Der Schotte folgte ihr bis an den Stadtrand.

„Aha! Drei Wagen, hm, mit was beladen die denn?", Blaans Vermutung beim Anblick von Fässer herbeitragenden Männern ließ ihn Pulver vermuten. Einer der Männer rief der Indianerin etwas zu, die lachte laut und machte sich anscheinend über das Arbeitstempo der Träger lustig.

„Ah, wir schleppen hier ja nicht nur ein paar Bohnen!", kam die Retourkutsche, diesmal für den Schotten klar verständlich, „Noch die neuen Gewehre, dann können wir zurück. Schwing Deinen Arsch schon auf den Bock, oder soll ich Dir ein wenig zwischen die Beine kommen?"

Die folgenden Schimpfwörter des Mädchens verstand Blaan zwar nicht, aber dafür entdeckte er ein Brandschrift an der Seite der Wagen: 'Rancho del Kerswood'. Durch sein braunes Gewand und die Kapuze unsichtbar für neugierige Blicke, machte sich Blaan flink auf den Rückweg. Wenn die Wagen bald zurückfahren würden, sollte man ihnen folgen. Je eher sie aufbrachen, desto eher könnten sie das aus der Ferne machen. Bereits im Gehen begriffen, bekam Blaan hinter sich einen Streit mit. Unauffällig schlenderte er ein paar Schritte zu den Wagen. Ein Wagnis, das sich lohnte! Denn die Männer Erkins standen drohend dem Händler gegenüber. Anscheinend wollte der die Gewehre nicht herausgeben.

„Wieso? Ihr habt immer gut an uns verdient! Wir zahlen nächstes Mal!", wütend schrie der Mann einen älteren Mann, anscheinend der Händler, an.

„Nein. Euer Herr steht bei mir bereits mit den letzten beiden Lieferungen in der Kreide! Das Pulver geb ich Euch noch, doch dann ist Schluss oder Ihr zahlt!"

„Pah, alter Mann, Du willst uns aufhalten?", spöttisch lachte der Erkinsmann auf.

Dieses Lachen erstarb ihm schnell im Hals. Aus den umliegenden

Scheunen und Lagern tauchten nach und nach an die zehn Männer auf und stellten sich drohend neben den Händler. Ein guter Grund für Blaan, sich vorerst zurückzuziehen. Die Machtdemonstration des Händlers und seiner Nagestellten genügte, dass die Leute Erkins sich auf ihre Wagen schwangen und ebenfalls abzogen.

Die Gelegenheit nutzte Blaan und näherte sich dem Handelsmann, salbungsvoll unauffällige Fragen stellend: „Ihr habt hoffentlich keinen Streit, mein Sohn! Es schien mir, dass Sir Thomas gerade nicht zu Euren bevorzugten Kunden gehört. Schade um das schöne Geschäft! Lasst Euch nicht zu sündhafter Gier verleiten!"

„Ah, Padre, das versteht Ihr nicht! Geht Ihr Euren Geschäften nach und rettet Seelen und lasst mich meine tun, wie es mir beliebt! Pah, Sir Thomas, rettet lieber seine Seele, jetzt, wo er am Ende ist", immer noch grimmig dreinblickend machte der Händler kehrt und ließ den Mönch einfach stehen.

Der hatte genug erfahren und machte sich eiligst auf den Rückweg.

Der Weg zur Rache

Kaum hetzte Blaan heran, ahnte ich, dass wir nicht mehr viel Zeit zu vertrödeln hatten. Wo blieb Nepomuk? Der käme schon noch, knurrte Emerald, wenn der Wagen reisebereit und unsere drei Weggenossen verstaut wären.

„Vorher hören wir mal an, was unser Mönchlein zu berichten weiß."
„Jawohl, Herr Leutnant", Emeralds Kehllaute klangen noch eine Stufe missmutiger, „Ich hol unser Edelfräulein!"

Aufgeregt wollte Blaan seine Beobachtungen im Eiltempo an den Mann, also mich, bringen. Stattdessen holte ich ein wenig Tabak aus dem Beutel in meinem Ärmelaufschlag und befahl ihm, bis zum Eintreffen Mechts zur Ruhe zu kommen. Die kam mit wehendem Rock und ebensolchen Unterröcken angerauscht, von Emerald mit Mühe gefolgt. Der Schotte nahm die Pfeife aus dem Mund und legte den Stiel vor seine Lippen. Ehe er auch nur ein Sterbenswörtchen sagen würde, müsse absolute Unbelauschbarkeit herrschen.

„Hier ist es jedenfalls ideal genug!", Mecht machte ihren früheren Schmugglergenossen auf die beträchtlichen Abstände zu möglichen Verstecken für Spione aufmerksam.

„Hm, gut, aber wir müssen ganz leise sprechen", unbeirrt schien Blaan überall fremde Ohren zu vermuten.

„Fang einfach an", setzte Mecht einen Punkt.

Binnen fünf Minuten wussten wir, womit unser Freund sich den Vormittag vertrieben hatte. Besonders interessant war sein Bericht über die finanziellen Schwierigkeiten der Kanaillien unseres Feindes. Seiner darauf fußenden Auffassung, dass wir der Wagenkolonne ohne Zögern folgen sollten, schloss sich niemand an.

Was ihn etwas befremdete: „Hä? Warum warten? Eine bessere Gelegenheit wird sich nicht so schnell finden!"

„Du vergisst unsere drei Gäste", erinnerte ich ihn, „und es genügt ein dummer Zufall und die entdecken uns. Nein, wir bleiben schön weit weg von diesem Transport. Den Weg finden wir auch so, oder jemand anderer Meinung?"

Eine einzige Stimme erhob einen verzweifelten Einwand. Angesichts der Mehrheit gab Blaan jedoch klein bei. Fehlte immer noch Nepomuk. Eigentlich sollte der längst zurück sein, meinte der Schotte und erzählte, wann und wo er ihn aus den Augen verloren hatte.

Sorgenfalten erschienen auf Mechts Stirn: „Er wird hoffentlich nichts angestellt haben! Blaan, Du weißt, wo er zuletzt war. Sieh bitte nach."

Eilig machte sich der schottische Kapuziner auf den Weg, während Emerald und ich den Wagen für seine letzte Fahrt vorbereiteten. Die Vorräte konnten wir hier und heute noch auffüllen, doch ob wir vier Packsättel günstig bekommen würden? Unsere Reisekasse war bedrohlich leer geworden, es hieß sparsam sein. Wir legten vier Lasten mit dem Nötigsten bereit.

„Das Pferdefutter reicht nie und nimmer", stellte Emerald fest, „Schießbedarf haben wir ausreichend, auch Dörrfleisch und selbst Zucker ist noch da. Was fehlt noch?"

Das wusste ich sofort: „Kaffee und Salz. Gut, sobald Blaan mit dem Bub endlich zurück sind, gehen wir zwei los und kaufen ein. Oh, und erinnere mich, dass wir auch kaum Mehl und Öl haben!"

Weil weder der Schotte noch Nepomuk inzwischen aufgetaucht waren, gab ich Mecht Bescheid und zog mit Emerald los, letzte Besorgungen machen. Keine drei Häuser weiter stießen wir auf die Gesuchten. Deren feixenden Gesichter nach zu urteilen, hatten sie gerade einen Unfug getrieben oder zumindest einen solchen beobachtet.

„Na, gut unterhalten?", schnauzte ich die beiden an.

„Ja und nein!", nur mühsam unterdrückte Blaan sein Lachen, „Wir, also Nepomuk, haben etwas gefunden!"

Die Nennung seines Namens war für den Bub die Aufforderung, uns ein Stück Pergament zu präsentieren, eine Landkarte!

„Ihr wollt mir aber nicht erzählen, dass auf dem Stück Kuhhaut der Weg zu Erkins Versteck verzeichnet ist?", mutmaßte ich.

„So ist es! Dieser Gerber treibt einen schwunghaften Handel mit unserem Sir Thomas, mit Rinderhäuten! Tja, der junge Mann da", Blaan zeigte auf Nepomuk, „hat die Karte rein zufällig gefunden."

„Zufällig? Na, hoffentlich merkt der Besitzer von dem Fetzen nicht, dass er weg ist", hoffte Emerald.

„Tut er nicht, der musste gleich nach dem Besuch der Indiofrau weg, nach Albuquerque", Nepomuk freute sich über seine Beute.
„Dann schnell zu Mecht, Ihr zwei diebischen Elstern! Wir kaufen noch ein paar Dinge ein, macht inzwischen unsere Freunde reisefertig", ordnete ich an.

Obwohl Santa Fe wirklich kein großer Ort war, dauerte es geraume Zeit, das Gewünschte zu bekommen. Sogar drei gebrauchte und ein neuer Packsattel fanden sich.
„Noch so eine Besorgung und wir müssen unsere paar Silberknöpfe anbieten", ich zeigte Emerald den bis auf höchstens drei Dutzend Münzen zusammengeschmolzenen Inhalt des Geldsäckchens.
„Glaub kaum, dass wir in der Wildnis davon Gebrauch machen können. Wie geplant?", lässig überging Emerald unsere finanzielle Lage.
„Mhm, zuerst nach Norden, zwei Tagesmärsche dürften genügen, den Wagen und die drei Galgenvögel sich selbst überlassen und dann nach Osten", bekräftigte ich.
Es schien, dass uns das Glück immer noch hold war, denn wir verließen Santa Fe ohne Aufsehen zu erregen. Kurz vor unserer Abfahrt zog mich Mecht zwar noch zur Seite und machte den Vorschlag, Olea hier zu lassen. An sich kein schlechter Gedanke, wenn die Norwegerin nichts von unseren Plänen wüsste.
„Hm, stimmt, ich hab bloß kein gutes Gefühl, sie den kommenden Gefahren auszusetzen. Und nützlich wird sie uns dann auch nicht sein, oder soll sie Tee servieren?"
„Versteh ich. Na ja, diese Mission, kommen wir daran nicht vorbei?"
„Nein, die liegt noch weiter im Osten. Wir werden sehen", und damit entband mich ihre Zunge von jedem weiteren Wort zu dem Thema.

Die nächsten zwei Tage zogen wir auf der Straße nach Norden. Um Santa Cruz kamen wir nicht herum, doch dank eines Regenschauers blieben die guten Leute in ihren Hütten und wir unbemerkt durch den kleinen Ort. Ab hier gab es nur noch unbedeutende Siedlungen, meist rein indianisch bevölkert. Die Berge auf beiden Seiten wurden immer dichter bewaldet, ganz im Gegensatz zu der Steppenlandschaft um Albuquerque. Seit dem Morgen hatten wir keine Spuren menschlichen Lebens entdecken können. Die ideale Gegend, um endgültig Abschied von den drei Ballastpacken im Wagen zu nehmen. Angespannt suchten wir alle jeden Meter der Landschaft neben der mickrigen Gasse ab. Endlich entdeckte ich einen passenden Einschnitt.

„He, Nepomuk! Schaffst Du es in diese Schlucht?", rief ich dem Bub zu und trieb mein Pferd zwischen senkrechte Felsen.

„Wird etwas eng, aber das krieg ich hin!", rief er mir nach, ehe er abstieg und zwei der Maultiere abspannte.

„Brauchst Du nicht alle Tiere?", mischte sich Blaan ein.

„Nein, braucht er nicht", antwortete Emerald an Stelle Nepomuks, „Hier, tränk die beiden."

„Ich bin so weit! Emerald?", schrie Nepomuk von vorne, die verbliebenen Zugtiere zu Fuß führend.

„Ja, los!"

An einigen Stellen schrammte mal eine der Achsen, mal die Bordwand am Fels entlang. Emerald brüllte seine Hinweise nach vorne, wo Nepomuk geduldig und langsamer als eine Schnecke das Gespann führte. Ich hatte mich derweil in dem Talkessel umgesehen. Nicht eine menschliche Spur, einen zweiten Zugang entdeckte ich auch nicht. Der Ort war durch seine ringsum gehenden steilen, glatten Felswände wie bestimmt zur Aufnahme böswilliger Menschenkinder! Unser Wagen wankte ein letztes Mal, dann stand er in dem Tal.

„Saubere Arbeit, Nepomuk!", lobte Mecht den Bub, „Na, zufrieden?"

Das war für mich bestimmt: „Ja, sehr. Nur dieser Eingang, den wir mit ein bisschen Schutt schnell und ausreichend sperren. Ein Wasserfass und Verpflegung lassen wir im Wagen zurück. Das Pack binden wir da hinten an die Bäume."

„Äh, dann hätten wir sie längst in die Hölle schicken können!", warf Emerald verdutzt ein.

„Einer wird ja auch nur gebunden auf Mutter Erde abgelegt, ein Messer in Sichtweite, danach sollen sie sehen, wie sie rauskommen.

Wen sollen wir in die Nähe des Messers legen? Hm, wer wird die anderen wirklich befreien?", vermutlich jeder von dieser Sorte, der sich das Messer holen würde, ließ seine Kumpane im Stich.

„Der Söldner auf keinen Fall! Ramon? Der geborene feige Verräter. Und unser Informant? Der ist nicht viel besser, doch er hat uns geholfen", damit hatte Mecht unsere Entscheidung getroffen.

Im Anschluss durfte sie ihre fesselnde Persönlichkeit den drei Lumpen widmen, von Blaan eifrig unterstützt. Nepomuk erhielt den Auftrag, die Pferde gut zu füttern und danach die Packlasten auf die vier Maultiere sicher zu verstauen.

„Was willst Du damit?", Emerald besah sich die Felswände des Zugangs, als er mich heranstolpern sah.

Der Grund für seine Frage schleppte ich gerade heran: „Sprengen! Was denn sonst!"

„Ach, sind Herr Leutnant unter die Mineure gegangen? Wir haben davon absolut keine Ahnung! Am Ende jagst Du uns in die Luft!"

„Erinnerst Du Dich an die Schanzen von Worino? Wie wir den faulen Erdferkeln helfen mussten? So schwer war das doch gar nicht!", bekräftigte ich mein Vorhaben.

„Und haben der Herr an eine Lunte gedacht? Oder willst das Zeug mit einer Fackel anzünden?"

„Wart ab! Da oben, siehst den Spalt? Dort muss das Pulver rein. – Olea! Fertig?"

Vor Aufregung keuchend flitzte die Norwegerin herbei: „Ja, wie Ihr es gesagt habt! Hier, die kurze Schnur zum Ausprobieren, hier die lange Lunte!"

Endgültig verwirrt nahm Emerald die kurze Schnur in die Hand: „Was ist das? Und womit ist das eingestrichen?"

„Das sind Mechts Korsettschnüre, mit Wagenschmiere eingefettet. Leg das mal hin und dann sehen wir, wie gut und lange das brennt!"

Immer noch fassungslos tat Emerald wie geheißen: „Zwölf Sekunden! Hm, könnte klappen. Aber mal eine Frage, bist Du Dir sicher, Du überlebst es, wenn Mecht die Herkunft von den Dingern erfährt?"

„Ja, wird er. Ich brauch jetzt keine Kleider mehr", prompt kam Mechts

Antwort, „Die drei sind versorgt. Die brauchen mindestens zwei Tage, bis der Hundsfott sich soweit befreien kann, um ans Messer zu gelangen. Jetzt macht schon, wir sollten weiter."

Vorsichtig erklomm Emerald die Klippe, zog dann das an ein Seil gebundene kleine Pulverfass zu sich hoch. Nervös kaute ich auf meiner Oberlippe, hoffentlich ging es gut aus. Ein Pfiff, der erste Teil war geschafft. Nun die Zündschnur nach oben. Hinter mir ertönte Pferdegetrappel.

„Wir reiten lieber ein Stück weg", munterte Mecht uns auf, „Ich muss mich ja noch umkleiden!"

„Umkleiden?", reif es aus der Höhe.

„Ja, wieder in Mecht vom Galgenstrick. Kleider sind nämlich etwas ungeeignet für das, was wir vorhaben", erklang ihre Antwort, ehe sie den anderen in einer Staubwolke folgte.

„Jetzt mach schon!", so ganz wohl war mir nicht in meiner Haut.

„Fertig! Ich komm runter", erlöste mich Emerald nach einer gefühlten Ewigkeit.

Behände seilte er sich ab, ein Ruck und das Seil löste sich oben von einer Felsnase und landete – auf seinem Kopf.

„Das hat was gegen Dich. Halt mal die Pferde", bat ich ihn, während meine feuchten Hände mit gehörigem Respekt die Lunte entzündeten.

„Aber jetzt nichts wie weg!", drängend warf mir Emerald die Zügel zu.

„Das ist mal eine gute Idee von Dir", der Rest ging in einer wilden Jagd unter.

Hinter uns rumste es, eine Feuersäule stieg auf, von dichtem, schwarzem Rauch gefolgt. Emerald und ich zählten langsam bis hundert, ehe wir zurückritten und uns unser Werk ansahen. Die Schlucht war mehr als drei Mann hoch mit lockerem Geröll und Schutt versperrt. Zum Übersteigen kaum geeignet. Sichtlich zufrieden mit seinem Werk meinte Emerald, nun können wir uns sorglos diesem Hundesohn Erkins und unserem Auftrag widmen.

„Ja, ein bis zwei Wochen durch die Wildnis, wenn die Skizze des Matrosen halbwegs präzise ist."

Unsere Gefährten machten einen ziemlich erleichterten Eindruck, als wir sie erreichten. Für Emerald und mich gab es sogar eine

Belohnung! Obwohl, ich bin überzeugt, dass meine besser schmeckte. Oleas meist missmutig herabhängender Mund konnte gewiss nicht mit Mechts Lippen mithalten. Mecht hatte sich tatsächlich in die Mecht unserer ersten Begegnung verwandelt. Gut, die Stiefel waren neu, ebenso der Schlapphut, doch sonst wie damals. Damals? Vor über einem Jahr! Mit leichtem Schauern stellte ich fest, dass wir über ein Jahr unterwegs waren. Doch wozu darüber lamentieren, es war wie es war. Mein Blick nahm Olea genauer in Augenschein. Trug sie wirklich die alten Kleidungsstücke Mechts. Die Stiefel mussten zwar mit Lederriemen oben befestigt werden, die waren nicht für die dünnen Oberschenkel der Norwegerin geschaffen, die Hosen hingen an ihr wie ein Sack, aber sonst wie eine halbverhungerte Mecht. Nur nicht so schön. Außer für Emerald vielleicht.

„Sollen wir nicht besser zurück bis Santa Fe und dann dem Weg der Wagen folgen?", schlug Blaan vor, nachdem ich klar gemacht hatte, dass wir quer durch unbekannte Wildnis bis zu unserem Ziel reiten mussten.

„Nein, auf der Route säßen wir auf dem Präsentierteller. Georg und ich haben uns für den direkten Weg entschieden, aus der Richtung erwartet uns niemand!", erklärte Mecht nachdrücklich.

„Gut, dann frisch auf aufs Pferd, zum Streite lasst uns reiten", brummte Emerald, ehe er uns voran zwischen die Bäume am ersten Berghang unseres Pfades ritt.

Es wurden hundert Berge und Hügel, immer einen Indiopfeil aus dem Dickicht erwartend und immer auf der Suche nach dem nächsten Wasserloch für das Nachtlager. Mit der Zeit stellte sich Verunsicherung ein. Mir kam die Skizze des Seemanns langsam sinnlos vor, keine der darauf dargestellten Landmarken war zu finden. Mecht und ich versuchten gerade wieder einmal, die Karte mit den Gegebenheiten zu vergleichen, ertönte von der Spitze her ein schriller Pfiff.

„Eine Siedlung!", meldete Blaan, als alle zu ihm vorgaloppiert waren.
„Wo?", aufgeregte Stimmen baten um einen Hinweis.
„Dort hinten, etwas unterhalb des dunkelroten Dreiecks!", geduldig

gab er auf jede noch so kleine Frage Auskunft, „Nein, weiter links" – „Da ist diese Felswand! Siehst Du sie? Gut, ja, genau den Fleck meine ich!" – „Jetzt quillt sogar Rauch auf! Seht Ihr es jetzt?"
Tatsächlich! Eine dünne Rauchsäule erhob sich. Ein Beweis, dass der Ort bewohnt war. Nepomuk und Emerald trieben voreilig ihre Pferde und die daran gebundenen Packtiere an.
„Bleibt gefälligst!", rief sie Mecht zurück, „Wir wissen nicht, ob wir schon auf Erkins Besitz sind oder ob das Räuber sind. Wir werden zuerst nachsehen, um wen es sich handelt."
Wie ein erwischter Apfeldieb senkte Emerald seinen Kopf und stimmte ihr verlegen zu. Wer auf Kundschaft gehen sollte war einfach: Blaan und meine Wenigkeit. Zuvor wollten wir beide die Dämmerung abwarten. Deshalb ging es ein paar Längen zurück, so dass den Zurückbleibenden die gerade erst überstiegene Anhöhe Deckung bot.

Zweilicht kündigte den Abend an, Zeit für uns zu gehen. Zuerst schlugen wir einen weiten Bogen am Fuße des Hügels und näherten uns der Ansiedlung bis auf einen halben Kilometer zu Pferde.
„Binden wir sie an die Kiefer an und hängen ihnen die Hafersäcke vors Maul, dann sind sie abgelenkt", flüsterte Blaan.
„Mhm, und die Gewehre lassen wir auch hier. Pistolen und Messer genügen!", ebenfalls mit stark geminderter Lautstärke.
Achtsam setzten wir Fuß vor Fuß, immer in Deckung bleibend. Für die kurze Strecke brauchten wir vermutlich mehr als eine Viertelstunde, doch das schwerste Stück kam erst noch. Unvermittelt endete der Pinienwald und von uns bis zu den Häusern erstreckte sich eine mehr als hundert Schritt messende freie Ebene.
„Komische Bauweise. Siehst Du so was wie eine Tür?", fragte ich angesichts dreier Häuser, die weder Fenster noch Türen hatten, zudem seltsam verschachtelt ineinander übergingen.
„Pueblo nennen sie es. Stimmt, die haben keine Türen, auch statt Fenstern nur Schießscharten. In die muss man übers Dach einsteigen. Die Indios bauten hier schon so, da gab es Spanien noch gar nicht", schulmeisterte mich Blaan, „Hättet während der Fahrt mal besser die Augen auch auf so was gerichtet."

„Ist ja nicht jeder so wissbegierig. Sag mir lieber, wie wir näher ran kommen", krächzte ich mit ausgetrockneter Kehle.

„Pst! Da!", Blaans Finger ging hinüber, wo in diesem Moment ein Mensch auf dem Dach des höchsten Hauses erschien.

Wir machten uns ganz klein und folgten der Person mit zusammengekniffenen Augen. Es handelte sich eindeutig um einen Mann, einen alten Mann genauer gesagt. Gebeugt und schweren Schrittes ging er – direkt auf uns zu!

„Messer?", kaum lauter als der Flügelschlag eines Schmetterlings.

„Nein", so leise wie Blaan konnte ich gar nicht sprechen, „Lebend. Solange wir nicht wissen, ob Freund oder Feind sollten wir uns keine neuen Feinde machen."

Der Alte kam näher. Keine zehn Meter vor uns änderte er seine Richtung. Auf diesem Weg würde er uns links passieren, links lag Blaan. Ein sachtes Antippen mit dem Knie und der Schotte spannte seine Muskeln, ein Satz und ehe der Mann einen Warnruf ausstoßen konnte, drückte Blaan ihm den Mund zu.

„Pst! Kein Wort!", verstehst Du mich?", sprach ich den Mann auf Spanisch an.

„Ja, was seid Ihr? Diebe? Leute von Sir Thomas?", mit vor Wut funkelnden Augen starrte er mich an.

„Wer weiß, Du kennst Sir Thomas? Aber sprich leise, sonst", mein Daumen fuhr über meinen Hals.

„Ja, Señor", mühsam unterdrückte er dabei jede weitere Regung seiner Mimik.

„Arbeitest Du für ihn?", wollte ich zuerst wissen.

Anscheinend kapierte der Mann, eindeutig indianischer Abstammung, dass wir nicht zu den Leuten Erkins gehörten, sonst hätten wir die Frage nicht stellen müssen. Seine Anspannung ließ nach. Ein Zeichen, das Blaan sogleich richtig deutete und von dem Mann herunter ging.

„Nein, und Ihr auch nicht, Señor", ein wissendes Lächeln erhellte seine Züge, „Ihr seid auch keine Freunde von Sir Tomas. Soldaten aus dem Presidio, die endlich mit dem Spuk eine Ende machen? Nein, Ihr seid keine Spanier. Wer seid Ihr?", neugierig wechselte sein

Blick zwischen Blaan und mir hin und her.

„Du bist ein schlaues Kerlchen. Ist das Dein Dorf? Sind wir Deine Gäste?", übernahm Blaan das weitere Gespräch.

„Ja, mein Dorf", erwiderte der Indio traurig, „Was davon geblieben ist. Nun, seid unsere Gäste."

„Blaan, wir sollten ihm sagen, dass wir nicht alleine sind."

„Warum machst Du das nicht? Dein Spanisch ist schließlich besser", doch statt auf mich zu warten, erklärte der Schotten dem Alten, dass er nicht nur zwei Gäste bekommen würde.

„Sollen auch sie willkommen sein. Wir haben nicht viel, doch kein Gast hat je bei Pabui hungern müssen. Holt Eure Freunde, ich warte. Ich will Euch alle kennen, ehe Ihr in unser Pueblo dürft!""

Zuerst holte ich mein Pferd, während Blaan den Alten im Auge behielt. Anschließend ging der Schotte sein Pferd und unsere Freunde holen. Mit dem Anblick einer derartig großen Gruppe hatte der Indio nicht gerechnet. Erneut blitzte Misstrauen in seinen Augen auf. Es verschwand erst, als er in Mecht und Olea Frauen erkannte.

„Weiße Señoras? Doch warum wie Männer gekleidet und bewaffnet? Ihr seid tatsächlich Feinde von Sir Thomas!", entschieden nickte er, ehe wir ihm endlich zu seiner Ansiedlung folgen durften.

Vor den Lehmmauern angekommen, besahen wir uns dieses Bauwerk genauer. Es gab wirklich nur schmale Schlitze am oberen Rand der Mauern, keine Tür, nichts! Der Alte rief nach oben, kurz darauf erschien ein ungefähr zehnjähriger Knabe und ließ einen mit Kerben versehenen Baumstamm herunter. Den er, wie zur Vorführung für uns Fremde, eilig herabglitt. Ein Wink der Alten und er übernahm unsere Pferde. Jetzt war es an uns, misstrauisch dreinzusehen.

„Eure Tiere werden getränkt und gefüttert, überlasst sie Enrico", erklärte der Mann und wies dann einladend auf den Stamm.

„Da rauf?", wagte Olea leise einen weinerlichen Einwand.

„Da rauf", bekräftigte Blaan und machte sich an den Aufstieg.

„Da rauf", und schon stand Mecht oben, rasch von Emerald, mir und Nepomuk gefolgt.

„In Gottes Namen!", ungeschickt erklomm zu guter Letzt auch die Norwegerin die seltsame Leiter.

Die erwartete Einstiegöffnung war nirgends zu sehen. Ratlos mussten wir auf den Alten warten. Der sprang wie ein Eichhörnchen den Stamm nach oben, ein Pfiff und ein neuer Stamm tauchte über unseren Köpfen aus dem nächsten Stockwerk auf. Diesmal machte sich der Indio persönlich als Erster auf den Weg. Olea klagte jämmerlich, sie jammerte in höchsten Tönen, als sie gewahr wurde, dass bis auf Emerald alle heil oben angekommen waren.

„Hör mit dem Gewinsel auf", herrschte der die Norwegerin an, warf sie sich wie einen Sack über die Schulter und stürmte dermaßen beladen zu uns hoch.

Dort verschwand in diesem Moment der letzte von uns durch eine Dachluke im Inneren. Ohne sich lange aufzuhalten, stürzte sich Emerald mit seinem Gepäckstück in die Tiefe. Im Halbdunkel des Raumes flackerte ein kleines, offenes Feuer in der Mitte des Raumes auf. Der Rauch stieg durch die Dachöffnung und die Lüftungsschlitze unterhalb der Decke ins Freie.

„Raffiniert! Haben wir das vorher gesehen? Ich meine, das war eine richtige Rauchsäule gewesen", raunte ich Blaan zu.

„Dachte ich auch. Vielleicht haben die mehrere Feuerstellen", vermutete der Schotte.

„Nehmt Platz, lasst uns Pulque teilen!", der Alte machte eine Armbewegung um das Feuer.

Er füllte aus einem Tongefäß eine Flüssigkeit in kleine Holzschalen. Wie aus dem Nichts erschien eine Frau und reichte jedem von uns so ein Schälchen. Im unruhigen Licht des Feuers konnte ich die Frau schlecht einschätzen, doch der Alte nannte sie Tochter. Das genügte mir vorerst. Er hob seine Schale an den Mund, nahm einen winzigen Schluck und spie ihn die Flammen. Mecht tat es ihm zuerst nach, dann ein Tritt gegen mein Schienbein und ich nippte und spuckte ebenfalls.

„Damit sind auch Eure Gefolgsleute meine Gäste!", der Kerl durchschaute unser Gefüge ziemlich schnell, „Bring uns zu essen!", wies er die Frau an.

Sie beugte sich zum Feuer und zog einen Topf aus der Glut, ebenso ein paar von Asche geschwärzter Fladen. Sie legte jedem so einen Fladen auf den Schoß und gab mit einem hölzernen Löffel aus dem Topf eine undefinierbare Masse darauf. Hilflos sahen wir uns an, bis der Alte demonstrierte, wie man das aß. Er rollte geschickt den Fladen mit samt der Draufgabe zusammen und biss herzhaft ab.

„Ihr reist auf einem gefährlichen Weg", sagte der Alte und wischte sich die Finger an seiner Hose ab.

„Wegen diesem Sir Thomas?", gab ich zurück.

„Ja. Seht Euch um! Mein Stamm war einst glücklich, doch es kamen Jahre des Hungers. Der Regen war ausgeblieben und wir darbten. Dann kam Popé und rief zum Kampf gegen die Spanier. Für einige Jahre war es ihm wirklich gelungen, sie zu vertreiben. Doch den Hunger konnten er und die alten Götter uns nicht nehmen. Es vergingen über zehn Jahre, bis die Spanier wiederkamen, die Soldaten und die Missionare. Anfangs nahmen sie Rache, es wurden damals viele Weiße erschlagen, müsst Ihr wissen. Auch mein Sohn bekam ihre Rache zu spüren, er und viele junge Männer unseres Volkes wurden in den Süden verschleppt. Ich weiß nicht einmal, ob er noch lebt. Sir Thomas war die ganze Zeit über ein Verbündeter Popés, dabei trieb er längst sein übles Spiel! Denn kaum waren die ersten Soldaten in Santa Fe eingezogen, half er den Spaniern! So behielt er über die ganzen Jahre seinen Besitz, vermehrte ihn sogar! Und die Spanier lassen ihn gewähren, wenn er Sklaven fängt oder unsere Frauen und Töchter seinen Kriegern vorwirft."

Der Alte hatte sich immer mehr in Rage geredet. Das Bild, das er dabei von Sir Thomas, malte, zeigte einen skrupellosen Menschen, dem jeder Verrat und jede Bosheit nur einem diente: Sir Thomas.

„Er war auch hier?", schloss ich daraus.

„Seine Männer. Sie raubten alle jungen Männer, alle jungen Frauen und Mädchen. Nur ich, meine Tochter und Enrico sind aus meiner Sippe geblieben. Von meinem Volk es sind nur noch die Alten hier."

„Wirst Du uns helfen, Sir Thomas zur Verantwortung zu ziehen?", sprach Mecht nach längerem Zögern zu dem Alten.

„Nein, ich kann Euch Obdach geben, doch kämpfen? Nein, es ist vorbei", entschlossen lehnte der alte Indio das Angebot ab.

„Kannst Du uns zumindest die Lage und den Zustand des Anwesens genau beschreiben?", bat ihn Mecht.

„Ich weiß, es ist nicht viel, doch ich werde Euch alles erklären und Euch bis zu den Bergen im Norden des Rancho hinführen. Und für Euch beten, zu meinen Göttern und zu Eurem Gott", danach starrte er geistesabwesend in die Flammen.

„Seid Ihr bereit?", fragte der Alte am frühen Morgen.

„Nur noch eine Bitte. Darf ich meine Zofe bei Euch zurücklassen? Sie kann Deinen Leuten hier mehr nützen als uns", versuchte Mecht eine sichere Zuflucht für Olea zu finden.

„Sie kann bleiben. Wenn Ihr Erfolg habt, sende ich sie zu Euch, Señora. Wenn nicht, ich verspreche, dass ich sie unversehrt bis nach Santa Fe bringen werde", stimmte der Alte zu.

„Du hast gehört", gab Mecht die Nachricht an Olea weiter, „Du bleibst hier."

Anfangs schien es, dass die Norwegerin losheulen würde. Ein paar Augenblicke Nachdenken eröffneten ihr jedoch die Tragweite der Anweisung. Mit dem Kommen dieser Erkenntnis hellte sich ihre Miene auf, sie ergriff Mechts Hand und küsste sie.

„Ist schon gut! Jetzt reiß Dich zusammen", grob entriss die ihr die Hand, „Sollen wir auf jemand aufpassen?"

Verständnislos starrte Olea sie an. So musste Mecht selbst einen Namen nennen.

„Äh, ja", es hörte sich jedoch nicht sonderlich begeistert an.

Es wurde Zeit, diesem Trauerspiel ein Ende zu setzen. Mit einem lauten 'Aufgesessen! Im Schritt, marsch!' übernahm ich das Kommando. Der Alte setzte sich an die Spitze. Dicht von mir und Mecht gefolgt. Emerald bildete die Nachhut, während sich Blaan und Nepomuk mit dem einzigen Packtier, das mitmusste, abmühen durften. Olea hatte anfangs noch hinter uns her gewunken, doch so oft sich Emerald auch umsah, sie war schnell von dieser Tätigkeit abgerückt und im Pueblo verschwunden.

Die nächsten beide Tage ritten wir nach Nordosten. Der Alte wies uns fast jeden Kilometer auf Auffälligkeiten hin. Dadurch konnten wir uns einen möglichen Rückzugsweg einprägen. Glaubte der Indio wirklich, dass wir den brauchten? Oder besser, ob einer von uns diesen Weg lebend benutzen könnte? Im Innersten schloss ich immer mehr mit meinem Leben ab. Wenn dieser Drecksack eine derartige Armee um sich geschart hatte, wie sollte ich je meinen Auftrag ausführen? Wie sollte Mecht ihre Rache nehmen können? Von den Fragen bekam ich irgendwann genug. Die brachten mich nur um meinen klaren Verstand. Im Angesicht eines Wasserlochs an einer schroffen Felsformation ließ der Alte anhalten. Ab hier ginge es nach Süden. Das Anwesen Sir Thomas' liege hinter den Bergenketten vor uns.

„Es wird anstrengend. Wir können hier ein letztes Mal Feuer machen. Sobald wir die Berge dort drüben erreicht haben, könnten uns jederzeit die Wachen vom Rancho entdecken", erklärte der Indio.

„Mhm, gut. Absitzen! Absatteln, die Pferde noch eine halbe Stunde führen. Danach tränkt und füttert jeder sein Pferd selbst", befahl ich.

Anschließend sammelten wir trockenes Holz, das der Alte hinter dem Schirm einiger mächtiger Felsblöcke entzündete. Laut unserem Führer lag das Anwesen Erkins keinen Tagesritt entfernt. Nur eine Hügelkette trennte uns noch von unserem Ziel. Nach all den Gefahren und Plagen erschien es mir mit einmal sinnlos. Wir würden auf einen Haufen übler Gesellen stoßen, uns zahlenmäßig haushoch überlegen. Sollten wir, wider Erwarten, es bis vor diesen Teufelssohn Erkins schaffen, was dann? Mecht wollte ihre Rache, dabei ahnte sie längst, dass es ihr danach nicht besser gehen würde. Ich könnte, wenn mir unser Glück weiterhin zur Seite stand, Auguste von Gramegg befreien und sie in ein, vielleicht auch erst in zwei Jahren zu ihrem Vater zurückbringen. Der würde sich erkenntlich zeigen, ein paar Gulden oder einen Hauptmannsrang für mich und einen Wachtmeister für Emerald. Das war es dann gewesen.

„Nicht nach dieser Reise!", sprach ich meinen Gedanken laut aus.

Verständnislos sahen mich meine Gefährten an. Wollte ich es ihnen wirklich erklären? Sie würden es wahrscheinlich nicht einmal verstehen.

Bis auf Mecht: „Wir müssen nicht zurück. Schick das Balg mit Blaan an die Küste und zu ihrem Vater."

„Und wir?", formten meine Lippen tonlos.

„Wir?", sie lächelte vieldeutig, „Wir könnten ein Rancho unser Eigen nennen."

Auf Kanonenschussweite

Mit der Sonne sollten der Alte und ich aufbrechen. Ehe wir auf Kundschaft zogen, hatte der Indio noch eine Sache: Er schlug ein Feuerzeichen vor, wenn die anderen nachkommen könnten. Zuerst hielten wir diese Methode für gewagt, aber der Alte bekräftigte, dass wir uns drüben natürlich zuerst gründlich umsehen würden. Letztlich gab die ohne dieses Signal fehlende Möglichkeit, zügig die Zurückgebliebenen heranzuziehen, den Ausschlag.

„Dann seht schon zu, dass Ihr los kommt", drängend trieb uns Mecht an, „Wir sollten keine Minute mehr verlieren!"

„Wie Ihr befehlt, gnädiges Fräulein", grinsend beugte ich mich aus dem Sattel und zog sie an mich.

Wütend schob sie mich von sich: „Erst die Pflicht! Ihr könntet längst dort drüben sein!"

Drei lange Stunden schlichen wir von Deckung zu Deckung, immer näher an die Hügelkette heran. Diese Hügel waren in keiner Weise mit meinen heimischen zu vergleichen, wenn auch nicht so hoch, entsprachen sie doch mehr kleineren Alpenbergen. Schweiß rann mir in breiten Bächen aus jeder Pore, dem Indio schienen weder Fußmarsch noch Hitze das Geringste auszumachen. Wir hatten harte Stunden bis zum Fuß der Hügel gebraucht, die vor mir in die Höhe wuchsen. Was erwartete uns erst beim Aufstieg!

„Lass uns Rast machen", keuchte ich, „Da rauf?"

Der Alte setzte sich in den Schatten einiger dürrer Büsche: „Wir sollten vor Mittag bis zu den Bäumen kommen, Señor."

Ich sah auf den Stand der Sonne: „Das sind rund zwei Stunden", entsetzt wies ich auf den steilen Hang vor uns, „Müssen wir wirklich da hoch?"

„Ja", ohne ein weiteres Wort nahm er sein Deckenbündel und begann mit dem Anstieg.

Notgedrungen folgte ich ihm in den fast senkrechten Hang. Auf drei Schritt vorwärts rutschte ich einen zurück. Innerlich verfluchte ich meine Reitstiefel. Die alten Militärstiefel waren wenigstens mit Nägeln an den Sohlen für solche Expeditionen gemacht. Die neuen Stiefel erfüllten nur einen Zweck, reiten. Ein Blick nach links bewies es mir, der Alte war verrückt! Der benachbarte Hang war bedeutend sanfter, warum mussten wir denn unbedingt hier aufsteigen! Doch jeder Weg hat ein Ende, auch dieser. Nach gut einer halben Stunde Quälerei wurde unser Weg weniger steil. Und so schafften wir es tatsächlich genau mit der Sonne im Zenit zu den Bäumen.

„Ist es noch weit? Und wieso nahmen wir nicht den Hügel links?"

„Sobald die Sonne jenseits der Berge ist, gehen wir weiter. Dann sind es nur noch zwei Stunden. Der da?", er zeigte auf den von mir angesprochenen Hügel, „Dort sind oft Späher, der ist besser."

„Und wenn wir oben angelangt sind?", sollten wir zwei es mit den Wachen allein aufnehmen?

„Wir warten die Nacht ab, dann sehen wir, ob Feuer brennen. Wenn nicht, sind keine Späher von Sir Thomas hier und Ihre Freunde können mit den Pferden folgen", meinte der Alte gemütlich.

Der Rest des Aufstiegs entsprach nicht dem Wegstück bis hierher. Richtig gemächlich trugen uns unsere Beine bis zum Gipfel. Oben breitete der Alte ebenso gemütlich seinen Umhang aus, legte sich darauf und – schlief! Mich trieb es dagegen, die Nachbarberge und das vor uns liegende Tal ausdauernd und kleinlich zu beobachten. Links lag die Spitze des Berges um einiges niedriger, dafür stieg rechts der Gipfel weit über unseren empor. Viel mehr konnte ich an den Seiten nicht erkennen, auf alle Fälle dürfte sich die Kette einige Kilometer hinziehen. Ehe ich mir das langgestreckte, jedoch nicht sonderlich breite Tal ansah, suchte ich einen gedeckten und zugleich einfach gangbaren Abstieg. Mein Erfolg bestand darin, dass es keinen ersichtlichen Weg für beide Anforderungen zu geben schien. Die gegenüberliegende Bergkette entsprach nach erster Überprüfung weit mehr den Hügeln meiner Heimat. Keine schweißtreibende Kletterei, ausreichend waldige Abschnitte und selbst aufgesessen vermutlich ein Spaziergang. Die Pfeife verkniff ich mir. Zumindest, solange wir nicht sicher sein konnten, unbeobachtet zu sein. Langsam nahm ich ein paar Schlucke aus dem Wassersack und nagte ein einem steinhart Stück Fladenbrot. Es stillte zwar nicht meinen Hunger, doch besänftigte es zumindest meine Innereien.

Kurz vor Mitternacht erwachte der Alte: „Irgendein Feuer?"

„Nein, nichts dergleichen. Soll ich das Zeichen geben?", fragte ich vorwitzig.

„Nein, Señor! Ich seh mich erst selbst um, Ihr Weißen seid dabei meist taub und blind!"

Für die nächste Stunde war er verschwunden. Ein leises Rascheln meldete seine Rückkehr.

„Und?"

„Sie haben mich bemerkt? Entweder werde ich alt oder Ihr seid nicht ganz so taub und blind. Sie hatten recht, hier sind keine unerwünschten Augen und Ohren. Gebt also das Signal. Legt Euch dann hin, morgen wird es anstrengend", meinte der Alte.

„Meine Gefährten werden wohl erst im Laufe des Vormittags hier sein können. Du willst sie doch nicht ohne Pause wieder auf der anderen Seite runterjagen?"

„Señor, wenn Ihr unbemerkt zu Sir Thomas' Rancho wollt, nutzt jede Minute", beharrte er auf seiner Forderung, „Auch Eure Señora scheint es eilig zu haben. Wollt Ihr sie enttäuschen?"

„Du bist der Führer. Dann soll es so sein", pflichtete ich ihm zwangsweise bei.

Wie von mir prophezeit erschienen die Freunde um die Mittagszeit, vollkommen erschöpft und nach Wasser lechzend. Gnadenlos gewährte ihnen der Alte gerade mal die Zeit, die fürs Versorgen der Pferde und eine schnelle Notdurft nötig war. Essen und trinken könnten sie auch beim Ritt ins Tal.

„Warum die Eile?", Mecht richtete ihre Frage lieber nicht an den Indio, sondern an mich.

„Der passt sich nur Dir an", belehrte ich Frau von und zu Ungeduld, „Ich denke, dass sich hier jederzeit ungebetene Gäste melden könnten. Der Alte hat schon recht, wir müssen schnell in den Schutz des Waldes da drüben kommen. Wenn nichts dazwischenkommt, sind wir bis heute Abend dort", dabei war ich nicht sicher, hoffte umso mehr.

Den Weg hatte ich mir am Ende nicht so schwer vorgestellt. Entweder waren meine Augen nicht in Ordnung oder ich wollte manche Probleme derzeit einfach nicht wahrnehmen. Die Pferde frei laufen zu lassen war unmöglich. In dem Schritttempo schafften wir es erst in den letzten Minuten Dämmerlicht. Gut, dass die Bäume nicht allzu dicht standen und Unterholz kaum vorhanden war. Ein Umstand, der es wiederum verbot, Feuer zu machen. Dabei sehnten wir uns alle nach etwas Wärme. Egal, ob von außen oder innen.

„So ein Schlückchen Branntwein wäre jetzt nicht schlecht", maulte Emerald vernehmlich.

„Manchmal hast sogar Du gute Einfälle", ergriff Mecht Emeralds Partei.

Selbst Nepomuk enthielt sich nicht eines zustimmenden Kommentars. Ehe wir uns jedoch zu einem Besäufnis hinreißen ließen, befragte ich den Alten. Der brummte erst vor sich hin und verschwand anschließen im Wald. Es verging geraume Zeit, ehe er zurückkehrte und die Umgebung für feindfrei erklärte.

„Gut, Ihr habt gehört, die Nacht dürfte ruhig bleiben. Aber nur einen kleinen Schluck!", verkündete Mecht daraufhin.

Während die Flasche ihre Runde machte, von mir streng beobachtet, grub der Alte eine tiefe Mulde aus. Auf Blaans Frage, was er da mache, warf er einfach zundertrockene Äste hinein und entzündete damit ein kleines Feuer. Es dürften hier in weitem Umkreis keine unliebsamen Menschenkinder sein, denn kaum flackerte es auf, nahm er seine Pfeife und zündete sich einen furchtbar stinkenden Tabak an.

„Kann man von dort oben bereits das Rancho sehen?", erkundigte sich Mecht bei dem Alten.

„Ihr könnt in der Nacht von ganz oben die Lichter erkennen. Es sind noch einige Meilen bis dorthin. Ruht Euch alle besser aus", meinte der.

„Wir stellen trotzdem eine Wache auf", machte ich den Spaßverderber, „Jeder zwei Stunden, dort oben auf dem Kamm."

„Ich mach die vorletzte", meldete sich Emerald.

„Gut, dann muss ich nicht", zeigte ich meine Freude über diese

Freiwilligenmeldung, „Dann fängt Nepomuk an, danach Mecht, dann …"

„Ja, mach ich", sortierte sich Blaan ein.

„Hm, dann bleibt mir nur die letzte Wache. Ich weck Euch mit der Sonne, schlaft also bald. Morgen wird es ein heißer Tag."

„Warum sagst Du nicht, wie es wirklich wird: Ein beschissener Tag", orakelte Mecht.

„Macht Euch keinen Kopf, es kommt, wie es kommt", salbaderte Blaan.

„Du kannst ja über Nacht ein paar Rosenkränze für uns beten", spottete Emerald.

„Für Euch Heiden? Das wäre Blasphemie", erwiderte Blaan mit ernster Miene, „Aber für Mecht werde ich beten, werd Euch Sünder vielleicht darin miteinbinden."

Die Nacht blieb ruhig. Bis auf ein paar den Mond anheulende Wölfe, eine sich genau unseren Lagerplatz als Jagdrevier aussuchende Eule und der Widerschein der fernen Lichter von Erkins' Anwesen. Wie der Alte gesagt hatte, konnte man vom Hügelkamm schwach einige Lichtpunkte in größerer Entfernung sehen. Sinnierend saß ich meine Wache ab, leider erhellte sich mir dadurch rein gar nichts. Bevor ich die Gefährten wecken konnte, hatte der Alte erneut ein kleines Feuer entzunden. Es wärmte zwar nicht, wenigstens reichte es zum Zubereiten von warmen Wasser für einen Brei aus ein paar Brocken Speck, Mehl und Mais. Es war unser letztes Mehl, die Hälfte der letzten Speckseite und Mais, der für die Pferde gedacht war. Niemand schien es zu bemerken. Und wenn, wusste jeder, dass wir entweder bald neue Vorräte erbeuten oder nie mehr welche brauchen würden.

Fröstelnd lehnte sich Mecht an mich: „Wie weit dürfte es noch sein?"

„Hm, wenn es unterwegs keine Hindernisse gibt, ungefähr zehn Kilometer. Ich hab ja geglaubt, der hat sich in einem Tal festgesetzt, doch so wie es aussieht, liegt das Anwesen in einer Ebene."

„Schwer ranzukommen, stimmt's?"

Zu ihrem Leidwesen konnte ich nur zustimmen. Wir würden bei der

Annäherung weithin sichtbar sein. Außer, wir versuchten es bei Nacht.

Sie nahm mich bei der Hand: Wir sollten nochmal genau nachsehen. Komm, es muss eine Möglichkeit geben!"
Unbemerkt hatte sich der Alte zu uns gesellt: „Ja, es gibt so einen Weg, doch wenn Sir Thomas von Eurem Kommen weiß, wird er den überwachen lassen. Seht Ihr dort unten das ausgetrocknete Bachbett? Darin schafft Ihr die erste Hälfte. Bei einigen zerfallenen Ruinen müsst Ihr den Arroyo verlassen. Von dort aus folgt einem uralten Pfad. Ihr könnt ihn gar nicht verfehlen, er sieht fast aus wie dieses Bachbett. Nur nicht ganz so tief! Am Ende des Pfades ist das Gehöft. Viel Glück", er nickte uns zu und verschwand zwischen den Bäumen.
„Wir werden die Pferde zurücklassen", stellte Mecht nach längerem Überlegen fest.
„Ja, mit Nepomuk. Wenn wir es schaffen, kann er sie zu uns bringen, wenn nicht…", die andere Möglichkeit sprach ich nicht aus, wir wussten sie beide.
„Glaubst Du, wir können bei Tag durchkommen?", fast drängend bat mich Mecht um meine Ansicht.
„Nein. Hab Geduld, wir dürfen so kurz vor dem Ziel nicht leichtsinnig werden."
„Es ist Vollmond, damit können wir die ganze Nacht marschieren. Bis wann wären wir dort?"
„Schwer zu sagen, wir müssten auch in der Nacht sehr vorsichtig sein. Denk mal, wenn alles gut geht, brauchen wir um die acht Stunden. Also vor der Morgendämmerung", lautete meine optimistischste Schätzung.
„Wir haben nur diese Chance, doch selbst wenn es mich mein Leben kosten sollte, der erbärmliche Mörder wird vor mir sterben", und sie klang nicht nur ernst, Mecht gab damit einen Schwur ab.
So hart ihr Gesicht bei diesen Worten geworden war, so sanft wurde es gleich wieder. Ohne Worte schlüpfte sie aus ihren Hosen und zog mich zu Boden. Was soll ich sagen, es war mir, als ob zum ersten Mal mit einer Frau schlief. Alles war irgendwie unschuldig und doch voller leidenschaftlicher Zärtlichkeit. Und viel zu schnell vorbei.

„Ich liebe Dich", hauchte sie, Worte, die sie vorher nie ausgesprochen hatte.

„Ich Dich auch, mehr als mein Leben", gut, das hatte sie früher auch nicht von mir gehört.

„He! Wo seid Ihr!", machte sich Emerald rechtzeitig und unüberhörbar bemerkbar.

„Brüll hier nicht so rum. Wir kommen gleich!", kam von mir.

Mit zerzausten Haaren, voll Kiefernnadeln, eilten wir aus unserem zweifelhaften Versteck. Keine zehn Schritt entfernt erwartete uns mein alter Kamerad, anstandshalber mit dem Rücken zu uns.

„Der Alte ist gegangen", rief er uns zu.

„Weiß ich, hat er die Packtiere mitgenommen? Hol die anderen, wir machen Euch dann mit unserem Plan vertraut", teilte ihm Mecht mit, während sie ihre Weste versuchte zuzuknöpfen.

„Mach ich. Ah, ja, er hat die Packgäule mitgenommen, angeblich mit Dir so besprochen", rief Emerald noch, ehe er den Rest zusammentrommelte.

Kurz darauf saßen alle drei im Halbkreis um uns und harrten unserer weisen Entschlüsse. Wie zu erwarten kamen keine Weisheiten, sondern ein nahezu selbstmörderisches Vorhaben.

„Ich bleib auf keinen Fall zurück!", womit Teil Nepomuk unseres Planes von eben diesem vehement abgelehnt wurde.

„Gut, dass ich keine Witwe und Waisen zurücklasse", knurrte Emerald, mit einem Hauch Begeisterung.

„Es liegt in Gottes Hand", seufzte Blaan.

Was Emerald und Blaan anging, beide waren nicht grundsätzlich dagegen, blieb der Bub. Der bestand stur darauf, mitzukommen.

„Willst Du unbedingt verrecken?", ungläubig machte ihn Emerald mit der wahrscheinlichsten Konsequenz vertraut.

„Was soll ich denn allein in dieser Wildnis? Nein, ich will mit", bestand Nepomuk auf seinem Wunsch.

„Lasst es gut sei", beschwichtigte Mecht die Gemüter, „Du darfst ja mit. Wir reiten auf alle Fälle bis zu den Ruinen, die der Alte erwähnte. Dann sehen wir weiter."

„Soll ich die Pferde schon raufholen?", voll neuem Eifer wollte der Bub am liebsten sofort aufbrechen.
„Nein. Wir brechen kurz vor Sonnenuntergang auf", beschied ich ihm.
Noch während dieses Wortwechsels, erhob sich Blaan und starrte in die Ebene hinaus.
„Ist was?", doch Mecht konnte nichts entdecken.
„Eine Staubwolke. Jetzt ist sie wieder weg. Ah, nein! Dort hinten", aufgeregt zeigte er in Richtung des Rancho.
„Ja, tatsächlich! Die kommt direkt auf uns zu!", bestätigte Mecht die Beobachtung des Schotten.
„Mein Gott, habt Euch nicht so. Das können genauso gut Rinder sein! Warten wir erstmal ab", beruhigend sprach ich den beiden zu.
„Ja, Rinder. Die sind noch ein gutes Stück entfernt", stand mir Emerald bei, „Wir behalten sie einfach im Auge und warten ab."
„Mhm, macht auf alle Fälle kein neues Feuer und bleibt auf dieser Seite des Hügels!", womit ich sie nicht sanft, aber bestimmt auf unsere Seite des Kammes bannte.

Die Staubwolke drehte leider nicht ab, es waren auch keine Rinder, sondern drei Reiter. Sie trabten in gerader Linie auf uns zu! Sandte uns dieser verbrecherische Sir ein Begrüßungskomitee entgegen oder sollten die drei uns ausschalten? Doch drei Männer und uns erledigen? So dumm war dieser Mordbube gewiss nicht. Zu unserem Erstaunen ritten sie nun am Fuße der Hügel entlang.
„Sie bleiben stehen", flüsternd teilte uns Blaan mit, was wir alle sahen.
Die drei Reiter saßen ab, zwei nahmen Schaufeln von den Sätteln und begannen zu graben.
„Ob die was versteckt haben?", Nepomuks Vermutung war so intelligent wie Blaans letzte Bemerkung.
Während die zwei sich tiefer arbeiteten, blickte der dritte Mann plötzlich in unsere Richtung, legte sein Gewehr ab und schwang sich aufs Pferd.
„Der kommt hierher!", staunend folgten wir Emeralds ausgestreckten Arm.

Tatsächlich, der Mann trieb sein Tier langsam den Hang hoch. Noch ein paar Meter und er käme in den Bereich unserer Büchsen.

Er hob die Arme hoch: „He, Ihr da! Ich bin unbewaffnet!"

Der wusste nicht nur dass wir hier irgendwo steckten, er wusste auch genau wo. Ehe wir sie zurückhalten konnten, erhob sich Mecht und legte sichtbar ihr Gewehr ab. Mit erhobenen Händen ging sie dem Fremden entgegen.

„Steig ab und komm herauf", rief sie ihm zu.

„Ich will Euch zuerst alle sehen!", erwiderte der Reiter, anscheinend weder ein Dummkopf noch ein Anfänger.

Wir zeigten uns ihm, worauf er rief, dass dieser verdammte Leutnant ebenfalls seinen Arsch herunter bemühen solle. Nur weil ich die Verhandlungen nicht gefährden wollte, legte ich brav mein Gewehr ab und stieg bis zu Mecht hinab. Der Fremde trug lederne Beinlinge, mit allerlei silbernem Zierrat geschmückt. Seinen Kopf bedeckte ein enganliegendes, rotes Kopftuch, den Hut hatte er mit galantem Schwung abgenommen. Solche Hüte hatten wir bereits bei hiesigen Hirten und selbst bei den Dragonern gesehen: Breitrandige, runde Filze mit einer flachen Krone. Selbst den Hut hatte der Fremde mit silbernen Knöpfen herausgeputzt. Doch ich ließ mich dadurch nicht täuschen, der Mann war nicht von der edlen, liebenswürdigen Art, der Kerl war vielmehr ein bösartiges Raubtier.

Der Reiter schien zufrieden, denn er stieg ab, ohne die Hände zu benutzen, und nähere sich uns: „Ihr seid auf dem falschen Weg. Sir Thomas erwartet Euch auf dem Weg von Santa Fe her."

„Was willst Du? Hat Dich Erkins geschickt? Dann macht Euch alle drei bereit zum Sterben", schnitt ihm Mecht mit kalter Stimme ins Wort.

„Ha, nein. Er erwartet Euch, doch was haben wir damit zu schaffen?"

„Ihr seid alle drei Leute von diesem Hundsfott", herausfordernd sah ich ihn an.

„Wir waren bei ihm in Diensten, das ist wahr. Doch nun haben wir beschlossen, eigene Wege zu gehen. Ich würde zwar gerne Zuschauer sein, wenn Ihr auf ihn trefft, doch leider rufen uns wichtigere Geschäfte im Süden. Dona, Señor Teniente, ich wünsche

Euch viel Glück und grüßt mir Sir Thomas, ehe Ihr ihn in die Hölle schickt", er tippte grüßend an die Stirn, ehe er zu seinem Pferd zurückging, aufsaß und ohne sich umzublicken zu seinen beiden Kameraden ritt. Die hatten inzwischen ein paar Beutel aus der Erde geholt. Er schien ihnen kurz von seinem Zusammentreffen mit uns zu berichten, dann ritten sie weg – auch weg vom Anwesen dieses Mörderviehs.

„Was war jetzt das?"

„Mein lieber Señor Teniente, woher soll ich das wissen", Mecht hatte den Sinn der Aktion genauso wenig verstanden wie ich, „Es scheint keine Falle zu sein. Siehst Du, sie reiten wirklich nach Süden und nicht zurück, um uns anzukündigen."

Oben bestürmten uns die Gefährten, was der Kerl denn gewollt habe. Die Antwort Mechts machte die drei Helden für eine gute Weile sprachlos. Natürlich konnte man das von diesem Fremden Gesagte als Drohung auffassen, aber warum war er sich scheinbar sicher, dass wir Erkins zur Hölle schicken würden? Er wusste doch, dass wir gerade mal fünf armselige Figuren auf dem Schachfeld waren!

„Hm, die drei gehörten auf alle Fälle zu den Söldnern Erkins', doch sie scheinen nicht zu ihrem Herrn zurückzukehren", bestätigte Emerald unsere vorige Beobachtung.

„Ob die hier ihre Anteile versteckt hatten?", schon merkwürdig, wie gierig Blaans Blick wurde.

„Vermutlich. Ihr", ich drehte mich zu Blaan und Nepomuk, „habt doch berichtet, dass die Leute von Erkins in Santa Fe keinen Kredit mehr bekamen. Wenn er bankrott ist und ihm seine Söldner weglaufen?"

„Die drei auf jeden Fall", nachdenklich ging Mechts Blick in Richtung unseres Zieles, „Wir werden sehen."

„Reiten wir jetzt endlich los?", auffordernd sah Nepomuk zu den Pferden.

„Wenn Du nicht so jung wärst, ich hätte meine Zweifel an Deiner geistigen Gesundheit", brummte Emerald, die Zügel bereits in der Hand und den linken Fuß im Steigbügel.

„Wenn der Bub nicht so jung wäre, hätte er keine Angst vor dem Tod. Na gut, wollen wir?", ich reichte Mecht die Zügel ihres Pferdes.

„Ja, warum etwas hinauszögern, das endgültig kommen wird?", sie hatte wieder diesen harten, eiskalten Blick, der mir zeigte, dass es von nun an nur noch sein oder unser Leben hieß.

Ohne Schwierigkeiten erreichten wir die beschrieben, längst kaum mehr erkennbaren Überreste der uralten Indiosiedlung. Ursprünglich sollte Nepomuk mit den Pferden hier warten, doch es würde ihm kaum vor dem Kommenden bewahren. Allein hatte er hier draußen kaum eine Chance, so wie wir, sollten wir schnell unsere Pferde brauchen. Gerade deshalb predigte Mecht dem Bub, dass er sich strikt an ihre oder meine Befehle zu halten habe. Für Nepomuk egal, Hauptsache, er musste nicht allein zurückbleiben.

„Noch ein paar Kilometer, lasst uns warten, bis es Nacht ist. Wir rücken im Schutz der Dunkelheit soweit vor wie möglich und schlagen im Morgengrau zu", übernahm ich die Führung.

„Wie der Herr Leutnant befehlen", es fiel ihr sichtbar nicht leicht, auch nur noch eine Minute zu warten.

„Jetzt sind wir fast auf Kanonenschussweite heran, nun wollen wir uns den Erfolg nicht selbst kaputt machen", versuchte ich ihr zu vermitteln.

Statt Worten küsste sie mich, ehe sie mir unwillig, aber notgedrungen zustimmte.

Das Ziel vor Augen

Der Mond beschien unser weiteres Vorgehen. Seltsam still war es um uns, als ob die Natur ahnte, dass Blutgeruch in der Luft lag. Die erste Zeit konnten wir sogar im Trab förmlich dahinjagen. Wenigstens im Vergleich zum überwiegenden Teil des Weges im Bachbett, kaum erkennbare Löcher, irgendwann angeschwemmtes Holz und sonstige Stolperfallen ließen uns meist nur langsam vorankommen. Es musste lange nach Mitternacht sein, als rechter Hand ein Steinhaufen im Mondlicht erschien. Emerald erhielt den Auftrag, die zu prüfen.
„Das waren mal Mauern", lautete sein Bericht.
„Hast Du den Pfad auch gefunden?", wollte Mecht sofort wissen.
„Bin mir nicht ganz sicher, ob das ein Pfad sein könnte. Es ist nur eine schmale Bodenvertiefung, die ich erkennen konnte."
„Wir sitzen ab!", wies ich an, „Ich geh voran, haltet ausreichend Abstand und seid leise!"
Von Emerald kurz den sogenannten Pfad zeigen lassen, dann eine Pistole mit gespanntem Hahn in der Rechten und das Pferd mit der Linken hinter mir herziehend, folgte ich der wirklich kaum als Pfad erkennbaren Rinne zwischen endlos erscheinendem Gebüsch. In der Ferne heulten wieder diese mondsüchtigen Wölfe, unentwegt raschelte es um mich herum, wir waren nicht die einzigen Nachtwesen. Leise Schritte vor mir! Mit zum Zerreißen angespannten Nerven und offenen Ohren schlich ich weiter, die Schritte verstummten! Meine linke Hand hielt die Zügel krampfhaft fest, während sich rechts die Pistole schussbereit hob. Plötzlich sprang etwas keine drei Schritt vor mir hoch! Schon ging meine Pistolenhand automatisch ins Ziel, ehe ich einhielt. Eine Art Reh, es war nur eine Art Reh. War ich wirklich soweit, ein harmloses Tier von einem möglichen Feind nicht mehr unterscheiden zu können?
„Puh, ich hätte jetzt beinahe geschossen", noch nie hatte mich Emeralds Kommentar so begeistert.
„Nicht nur Du. Wir werden alt, mein Freund", gestand ich ein.
„Nicht alt, nur zu lange auf dieser verfluchten Reise."
„Kann sein, also weiter!"

Weiterhin angespannt setzten wir Fuß vor Fuß, stundenlang in größter Langsamkeit. Links vor mir öffnete sich der Vorhang aus trockenen Büschen und gab den Blick auf eine freie Fläche preis. Darauf standen dunkle Schatten, deren Geruch meine Nase seit früher Kindheit nur zu gut kannte: Rinder. Wir hatten das Anwesen Erkins endgültig erreicht!

„Wie weit ist es noch?"
„Man kann noch nichts erkennen. Selbst die Lichter, die wir von den Bergen her sahen, scheinen nicht", gab ich Mecht leise Antwort.
„Es wird bald hell", stellte sie fest, „Ich habe Angst."
Dieses Geständnis rief bei mir anfangs den Wunsch, sie aufzumuntern, hervor. Mit einiger Überlegung schien es mir unsinnig, ein Schuss Furcht rettete meiner Erfahrung nach manchmal Leben. Im Herzen war ich froh, dass sie für einen Augenblick ihren Rachewunsch abgelegt hatte.
Ihre Hand ergriff meine: „Ist es falsch, was wir hier machen? Oder sind wir der strafende Arm einer höheren Gerechtigkeit?"
„Ich weiß es nicht. Ganz ehrlich, über so was habe ich mir noch nie den Kopf zerbrochen. Irgendjemand gab mir einen Befehl und ich führte ihn aus", was bisher so leicht klang, warf durch ihre Frage mein einfaches bisheriges Denken über den Haufen, „Es ist nicht falsch, wenn wir diesen Ausbund der Hölle zur Rechenschaft ziehen."
Lange blieb sie stumm, dafür kam Blaan angeschlichen: „Seht Ihr schon mehr?"
„Nein! Wir warten die Morgendämmerung ab. Seht zu, dass Ihr kein Geräusch macht, nicht raucht und Euch auch sonst in keiner Weise bemerkbar macht!", trug ich ihm auf.
Über der scheinbar planen Ebene im Osten wurde der Horizont heller. Waren meine Hand oder die Mechts so feucht geworden? Seltsam, die Anspannung vor einer Schlacht müsste nach all den Jahren gar nicht mehr vorhanden sein, doch heute krampfte sich mein Magen wie der eines unerfahrenen Rekruten. Suchend sah ich mich nach einer Gelegenheit um, die Därme zu entleeren, doch ohne Erfolg.
„Ich geh nach hinten", flüsterte Mecht, „Ich hab Durst!"

„Gut, aber pass auf! Was ich den anderen sagte, gilt auch für Dich!"
Ohne sich zu erheben, schlich sie wie eine Schlange rückwärts weg. Mechts Wegschleichen verschaffte mir wenigstens die Möglichkeit, mir direkt am Pfad eine Mulde zu buddeln und mich zu erleichtern. In Ermangelung von Blättern oder Moos griff ich mir einen dicken Büschel harten Grases. Im Nachhinein keine gute Idee. Der schmale, graublaue Rand zwischen Himmel und Erde wurde stetig breiter, ehe er sich in ein funkelndes Orange verwandelte. Knapp einen halben Kilometer vor unserem Versteck warfen die Mauern des Anwesens lange Schatten. Eine hohe, weißgekalkte Mauer umschloss einen für uns unsichtbaren Innenhof. Die Maße der Umwallung, auf den beiden von hieraus sichtbaren Seiten dürften je an die achtzig Meter betragen, sprachen für ein umfangreiches Gehöft. Ihre Höhe reichte hingegen nicht einmal dazu aus, die Dächer der Gebäude auf ihrer Innenseite zu verbergen.
„Nicht sehr hoch, grad mal zwei Meter", gab der inzwischen vorgerobbte Emerald an.
„Mhm, siehst Du dahinten?", mit den Fingern wies ich ihn auf ein die Mauern um ein Stockwerk überragendes Gebäude hin.
„Das dürfte das Haupthaus sein. Siehst Du die Blumentöpfe? Scheint im oberen Stockwerk eine Terrasse zu haben. Stört Dich nicht etwas?"
Ich wusste nicht, was er meinte. Unglücklich über so viel Dummheit schüttelte er strafend seinen Kopf, ehe er Mecht leise herbeipfiff und ihr erneut seine Frage stellte.
„Was soll mich stören?", bis ein erhelltes Lächeln über ihr Gesicht huschte: „Es ist ruhig, verdammt ruhig!"
„Na, Du großer Feldherr! Gut, dass Du uns hast", grinsend stieß Emerald mir seine Faust in die Seite.
„Wollt nur prüfen, ob Ihr so schlau wie ich seid. Hm, wenigstens die Knechte sollten längst mit ihrem Tagwerk begonnen haben. Seht Ihr irgendwo Rauch? Nicht einmal die Küche scheint genutzt zu werden. Ob dieser Dreckskerl überhaupt hier ist?", was für mich die einzig sinnvolle Erklärung schien.
„Das Vieh muss trotzdem versorgt werden. Schau mal auf die Koppel

dort vorne", die wir auch ohne genauere Angaben Emeralds schnell entdeckten, „Ein paar Rassepferde und sonst? Dort hätten mindestens drei Dutzend Tiere mehr als genug Platz und Futter! Entweder hast Du recht", seine Stimme zeigte im Voraus, dass er meine Ansicht zu Erkins Abwesenheit nicht teilte, „oder die drei Galgenvögel von gestern waren nicht die einzigen, die Reißaus nahmen."

„Seht doch!", unterbrach Mecht und wies mit ihrer Nasenspitze auf das Haupthaus, genauer gesagt die Terrasse.

Auf die Entfernung konnten wir unmöglich bestimmen, ob die dort soeben erscheinende Gestalt Sir Thomas selbst oder einer seiner Bediensteten war. Eindeutig war nur, dass es jemand in Hosen war, also sehr wahrscheinlich männlich. Schließlich lag die einzige Frau, die in weitem Umkreis Hosen trug, hautnah neben mir. Zwei Besonderheit konnten wir derzeit feststellen: Die Gestalt hinkte auf dem linken Bein und dürfte ungefähr meine Größe haben. Wenn die Blumenkübel und der Zugang hinter dieser Person halbwegs normal hoch waren!

„Wenn man jetzt ein brauchbares Fernrohr hätte", brummte Emerald.

„Kannst ja zurück auf die Surprise. Man kann doch mal etwas vergessen", gab ich unwirsch zurück.

„Kann man, aber ein Artillerieleutnant sollte es nicht", kluges Geschwätz, das gerade nicht weiterhalf.

„Hört auf damit!", herrschte uns Mecht an, „Ah, noch jemand! Hm, eine Frau, oh, und sie führt noch wen. Entweder ein Zwerg oder ein Kind. Auf alle Fälle in einem Kleid! He, das könnte diese August von Gramegg sein!"

Ihre Beobachtung dürfte ein Volltreffer sein. Die Frau war auf alle Fälle im Rang unter der zuerst erschienen Gestalt, so tief, wie sie sich gerade rückwärtsgehend verbeugte und die andere Frau, oder eben Mädchen, mit dem Mann allein zurückließ. Der Mann riss das zierliche Mädchen brutal zu sich. Auch wenn ich die Haarfarbe und das Gesicht auf die Entfernung nicht erkannte, das musste Auguste von Gramegg sein, sie musste es einfach sein! Küsste er sie jetzt vielleicht? Es sah zumindest so aus.

„Wie alt ist die kleine Von Gramegg heute?" überlegte Mecht.
„Ungefähr vierzehn", kam ich ihrer Rechnerei zuvor, „Du könntest an ihrer Stelle einmal dort oben gestanden sein."
„Ha, das hätte das Schwein kaum überlebt", vermutete Emerald.
„Heute ja, doch als halbes Kind? Wann?", fragte Mecht ungeduldig.
Für mich war klar, dass wir uns noch genauer umsehen mussten. Schließlich wusste Erkins von unserem Kommen und den Grund dafür. Daher hieß es umsichtig sein. Zuerst suchte ich die sichtbaren Seiten der Umfriedung nach einem Zugang ab. Was von wenig Erfolg war. Wir bräuchten einen höhergelegenen Ausguck, den es im weiten Umkreis nicht gab. Nicht einmal Bäume ragten aus dem ausgedörrten Boden. Mecht und Emerald spähten längst mit, doch auch ihre Ansicht stimmte mit meiner am Ende überein: Wir brauchten einen Blick von oben, der das ganze Terrain umfasste!
„Wir könnten uns als Pelzjäger ausgeben", schlug Emerald vor.
„Wer ist wir?", Mechts Verzweiflung über diesen hanebüchenen Vorschlag stand in ihren rollenden Augen.
„Nepomuk und ich", verwehrte sich Emerald jedes Versuches, seine Idee schlecht zu reden.
„Der erwartet uns. Hast Du das vergessen? Ich wette, der kennt jeden von uns aus den Beschreibungen seiner Spione. Ja, auch einen Konstabler und einen Rossbuben", pflichtete ich Mecht bei.
„Einen Versuch wäre es wert!"
„Nein, schau lieber, ob es einen Weg um das Gehöft gibt. Einen, der von dort nicht einsehbar ist!"
Ich konnte Emeralds Sinne damit wenigstens von seiner Idee weg locken.
„Es ginge. Seht nach Westen, die langgezogene Bodenwelle", hatte Mecht also unseren Disput genutzt und eine mögliche Lösung gefunden.
„Hm, das hieße zurück, einer und zu Fuß. Bis wir dessen Ergebnis bekommen, ist es längst wieder dunkel", obwohl ich Gründe fand, die dagegen sprachen, war ich längst von ihrem Plan überzeugt.
„Kommt es jetzt noch auf eine Nacht mehr oder weniger an?"
„Nein, meine Schöne. Gut, wer?"

„Ich", entschied Emerald.

Die Sonne brannte einen ganzen langen Tag auf unser hernieder. Mit der Zeit war es uns kaum mehr möglich, die Pferde ruhig zu halten. Notgedrungen zogen wir uns langsam bis zu den Mauerresten zurück. Ungläubig sah ich immer wieder zu dem Anwesen zurück. Konnte unsere unumgängliche Staubwolke dort wirklich nicht bemerkt werden?

Kein Reiter jagte auf uns zu, niemand legte uns einen Hinterhalt. Sollte sich Erkins so sicher fühlen?

Mecht sprach meine Gedanken laut aus: „Was soll das bedeuten? Man muss uns doch längst wahrgenommen haben, gerade weil er weiß, dass wir kommen."

Blaan hatte lange geschwiegen, nun gab er sich betont siegessicher: „Der hat Angst vor uns. Der traut sich nicht aus seiner Festung!"

„Bei Dir heißt es inzwischen wohl 'wer glaubt, wird selig'. Der kann warten, wir nicht", holte Mecht den Schotten auf den Boden der Tatsachen zurück, „Wir haben keinen Brunnen, keine Leibgarde und unsere Verpflegung reicht für höchstens noch vier Tage. Der muss nicht zu uns kommen."

Angesicht der Tatsache, dass sich niemand um uns scherte, stellte ich nur einen Wachposten auf. Dessen Hauptaufgabe neben unserer Sicherheit im rechtzeitigen Sichten Emeralds bestand. Es war längst Nacht, der abnehmende Mond verschwand gerade hinter einer Wolke, ertönte ein leiser Ruf. Erschrocken riss Nepomuk seine Flinte hoch.

„Pst! Ich bin es!", sorgte rechtzeitig dafür, dass unser Posten Emerald nicht über den Haufen schoss.

„Mann, kannst Du Dich nicht früher bemerkbar machen! Ich hätte Dich beinahe erschossen!", raunzte Nepomuk den Kameraden an.

„Mach kein Trara, halt lieber weiter Ausschau!"

Dadurch, dass beide in unvernünftiger Weise ziemlich laut miteinander gesprochen hatten, konnten wir anderen unseren Späher gebührend empfangen.

„Erzähl!", forderte ihn Mecht auf, noch ehe sich der Konstabler auch nur auf den Boden setzen konnte.

„Zwei Tore, eines nach Osten, ein kleines nach Norden. Neben dem Haupthaus sind zwei lange Baracken auf den torlosen Seiten. Das Hauptgebäude besitzt neben der Terrasse noch eine Veranda und einen Nebeneingang. Von dort kann man ein massives Steingebäude erreichen. Vermutlich das Magazin. Zwei Brunnen, einer gleich beim Haupt-, einer nahe eines weiteren, kleinen Gebäudes. Was drin ist konnte ich nicht erkennen. Das Haupttor stand die ganze Zeit über offen und zwei Scheunen und eine Art Schilderwachthäuschen flankieren es. Gesehen hab ich kaum wen. Den Kerl von der Terrasse überhaupt nicht mehr. Auch die beiden Mannschaftsunterkünfte machten einen ziemlich verlassenen Eindruck. Ich hab gezählt, so gut ich konnte, kam auf ungefähr ein Dutzend Menschen. Da sind zwei Weiber mitgerechnet. Ah, in dem Wachhäuschen sitzen zwei mit Gewehren, spielen unentwegt Karten. Kann ich ja auch verstehen, es gab nämlich keine Ablösung!"

Mecht verlangte sofort Näheres: „Nochmal zu den Baracken: Wie viele könnten darin sein?"

„Die dürften jede an die dreißig Mann fassen. Also ich hatte Glück, die essen anscheinend alle in einer der Scheunen, scheint auch die Küchenstelle zu sein. Es waren keine zehn Mann, die dem Ruf gehorchten, einschließlich der beiden Wachen. Ja, die gingen gemeinsam zum Trog!"

„Entweder will er, dass wir seine Posten für Idioten halten oder ihm sind wirklich die Leute davongelaufen. Zumindest die Erfahrenen könnten bei dem Mangel an Disziplin und Wachsamkeit weg sein", gab ich meine Meinung dazu.

„Oder sie sind irgendwo da draußen", Mecht deutete in die Weite, „und bereiten einen Hinterhalt vor. Wer weiß, vielleicht sind sie schon ganz nah. Äh, es war mal die Rede von Indios, hast Du welche gesehen?"

„Nicht im Innenhof, hinter dem Nebentür, in einiger Entfernung sind ein paar Laubhütten. Könnten von Wilden sein, gesehen hab ich aber auch dort keine Seele."

„Wir gehen wieder bis zu den Rindviechern vor. Dieses Mal versuchen wir, näher heranzukommen. Umwickelt die Hufe und macht alles fest, was klirren, klingeln oder auch nur hauchen kann", meiner Ansicht nach mussten wir das Anwesen im Auge behalten, sollte morgen unser Besuch nicht von vornherein zum Leichenzug werden.

Kurze Zeit später begaben wir uns erneut in die Nähe der Rinderweide, mit dem Vorsatz, bis nah an die Mauern zu kommen. Bei Tageslicht stellte sich das als beinahe unmöglich vor. Der Pfad ging mit der Weide in eine kaum sichtbare Spur über, ohne jeden Sichtschutz. Es mochte zwei Stunden nach Mittag sein, wir mussten jetzt zuschlagen! Wenn mich meine Schätzung nicht trog, waren es von unserem jetzigen Platz bis zum Haupttor ungefähr sieben- bis achthundert Meter. Im vollen Galopp höchstens zwei Minuten. Zeit genug, uns das Tor vor den Nüstern zuzuknallen. Es musste eine bessere Taktik geben.

„Wir müssten schneller am Tor sein", nahm Mecht meine Rechnung auf, „Und wenn wir in der Nacht einen Bogen schlagen, so dass wir in der Morgendämmerung nahe am Tor sind?"

„Schade, das wollte ich auch gerade vorschlagen", blökte Emerald.

„Wir sitzen schon zu lange hier herum, die Gefahr für uns wird immer höher. Noch eine Nacht? Und wenn die Soldknechte von Sir Bestie Thomas doch nicht desertiert sind, sondern einfach nur eine ihrer Sklaventouren gemacht haben?", erneut überschlug ich die Möglichkeiten, um am Ende Mecht zuzustimmen.

Erneut hieß es warten, still und so unbewegt wie irgend möglich. Natürlich hielten sich auch heute unsere Pferde nicht an meine Order. Es musste eine Entscheidung getroffen werden. Die einzig sinnvolle bestand darin, dass wir und die Pferde uns erneut zu den Ruinen schlichen und nur Blaan als Späher am Rande der Weide zurückblieb.

„Denk dran, kein Schuss! Wenn sie auf Dich aufmerksam werden sollten, zieh Dich auf uns zurück", gab ich ihm mit.

Rache

„Glaubst Du immer noch, dass die uns in eine Falle locken wollen?", inzwischen machte sich bei Mecht die Überzeugung breit, dass unser Feind am Ende war.

„Ich weiß nicht. Er hat zwar in seinen letzten Briefen erwähnt, dass ihm langsam das Geld ausgeht, doch wieso soll es ihm gerade dann ausgehen, wenn er es dringend braucht? Ein derartig durchtriebener und planender Irrer? Nein, eine Notreserve hat er garantiert angelegt. Wenn nicht, so viel Glück für uns macht mich umso misstrauischer", letztlich war während unserer ganzen Reise uns das Glück auffällig hold gewesen, für mich kein gutes Omen.

„Wir haben das doch durch. Wie sollte er uns immer genau zur rechten Zeit und am rechten Ort die richtigen Hinweise auf ihn finden lassen? Nein, selbst ein derartiger Ausbund der Hölle wie dieser Dreckskerl, kann das unmöglich arrangiert haben!", widersprach mir Mecht nachdrücklich.

„Ich stimme Dir ja zu, trotzdem, mir ist das unheimlich", küsste ihre Hand und begann, die Zündsteine meiner Waffen zu ersetzen.

Mit dem Sonnenuntergang erreichte uns Blaan. Seine Meldung unterschied sich in keiner Weise von den Beobachtungen der letzten Zeit: Keine auffälligen Aktivitäten auf Seiten unseres Feindes. Langsam hatte mein Unglauben daran auch Emerald angesteckt.

Für ihn roch der Braten arg nach Falle: „Überall hörten wir, wie stark die Truppe dieses Hundes sein soll. Indios, Abschaum, und dann? Ich stimm Georg immer mehr zu, dass das nichts Gutes verheißt!"

Blaan hingegen schwor Stein und Bein, dass sich Erkins' Situation zu unseren Gunsten verschlechtert habe.

Nepomuk hatte erst eine eigene Meinung, als Mecht ihn direkt danach fragte: „Na, was meint unser Nepomuk dazu?"

„Hm, schwer zu sagen. Ich hab ja keine Erfahrung wie Ihr alle, aber wenn der von den drei Reitern damals die Wahrheit gesagt haben? Ich will schön langsam ein Ende haben! Lieber eines mit Schrecken als gar kein Ende!"

„Gut, dann greifen wir erst in der Morgendämmerung an. Weiß

jemand, wie wir in der Zwischenzeit am besten in die Nähe des Tores kommen?", wobei ich mir mit Nähe ungefähr hundert Schritt Abstand vorstellte.

Wortlos nahm Emerald sein Pferd am Zügel und schritt in die Nacht. Anscheinend wusste er von seinem Ausguck her einen Weg. Ohne Zeit zu verlieren folgten wir ihm. Statt uns ein wenig von seinem kalten Licht abzugeben, zog es der Mond ausgerechnet heute vor, sich hinter einer dichten Wolkendecke zu verbergen. Fast blind waren wir einem lauernden Feind dadurch ausgeliefert. Bei jedem Schritt lauschte ich nervös, doch heute hielt selbst die Natur ihren Atem an. Schlafen, das wäre wunderbar! Seit wann hatte ich eigentlich nicht mehr richtig geschlafen? Es kam mir seither wie Jahre vor. Hinter mir gluckerte es. Hatte mich meine Nase also doch nicht betrogen, der Schotte soff sich Mut an. Sollte ich einschreiten? Nein, der Kerl war alt genug, zu wissen, wann es zu viel war.

Anders Mecht, deren Stimme durchschnitt leise, aber energisch die Stille: „Steck die Flasche weg! Sofort!"

Blaan murmelte etwas von Kälte, steckte dann aber bis zu mir hörbar, den Korken wieder in den Flaschenhals.

„Gib her!", befahl ihm Mecht.

Anscheinend befolgte der Schotte ihre Anweisung, denn es kam kein weiterer Laut von hinten. Ohne jedes Zeitgefühl trottete ich hinter Emeralds Schatten her, gefolgt von drei weiteren, ähnlich mir dahintrottenden Schatten und ihren Pferden gefolgt. Irgendwann gab Emerald ein leises 'Halt' von sich.

„Siehst Du schon was?"

„Siehst Du was? Du kannst Fragen stellen", merklich genervt gab mir mein Kamerad Antwort, „Rein geschätzt, genauer erst mit mehr Licht."

Es hieß abwarten. Uns allen war nicht wohl dabei. Was, wenn sich Emerald grob verschätzt hatte? Vielleicht standen wir beim ersten Morgenlicht auf dem Präsentierteller oder drei Kilometer von unserem Ziel entfernt. Beides wäre nicht gut gewesen, gar nicht gut!

„Ich seh was!", ganz aufgeregt drängte sich Nepomuk nach vorne, „Da! Gerade vor uns!"

„Bleib ruhig! Wo?", mit etwas Glück erhaschte Mecht den Bub am Ärmel und holte ihn zu sich heran, „So, jetzt nimm meinen Arm und zeig damit auf das, was Du siehst!"

Mehr als dunkle Schatten konnten Emerald und ich weder hinter noch vor oder gar neben uns ausmachen, trotzdem warteten wir beinahe verzweifelt auf Mechts Bestätigung.

„Jetzt seh ich auch was", ihre flüsternde Stimme klang rau wie ein Reibeisen, „Georg?"

Mit weit vorgestrecktem Arm tastete ich mich zu ihr und Nepomuk. Kaum in Greifweite, packte sie meinen Arm und drehte ihn in die gewünschte Richtung.

„Aua!", manchmal langte sie eher wie ein Schmied zu denn wie eine zarte dänische Freifrau, doch dafür sah ich ebenfalls einen schwachen Lichtschein, „Das könnte eine Laterne hinter dem Tor sein, von den Wache vermutlich!"

Emerald prallte in uns, bat um einen Hinweis, wohin er schauen solle. Erneut ein kräftiger Griff Mechts, der auch ihm den rechten Weg wies.

„Au! Ah, jetzt seh ich es auch! Hm, könnte bei dem Schildwachhaus sein, das steht komischerweise ja nicht vor, sondern hinterm Tor!"

„Die haben es über Nacht nicht geschlossen", keuchte Mecht, „Das ist ein Zeichen!"

Ehe meine Freifrau und Schmugglerfürstin den Fuß im Steigbügel hatte, ergriff ich ihren Arm und ihre Zügel: „Willst Du blind rein? Bleib, auf die paar Stunden kommt es nicht mehr an. Irgendjemand hat so wenigstens noch ein wenig länger zu leben", und ich meinte damit nicht unbedingt diesen Teufel Erkins, eher uns.

Ich spürte, wie sich ihre Muskeln anspannten, doch am Ende gab sie nach. Wobei mir ihre Anmerkung, dass man jetzt auch kein Blut sehen könne, einen Schauer über den Rücken jagte.

Ausgekühlt und hungrig trafen uns die ersten Sonnenstrahlen an. Sie zeigten etwas sehr erfreuliches, denn Emerald hatte uns fast auf den Punkt genau rund hundert Meter vor das Tor des Gehöfts geführt. Und es stand sperrangelweit offen!

„Dann aufsitzen! Emerald, Blaan, Ihr übernehmt die Flanken.

Nepomuk, Du reitest hinten und sicherst uns gegen mögliche Angriffe in den Rücken. Nun denn, meine Fürstin! Aber denk daran, Du musst Dir später im Spiegel in die Augen sehen können", ein vielleicht ungünstiger Zeitpunkt, doch ich sah das Glitzern in ihren Augen – es machte mir Angst.

„Kümmer Dich um Deinen Auftrag, ich kümmere mich um meine Pflicht", hart, kalt und abweisend kam ihre Antwort auf meinen Rat.

„Zieht blank!", wozu debattieren, ich zog meinen Säbel aus seiner Scheide und gab den Befehl an alle, „In Linie - im Trab!"

„Vergiss es", brüllte mir Emerald durch den donnernden Galopp der anderen zu, „Hört doch niemand auf Dich! He, bin eh der Einzige hier, der weiß, was Dein Geschrei bedeutet!"

Womit er recht hatte, wir beiden waren sogar ein wenig zurückgeblieben, also „Handgalopp! – Angriff!"

Mit vor Aufregung hochrotem Kopf und stierem Blick jagte Nepomuk vor mir auf das Tor zu.

Nur mit vollem Einsatz der Masse seines Pferdes konnte ihm Emerald abdrängen: „Du bleibts gefälligst hinten! Ich habe keine Lust, mir eine Kugel in den Rücken einzufangen!"

Doch der Bub war in einem Rausch, er hatte nicht einmal bemerkt, dass er von Emeralds Pferd gerempelt wurde. Wir kannten das, manche waren nicht sie selbst, wenn es zur Attacke ging. Notgedrungen schlug Emerald mit der flachen Hand auf Nepomuks Hinterkopf. War es das oder traf ihn der vom Handgelenk Emeralds baumelnde Säbel, auf alle Fälle erwachte der Bub halbwegs aus seinem Wahn und ich konnte ihn an seine Aufgabe erinnern.

„Jawohl! Bin auf Posten", presste Nepomuk hervor und trieb sein Reittier zur Seite.

Vor uns passierten Mecht und Blaan die Maueröffnung. Zum ersten Mal gab ich meinem Tier brutal die Sporen, auf keinen Fall durften Emerald und ich abgehängt werden! Blaans Pferd schien zu straucheln, in Windeseile an ihm vorbei! Mecht erreichte die Mitte des Hofes und verhielt. In einer Pirouette drehte sich mein Pferd auf den Hinterläufen, als ich es neben Mecht hart zügelte.

„He, Erkins oder Sir Thomas of Kerswood, wo steckst Du dreckiger, feiger Hurensohn?", schrill vor Wut schrie Mecht nach dem Verbrecher.

Der Hof schien leer, nur ein paar Staubfahnen trieb der Morgenwind über den Platz. Kaum hatte ich mein Tier wieder unter sicherer Kontrolle, steckte ich den Säbel weg und griff nach dem Gewehr auf meinem Rücken.

„He, wo steckst Du? Kannst wohl nur Deine Kothaufen aussenden, bist zu feige, selbst für Deine Verbrechen einzustehen!", wenigstens hatte sich Mechts Wut etwas gelegt und auch ihre Stimme hatte zu alter Festigkeit gefunden.

Sicherheitshalber nahm ich die Füße aus den Stegbügeln und steckte meine Pistolen hinter den Gürtel. Sofort folgte Mecht meinem Beispiel. Noch immer war es unheimlich still. Halblinks hinter uns trieb Emerald sein Pferd in durch den offenen Zugang zur Scheune, dabei die Zügel zwischen den Zähnen, Pistole und Säbel in Händen. Mecht und ich behielten das uns gegenüberliegende Haupthaus unentwegt im Auge. Hoffentlich geschah hinter uns nichts Unerwartetes! Ob ich Blaan und Nepomuk zurufen sollte, was sich bei Ihnen tat? Drüben betrat jemand die Veranda, gefolgt von verschwommenen Schatten, die sich rechts und links formierten.

„Ihr habt es also geschafft", eine heisere, bisweilen stockende Stimme rief uns an, „Warum? Um zu sterben? Du da", dumpf dröhnten die Bohlen der Veranda, als sich ein Mann mit schweren Schritten auf den Hof begab. Seine beiden Flügel folgten ihm mit ebenso lauten, fordernden Schritten.

„Meinst Du mich?", interpretierte ich seinen ausgestreckten Arm.

„Ja. Bist Du das Opferlamm, dass der dreimal verfluchte Gramegg schickt? Reit heim, sag ihm, dass seine Brut jetzt mir gehört! Ha, eine zarte Jungfer war sie, eine Dirne wurde sie. Na, ist Dir ein Befehl eines Feiglings mehr wert als Dein Leben, Leutnant Schwaiger?"

Erkins entsprach im Groben dem von Mechts Vater gezeichneten Portrait, gealtert und ausgezehrt wirkten seine Züge wie die Fratze eines Gezeichneten auf einem der Bilder von Sündern in der Hölle. Ein Sinnbild für sein verlorenes Leben war für mich sein linkes Bein.

Jede Bewegung damit ließ sein Gesicht vor Schmerzen erzittern. Steif und mit einem Klumpfuß diente es nur noch der Stütze, ansonsten war es wohl abgestorben, wie Erkins Gefühle. Ohne ihm Antwort zu geben, warf ich einen Blick auf seine Paladine, die sich bedächtig in Form eines Halbkreises genähert hatten. In Kleidung ähnlich den drei Reitern vorgestern, wettergegerbte Gesichter und eisige Blicke. Aber in einem Punkt unterschieden sie sich von den drei Reitern: Keiner der acht Männer dürfte unter vierzig sein, keiner ohne Narben, sie umgab der Hauch von zu allem bereiten Kriegern. Ein Dutzend Schritte vor uns verharrten sei, die Hände an ihren Waffen. Warteten auf Befehle ihres Herrn, der mühsam und schmerzgequält nun auch heran war.

„Ah, die dänische Hexe! Du bist weitgereist, um Deinem ehrlosen Vater in die Hölle zu folgen!"

„Erkins oder Sir Thomas, welchen Eurer Namen wünscht Ihr auf Euer Grab? Wobei, Ihr seid ein derart erbärmliches Stück Vieh, wie ein lästiges Insekt werde ich Euch von der Erde fegen", ihre Lider wurden zu schmalen Schlitzen und ihre Stimme voll Verachtung, „Ah, ich seh schon, Ihr seid der Feigling, versteckt Euch hinter Euren Prätorianern. Doch wenn die nicht mehr sind, wer kämpft dann um Eure verfaulte Seele?"

„Dein Vater und Gramegg sind daran schuld", er klopfte auf seinen linken Oberschenkel, „Hörst Du? Holz. Daraus würde ich Dir ein Kreuz aufs Grab stellen, wenn Du eines wert wärst. - Leutnant, immer noch da?", ein wildes, durch seine heisere Stimme noch diabolischer klingendes Lachen erschütterte seinen zerstörten Körper, „Die Kojoten und Geier bekommen heute ein Festmahl! He, Ihr da", seine Augen nahmen sich Blaan, Emerald und Nepomuk zum Ziel, „Reitet, dann will ich Euch erbärmlichen Köter verschonen!"

Täuschte ich mich oder wendete hinter mir tatsächlich jemand sein Pferd? Die wutentbrannte Stimme Nepomuks bestätigte das Gehörte.

„He, Du schottischer Bastard, wo willst Du hin? Hier kommst Du nicht durch", zwei Schlösser knackten, eines dürfte dem Bub gehören, das andere kam aus Emeralds Richtung.

„Ich will nirgends hin, das Scheißvieh hat nur gescheut", aus Blaans

Antwort wehte die Lüge bis zu Mecht und mir.

Hatte ich mich in dem Schotten so getäuscht? War er ein Verräter oder zumindest ein Feigling?

Die Linie unserer Gegner fest im Auge behaltend, beugte ich mich zu Mecht: „Mach Dich bereit. Spring rechts runter und jag den Gaul in die Ban...", mehrere Schüsse hinter uns ließen meine Worte verstummen.

Dumpf fiel irgendetwas, ein Sack oder ein Mensch, rechts aus größerer Höhe zu Boden. Emerald fluchte lauthals, kurz darauf hörte es sich an, als ob mein Kamerad mitten im Nahkampf stecken würde. Es bedurfte keines weitern Signals mehr und ich sprang aus dem Sattel, mit einem Schrei das Pferd in die Reihen der Leute Erkins treibend. Im Augenwinkel sah ich erleichtert, dass Mecht meinem Beispiel gefolgt war. Sie rollte wie eine Katze über den Staub. Zu mehr blieb mir keine Zeit, denn die Schurken Erkins rissen ebenfalls ihre Schusswaffen hoch und feuerten wild auf uns. Staub spritze auf, Kugeln pfiffen an mir vorbei. Das Gewehr berührte meine Schulter kaum, zog ich den Abzug durch. Keine fünf Schritt vor mir riss die Kugel einen der Söldner hoch, ehe er sich krümmend am Boden wälzte. Hinter mir neue Schreie, zwei, drei Schüsse, Flüche. Drüben bei Mecht schrie ein weiterer der Soldknechte schrill auf und hielt sich den blutenden Unterleib. Einer warf seine abgeschossene Pistole nach mir, knapp verfehlte sie meinen Kopf. Auf die Entfernung ein Kunststück – mich nicht zu treffen. Knurrend fletschte er die Zähne und sprang mich mit dem Degen in der Hand an. Bis auf einen Schritt kam mir die Spitze an den Leib, dann schmetterte ich ihm den Kolben meiner Muskete gegen die Stirn. Knochen brachen knirschend, seine Augen verschwanden in einem Blutfluss. Für einen Wimpernschlag bekam ich Raum und Zeit. Ich nutzte die Gelegenheit, das Bajonett aufzupflanzen und zugleich nach Mecht zu sehen. Die stieß drüben soeben einem großen, grobschlächtigen Mann den Pistolenlauf in den Magen, ehe sie abdrückte. Ihr Degen hielt derweil einen anderen der Leute Erkins auf Abstand. Doch schon war es wieder an der Zeit, sich um mein eigenes Leben zu kümmern. Dieses Mal stürmten sie zu zweit auf mich ein. Einer mit dem Gewehrkolben, der andere Schurke mit einem kurzen Säbel. Instinktiv ließ ich mich auf die Knie fallen und hielt dem Kolbenschwenker das Bajonett genau auf den Platz, an dem die meisten Menschen ihren Bauchnabel tragen, hin. Es war, als ob er gegen eine Wand gelaufen war. Sein Mund öffnete sich zu einem stummen Schrei, die Flinte entglitt seinen Fäusten und die Augen fassten mich mit einem letzten, von Verwunderung und Wut geprägten Blick. Sein Spießgeselle hatte die Sekunde genutzt, in der ich mit seinem Kumpanen zu schaffen hatte und hieb mir mit seinem Säbel nach dem linken Arm. Ein kurzer, brennender Schmerz durchzuckte mich, die linke Hand ließ taub den Gewehrschaft fahren. Meine Rechte reagierte schnell und das nutzlos gewordenen Gewehr fiel auf die Erde. Dafür riss ich mit der intakten Hand eine der Pistolen aus dem Gürtel, aus nächster Nähe schoss ich dem Bastard ins Gesicht. Vom Ergebnis waren er wie ich verblüfft. Statt eines Knalles, einer Flamme und einer zerfetzten Visage geschah nichts! Mir blieb keine Zeit, den Fehler zu suchen, sondern rasch den Säbel heraus und wieder auf die Beine. Die Hiebe prasselten, Funken flogen, wenn Stahl auf Stahl traf. Mit jedem seiner Hiebe wuchs in mir nackte Angst. Doch ehe die mich lähmte, ergriff ich meinen Säbel fester und schlug wild und unkontrolliert auf den Mistkerl ein. Es war keine Zeit für Reglement, es war Zeit, um sein Leben zu kämpfen! Mochte es an meinem wilden Drauflosschlagen liegen oder meinem noch wilderen Geschrei, der Kerl stockte. Gerade lange genug, um ihm einen schweren Treffer am Kopf zu verabreichen. Meine Klinge spaltete seinen Kopf bis zum Oberkiefer, blieb jedoch stecken. So blieb mir nur noch die zweite Pistole und mein Messer. Doch es war niemand mehr da, gegen den ich sie richten könnte. Benommen sah ich mich nach Mecht um. Zu meiner Erleichterung stand sie keine drei Schritt von mir entfernt. Jemand weiteren entdeckte ich: Erkins!

„Deine Hunde sind tot", schwer atmend stieß Mecht ihre Worte hervor, „Es wird an der Zeit, dass Du erbärmlicher Wurm um Dein Leben winselst oder endlich selbst kämpfst!"
„Das Fräulein von Gahlfoldt, ich habe Euch unterschätzt. – Ah,

Leutnant Schwaiger, Ihr scheint verwundet", er sah auf die vor mir liegenden Toten und Verwundeten, „Auch Euch hab ich unterschätzt."

Erst durch seine Bemerkung spürte ich die Wunde wieder. Rasch warf ich einen Blick darauf, der Hemdsärmel war hinüber, die Wunde selbst war nicht viel mehr wie ein tiefer Kratzer. Sie blutete zwar, doch als ich sie abtastete, erwies es sich, dass der Heib nicht sehr tief war.

„Ein Kratzer, habt Ihr noch ein letztes Wort?", ein höhnisches Lächeln zeigte ihm meine Verachtung.

„Er gehört mir", rief Mecht, „Sagt Euren Spruch auf, damit ich Euch endlich in die Hölle schicken kann!"

„Pah, dazu bedarf es mehr als eines kleinen Mädchens! Wisst Ihr, was Ihr eigentlich verpasst habt?", Erkins drehte sich zu seinem Haus und rief nach einer der beiden Dienerinnen: „Bring sie!"

„Ist das Euer Abschied?"

„Nein, ich will Euch zeigen, was Ihr hättet erfahren dürfen, wäret Ihr mir damals nicht abhandengekommen", Erkins verzog sein Gesicht zu einer lüsternen Maske.

Die Dienerin erschien mit dem Mädchen an der Hand. Zu meiner großen Verwunderung entriss sich das Mädchen der Frau, hetzte auf Erkins zu und warf sich ihm an den Hals. Die dürftigen Informationen mit ihr verglichen blieb mir nur ein Schluss: Sie war tatsächlich Auguste von Gramegg. Noch verwunderter, wenn nicht maßlos entsetzt nahm ich etwas am Körper Auguste von Grameggs wahr: Sie war hochschwanger!

„Ihr seht selbst, mein Blut ist stärker! Doch jetzt geh, Mädchen", Erkins schob sie von sich und fixierte Mecht: „Ihr werdet jetzt ihren Platz einnehmen. Dann hat sich mein Schwur erfüllt!"

„Hm, ich habe auch geschworen. Geschworen, dass Ihr sterben müsst, durch meine Hand", Mecht straffte sich und hob ihren Degen, „Kämpft!"

„Männer, verdient Euch endlich Euer Geld!", schrie Erkins.

Ich sah mich um, welche Männer er meinen könnte. Doch vor uns lagen vier, die ihn nichtmehr hören konnte, dazu drei Verwundete. Ah, bei den Unterkünften standen zwei seiner Mordbuben. Die schienen sich jedoch nicht angesprochen zu fühlen.

„Welche Männer? Ich seh keine mehr. Ihr werdet selbst für Euch einstehen müssen", machte ich ihn auf seine Lage aufmerksam, doch ein Blick in seine Fratze und ich wusste, er war längst nicht mehr bei klarem Verstand.

„Ah, der Leutnant Schwaiger! Nehmt diese Dirne und bringt sie ihrem Erzeuger, mit meinen besten Grüßen", hohl lachend packte er Auguste von Gramegg und schubste sie zu mir.

„Thomas! Was machst Du?", verwirrt sah sie zu Erkins, „Ich liebe Dich, es ist doch unser Kind!"

„Pah, geh mir aus den Augen, Du widerst mich an! – Nun, Fräulein von Gahlfoldt, was will ich mit einem Kind, wenn ich eine Frau mein Eigen nennen kann!"

Ekel im Gesicht hob Mecht nur ihren Degen: „Kämpf oder stirb so, es macht keinen Unterschied."

Erkins lachte auf: „Warum fügt Ihr Euch nicht Eurem Schicksal? Ihr habt sogar einen Priester mitgebracht! Wie umsichtig."

Für einen kurzen Moment warfen wir unsere Blicke nach hinten zu Blaan. Wie konnten wir nur auf diesen billigen Trick hereinfallen! So schnell, wie ihm mit seinem Holzbein nicht zuzutrauen war, sprang er mit gezogenem Degen Mecht an.

„Ha, jetzt", er schlug nach ihrem Degen.

Mochte Mecht aus noch vom vorherigen Kampf erschöpft sein, sie war immer noch schneller als ein Krüppel mit einem Holzbein. Ihr Degen fuhr hoch, stieß vor und drang durch den ausgemergelten Körper dieses Irren, so dass die Spitze hinten aus seinem Rock ragte.

„Fahr zur Hölle", sie machte auf den Absätzen kehrt und ging mit schleppenden Schritten zum Tor.

Erkins zuckte noch ein paar Mal, ehe sich um ihn Blut und Urin im Staub vermischten. Auguste von Gramegg sah mich mitleeren Augen an, ansonsten blieb sie einfach starr stehen. Die beiden Frauen packten bereits im Hintergrund einige Wertgegenstände aus dem Haus auf einen Maulesel. Ich rief die beiden Drückeberger heran und übergab ihnen ihre verwundeten Kumpane, nicht ohne ihnen schlimme Konsequenzen anzudrohen, sollten sie sich aus dem Staub machen.

„Emerald! Geht es Dir gut?", es wurde an der Zeit, mich um meine Kameraden zu kümmern, denn ich wusste, dass Mecht vorerst alleine sein wollte.

„Ja, nur ein kleiner Kratzer. Dem Bub geht es auch gut. - He, Du Feigling, scheint, dass Du aufhören kannst zu beten!"

Mein Blick erfasste die Szene, die bisher unsichtbar in meinem Rücken lag. Blaan kniete zitternd am Boden und versteckte seinen Kopf unter seinen Armen. Nepomuk trieb böse grinsend einen der überlebenden Söldner vor sich her und Emerald lud in aller Ruhe seine Waffen.

„Lass ihn. Wir haben uns in ihm getäuscht, kann ja nicht jeder ein Held sein. Habt es ja auch ohne ihn geschafft", ich wies auf zwei leblose Gestalten, den Gefangenen Nepomuks und einen Verwundeten zu Emeralds Füßen.

„Ja. He, Nepomuk, treib den zu seinen Brüdern und bring dann das Fräulein Gramegg her. Und Du", er nickte mir zu, „Lass sie jetzt nicht allein. Reicht ja, wenn sie Deinen Gestank in die Nase kriegt."

Ich nickte zustimmend und ging langsam auf Mecht zu. Sie stand zittern vor dem Gehöft und sah mit einem unsäglichen Blick in die Ebene hinaus. Ohne Worte stellte ich mich neben sie und nahm ihre Hand in meine. Ich weiß nicht, wie lange wir so standen, bis sie sich endlich an mich anlehnte.

„Du hattest recht, ich fühle mich nicht besser, sondern schlecht, einfach nur schlecht! Doch ich musste es tun!"

Ich zog sie enger an mich: „Ja, Du musstest es tun. Es konnte Dir niemand abnehmen. Doch es ist vorbei, für immer vorbei."

Sie sah zu mir hoch: „Würdest Du diesen Unmenschen begraben lassen, ehe ich wieder zu Euch komme? Und begrabt meinen Degen gleich daneben, so tief Ihr nur könnt!"

Ich küsste sie sanft auf die Stirn und begab mich in den Hof, um ihren Wunsch in die Tat umsetzen zu lassen.

In den darauffolgenden Tagen schafften wir uns zuerst die Söldner vom Hals, gaben den Verwundeten sogar einen Wagen. Die beiden

Dienerinnen waren längst verschwunden. Sollen sie ziehen und ihnen ihre Beute Glück bringen. Unser Bub war nach diesem Schicksalstag kein Bub mehr, doch es dauerte, bis ihn Emerald und ich von einer Krankheit heilen konnten: Dem Glauben an seine eigene Unsterblichkeit. Emeralds Wunde war wirklich nur ein Kratzer, der bereits verheilte. Was man von meiner Wunde nicht sagen konnte. Zu meinem und meines linken Armes Glück war der alte Indio gestern mit unseren Packtieren und Olea eingetroffen. Der Alte machte mir Kräuterumschläge, die so gesund rochen, wie sie waren. Die Norwegerin war hingegen keine Hilfe. Sie saß den ganzen lieben Tag auf der Terrasse und bedauerte sich und die Welt. Ein guter Grund für meinen Konstabler, ihr mitzuteilen, dass sie sich gefälligst wen anderen als Partner suchen solle. Und Blaan? Der glich Olea in seinem Wehklagen. Es war an der Zeit, dass er sich unter die Fittiche eines Konvents begab, das wahre Leben war nichts mehr für ihn. Um Mecht machte ich mir anfangs die meisten Sorgen, denn sie schlief zwei Tage und zwei Nächte durch.

„Wie geht es Dir?", fragte ich vorsichtig bei ihrem Erwachen.

„Gut, so weit es gut sein kann", sie trank die von mir bereitgestellte Tasse Tee mit einem Schluck leer, „Habt Ihr Euch schon umgesehen?"

„Wir haben auf Dich gewartet."

Ehe ich Einwände vorbringen konnte, war sie aus dem Bett gesprungen: „Dann lass uns keine Zeit verlieren!"

Mit Emerald durchsuchten wir zuerst das Gemach Erkins'.

Kaum angefangen, hielt Emerald ein gesiegeltes Schriftstück hoch: „Könnt das eine Besitzurkunde sein?"

Mecht entriss ihm das Papier: „Was ist das für eine Schrift? Hier", und schon hielt ich es in Händen.

„Latein!", vorerst hieß das für mich verschüttete Kenntnisse auszugraben, ehe „Ja, das ist die Besitzurkunde für dieses Anwesen!"

„Hm, wem gehört das jetzt eigentlich?", stirnrunzelnd sah uns Emerald an, sein Hintergedanke stand ihm dabei auf die Stirn geschrieben.

Mecht zog ihre Stirn ebenfalls in Falten: „Höre ich da was raus? Eigentlich gehört dieses Land niemand mehr. Du willst doch nicht?"

„Doch! Kann ich es nehmen, wenn Ihr nicht wollt?"

„Ich will es nicht, Georg auch nicht. Also lass es auf Dich übertragen!", erklärte Mecht.

„Gut, wenn man nicht selbst entscheiden muss. Ja, nimm es. Aber Du weißt schon, dass Du Leute brauchst, und eine gute Frau!", goss ich Essig in den Wein.

„Hm, eine Braut hätte ich, nur ob unser Geld reicht, damit die Spanier mir das Land übertragen?"

Fragend sah Mecht ihn an, doch ehe sie fragen konnte, gab ich ihr Auskunft: „Er hat tatsächlich einen Braut, drüben, im Schrobenhauser Gäu. Der Kerl ist sogar verlobt", mein schmutziges Grinsen wurde von Emerald mit einem missmutigen Hochziehen der Augenbrauen erwidert.

Es war also geregelt, Emerald würde sich das Anwesen einsacken, doch vorher wollte er wissen, was wir beide planten.

„Wir bleiben Dir noch etwas erhalten, bis Du alles im Griff hast", lachte Mecht, „Und was habt Ihr mit Eurem Auftrag vor?"

Darüber hatte ich mir längst meine Meinung gebildet: „Ich würde Blaan gern mit ihr und Olea zur Küste schicken. Soll er dann in ein Kloster, Olea wird es wohl schaffen das Mädchen zu ihrem Vater zu bringen", mir fiel ein böser Scherz ein: „Obwohl, das wäre ja Braulein! Hm, es wäre zu überlegen."

Emerald stutzte, ehe er begriff: „Kein übler Gedanke."

„Nein, doch noch ist das Kind nicht in der Lage für so eine lange, gefahrvolle Reise. Wie geht es ihr überhaupt?", wandte sich Mecht an mich.

„Sie redet nicht, starrt nur vor sich hin. Es wäre wirklich besser, bis zur Entbindung zu warten. Aber ansonsten bleibe ich bei meinem Plan!"

„Gut, dann sollten wir es ihnen sagen", entschied Mecht.

Unser Plan stieß bei Blaan und Olea sofort auf Zustimmung. Für Auguste von Gramegg schien die Welt ringsum nicht zu existieren, so ersparte sie uns eine Antwort.

Nur Nepomuk meldete eigene Vorstellungen an: „Ich bleib auch hier. Emerald, Du brauchst sicher einen Stallmeister?"

„Braucht er", gab Mecht Antwort.

Der alte Indio hatte sich inzwischen überzeugen lassen, mit seinem Stamm auf das Anwesen zu ziehen und so hatte Emerald einen Grundstock an Knechten und Mägden. Wobei der Alte ihn für meinen Geschmack bei den Bedingungen ein ganz klein wenig über den Tisch gezogen hatte. Blaan war seit zwei Wochen mit seiner Reisegruppe fort. Der seelische Zustand des armen Mädchens war bei ihrer Abreise immer noch gleich, sie lebte in einer eigenen, anderen verschlossenen wortlosen Welt. Um das Kind kümmerte sich Olea, so gut sie es konnte. Mir tat der kleine Wurm jetzt schon leid. Wir hatten Blaan unser letztes Geld mitgegeben, so hatte sich Emeralds Ritt nach Santa Fe verzögert. Aber auch hierbei war uns unser Glück hold geblieben, fanden wir doch beim Ausräumen von Erkins' Möbeln ein Säckchen Gold in einem Stuhlbein versteckt. Genug, den Notar zu bestechen und auch noch dessen Gebühren begleichen zu können.

„Komm endlich ins Bett", bettelte ich schier, denn Mecht lief unruhig in unserem Schlafgemach auf und ab.

Sie wirkte schon den ganzen Tag gehetzt, ohne es mir zu erklären. Erleichtert hatte ich sie scheinbar überredet, denn sie legte sich wirklich neben mich.

„Was treibt Dich denn so um?"

„Glaubst Du, es ist alles wie es sein sollte?"

Müde meinte ich, dass es so schon richtig sei.

„Nein, es fehlt etwas. Ich glaube, ich werde meinen Rang doch einfordern, schon wegen unseres Kindes."

Am nächsten Morgen, noch im Halbschlaf, wollte ich meinen Arm um Mecht legen. Doch auf ihrem Platz lag niemand! Ihr Kissen war kalt, die Decke sauber zusammengefaltet. Mühsam erinnerte ich mich an ihre letzten Worte, ehe wir einschliefen. Ich solle mich zuerst um die Rückkehr von Auguste von Gramegg kümmern, denn meine

Aufgabe sei erst dann erfüllt. Komische Worte, besonders beim Gesundheitszustand des Mädchens. Die würde die weite Reise derzeit kaum überstehen. Etwas ratlos erhob ich mich und trat aus der Hütte. Davor saß Emerald in der Morgensonne und paffte Kringel in die Luft.

„Wo ist Mecht?", fragte ich ihn beiläufig.

„Die? Die ist mit Blaan weggeritten. Keine Ahnung, wann sie zurück sein wird."

Nun ist unsere Reise in die Vergangenheit zu Ende.
Ob es eine Fortsetzung geben wird?
Das hängt ganz von Ihnen ab.

Bis zur Entscheidung dürfen Sie gerne meine anderen Bücher lesen. Egal, ob die Krimis vom Ammersee, die blutigen Fälle meiner Feldjäger, der Bullen im Tarnanzug, oder die Erzählungen aus des Deutschen Kaiserreichs wilden Südwest.

Printed in Poland
by Amazon Fulfillment
Poland Sp. z o.o., Wrocław